EL MAR DELS MONSTRES

RICK RIORDAN

EL MAR DELS MONSTRES

PERCY JACKSON
I ELS
DÉUS DE L'OLIMP

català
salamandra

Traduït de l'anglès per
Jordi Cussà

Títol original: *Percy Jackson and the Olympians II: The Sea of Monsters*

Il·lustració de la coberta: Owen Richardson
Disseny de la coberta: Andrew Smith

Publicaciones y Ediciones Salamandra, S.A.
Almogàvers, 56, 7è 2a - 08018 Barcelona - Tel. 93 215 11 99
www.salamandra.info

ISBN: 978-84-16310-04-3
Dipòsit legal: B-6.035-2015

1a edició, març de 2015
Printed in Spain

Impressió: Romanyà-Valls, Pl. Verdaguer, 1
Capellades, Barcelona

Per a en Patrick John Riordan,
el millor narrador d'històries de la família

Contingut

1

Un monstre esclafa el meu millor amic

El darrer dia de curs, vaig tenir aquest malson.

Era en un carrer desert d'un poblet de platja. En plena nit. Rugia una tempesta. El vent i la pluja escometien les palmeres de la vorera. Les cases i els edificis del carrer, estucats, de color rosa o groc, tenien les finestres tapiades. Un carrer més enllà, a l'altra banda d'una filera d'hibiscos, l'oceà bullia.

«Florida», vaig pensar. Tot i que ignorava com ho sabia. No hi havia estat mai, a Florida.

Llavors vaig sentir unes peülles picant contra el paviment. Em vaig girar i vaig veure el meu amic Grover corrent per salvar la vida.

Sí, he dit «peülles».

En Grover és un sàtir. De cintura en amunt, sembla el típic adolescent desmanegat amb una insinuació de pèl moixí a la barbeta i un problema d'acne. Camina amb una coixesa estranya, però si no el veus sense els pantalons (cosa que no recomano a ningú), no t'adonaries mai que no és completament humà. Uns texans folgats i uns peus falsos amaguen la seva gropa peluda i les peülles.

En Grover era el meu millor amic des de sisè. Va compartir amb mi i una noia que es diu Annabeth aquella aventura per salvar el món, però no l'havia vist des del juliol, quan se'n va anar sol a una missió perillosa; una missió de la qual no havia tornat mai cap sàtir.

En fi, en el meu somni en Grover arrossegava la cua de cabra i sostenia les sabates humanes amb les mans, com sol fer quan li convé moure's de pressa. Passava trotant per davant de les botigues turístiques i dels locals on llogaven planxes de surf. El vent inclinava les palmeres gairebé fins a terra.

En Grover estava aterrit per alguna cosa que tenia al darrere. Devia venir de la platja. Tenia el pèl arrebossat de sorra humida. S'havia escapat d'algun lloc. Intentava escapar-se... d'alguna cosa.

Un grunyit dels que t'arriben al moll de l'os va estripar la tempesta. Darrere en Grover, al capdavall del carrer, s'abalançava una ombra. Amb una manotada, va apartar un fanal, que va explotar amb un esclat d'espurnes.

En Grover es va estremir, somicant de por. Entre dents, va murmurar: «M'he d'escapar. Els he d'avisar!»

No podia veure què el perseguia, però sí que en sentia els murmuris i les malediccions. Quan se li va acostar, el terra va tremolar. En Grover va trencar per una cantonada ràpidament i es va aturar en sec. Havia anat a parar a un cul-de-sac ple de botigues. No tenia temps per retrocedir. La tempesta havia obert la porta més propera. Damunt de l'aparador, a les fosques, el cartell deia: «Boutique de núvies St. Agustine».

En Grover s'hi va ficar com un llamp. Es va arraulir darrere un penjador de vestits de núvia.

L'ombra del monstre va passar per davant de la botiga. Podia sentir-ne l'olor: una combinació vomitiva de llana humida, carn podrida i aquella pudor corporal agra que només fan els monstres, com una mofeta que s'alimenta de menjar mexicà.

En Grover tremolava darrere els vestits de núvia. L'ombra del monstre va passar enllà.

Silenci, a part de la pluja. En Grover va inspirar profundament. Potser aquella cosa havia marxat.

Llavors va esclatar un llampec. La façana de la botiga va explotar i una veu monstruosa va bramular:

—MEEEEU!

Em vaig asseure al llit d'un sobresalt, tremolant.

Cap tempesta. Cap monstre.

La llum del matí es filtrava per la finestra del dormitori.

Em va semblar clissar una ombra esmunyint-se rere els vidres (una forma humana), però llavors van trucar a la porta. La mare va dir:

—Percy, faràs tard.

I l'ombra de la finestra va desaparèixer.

M'ho devia haver imaginat. Una finestra d'una cinquena planta amb una escala d'incendis vella i atrotinada... allà fora no hi podia haver ningú.

—Va, rei —em va tornar a cridar la mare—. És l'últim dia de classe. Deus estar emocionat! Ja gairebé ho has aconseguit!

—Ja vinc —vaig articular al final.

Vaig palpar sota el coixí. Vaig corbar els dits al voltant del bolígraf amb què sempre dormia. El vaig agafar i vaig examinar la inscripció en grec antic que tenia gravada al costat: Anaklusmos. Contracorrent.

Se'm va ocórrer destapar-lo, però no sé què em va retenir. Feia tant que no havia utilitzat la Contracorrent...!

D'altra banda, la mare m'havia fet prometre no fer servir armes mortals dins l'apartament, després que un dia llancés una javelina en direcció equivocada i em carregués la vitrina de porcellana. Vaig posar l'Anaklusmos sobre la tauleta de nit i em vaig arrossegar fora del llit.

Em vaig vestir tan de pressa com vaig poder. M'esforçava per no pensar en el malson ni en monstres ni en l'ombra de la finestra.

«M'he d'escapar. Els he d'avisar!»

A què es referia, en Grover?

Em vaig posar tres dits sobre el cor i vaig empènyer endavant amb la mà; un gest ancestral que m'havia ensenyat en Grover per foragitar el mal.

Aquell somni no podia ser real.

L'últim dia d'escola. La mare tenia raó. Hauria d'estar emocionat. Per primera vegada a la vida, gairebé havia acabat un curs sense que m'expulsessin. Cap accident extravagant. Cap baralla a classe. Cap professor s'havia convertit en un monstre ni havia provat de matar-me, enverinant el menjar de la cafeteria o donant-me deures per a casa explosius. Demà, em posaria en marxa cap al lloc que m'agradava més del món: el Campament Mestís.

Només faltava un dia. Segur que ni tan sols jo tindria ocasió d'espatllar-ho.

Com de costum, no em podia ni imaginar fins a quin punt m'equivocava.

La mare havia fet gofres blaves i ous blaus per esmorzar. La diverteix celebrar les ocasions especials amb menjars de color blau. Crec que és la seva manera de dir que tot és possible. En Percy pot superar el setè curs. Les gofres poden ser blaves. Miracles minúsculs com aquests.

Jo menjava a la taula de la cuina mentre ella rentava els plats. Portava l'uniforme de la feina: una faldilla blava estrellada i una brusa de ratlles vermelles i blanques, que es posava per vendre llaminadures a la botiga Sweet on America. Duia la cabellera color castany lligada en una cua de cavall.

Les gofres estaven delicioses, però jo no devia menjar amb el delit habitual. La mare em va donar una ullada i va arrufar les celles.

—Percy, et trobes bé?

—Sí, sí...

Però, quan alguna cosa em preocupava, ella sempre m'ho notava.

Es va eixugar les mans i es va asseure davant meu.

—L'escola o...

No va haver d'acabar la frase. Jo ja sabia què em preguntava.

—Em sembla que en Grover té problemes.

Li vaig explicar el somni.

Va arrufar els llavis. No en parlàvem mai gaire, d'aquesta altra faceta de la meva vida. Procuràvem viure amb tanta normalitat com ens era possible, però la mare ho sabia tot, sobre en Grover. Ningú pot criar un marrec com jo, o sigui un mestís, sense descobrir unes quantes coses.

—Jo no hi patiria, fill meu —em va dir—. Ara en Grover és un sàtir adult. Si hi hagués cap problema, segur que ens ho haurien dit... els del campament.

Li va fallar la veu. Se li van tensar les espatlles en pronunciar la paraula «campament».

—Què passa? —li vaig preguntar.

—Res —va contestar—. Saps què? Aquesta tarda celebrarem la fi de curs. Us portaré a tu i en Tyson al Rockefeller Center... a aquella botiga de *skateboards* que t'agrada.

Ostres, noi, allò era temptador. Sempre anàvem justos de diners. Entre les classes nocturnes de la mare i la seva dèria que jo estudiés en una escola privada, no podíem fer mai cap extra com ara comprar-me un *skateboard*. Però ho va dir en un to que em va preocupar.

—Un moment —vaig replicar—. Em pensava que aquest vespre faríem el meu equipatge per anar al campament.

Va rebregar el drap dels plats.

—Ah, rei, sobre això... Anit vaig rebre un missatge d'en Quiró.

Se'm va enfonsar el cor. En Quiró era el director d'activitats del Campament Mestís. No s'hauria posat mai en contacte amb nosaltres si no passés res greu.

—Què deia?

—Creu... creu que podria ser perillós que anessis ara al campament. Potser ho haurem d'ajornar.

—Ajornar-ho? Mama, com podria resultar perillós? Sóc un mestís! És l'únic lloc segur en tot el món, per a mi!

—Normalment sí, fill meu. Però amb els problemes que tenen ara...

—Quins problemes?

—Percy... ho sento molt. Pensava parlar-te'n aquesta tarda. Ara no t'ho puc explicar tot. Ni tan sols sé si en Quiró t'ho podria explicar. Ha passat tot tan de pressa...

El pensament se'm va desbocar. Com podia ser que tot d'una no anés al campament? Volia fer-li un milió de preguntes, però abans de tenir-ne ocasió vaig sentir la remor d'unes passes pesades retrunyint a l'escala.

La mare va obrir uns ulls com unes taronges.

—Quina hora...? —Va arreplegar el rellotge de la taula—. Un quart de vuit! T'has descuidat d'esperar-lo a la vorera.

—Un altre cop no! —Vaig saltar dempeus i vaig sortir disparat cap al menjador, oblidant de moment tots els altres problemes.

—Afanya't! —em va urgir la mare, corrent darrere meu—. Hem d'evitar que...

Massa tard.

En el precís moment que arribàvem al menjador, el nostre visitant va trucar fort a la porta del pis: toc, toc, BUUUM!

La porta es va arrencar de les frontisses. Va caure sobre la catifa amb un estrèpit somort. A l'entrada, engavanyat, hi havia el meu amic Tyson.

—Ooooh —va mormolar—. Ho sento, senyora Jackson.

La mare va forçar un somriure compungit, tot i que era almenys la desena vegada que en Tyson ens havia destrossat la porta. El marc era ple d'esquerdes de totes les vegades que el porter de l'edifici havia hagut de canviar les frontisses.

—No passa res, Tyson —va replicar la mare dèbilment—. No és pas culpa teva.

I en el fons no ho era. En Tyson no podia controlar la força. Si t'enfadaves amb ell perquè per accident trencava alguna cosa, es posava a plorar, i acabava trencant-ne més: porcellana, mobles o parets.

—Vols esmorzar una mica? —li va preguntar la mare—. He fet gofres de més.

A en Tyson se li va il·luminar la cara.

—Gofres! Sí!

Va passar per darrere d'ella cap a la cuina fent tremolar el terra i es va posar a menjar una pila de gofres gran com una capsa de sabates.

Suposo que he d'explicar d'on surt, en Tyson.

Era l'únic nen sense família al Col·legi Meriwether. Nosaltres suposàvem que els seus pares l'havien abandonat quan era molt petit, probablement perquè era tan... diferent. Feia un metre vuitanta-vuit d'alçada i tenia la corpulència de l'abominable Home de les neus, però plorava per qualsevol cosa i s'espantava de gairebé tot, incloent-hi el seu reflex. Tenia la cara poc o molt deforme, d'aspecte brutal. No us sabria dir de quin color tenia els ulls, perquè no podia mirar-lo mai més amunt de les dents corcades. Portava uns texans atrotinats, unes sabatilles esportives brutes del número 55 i una camisa de franel·la de quadres escocesos plena de forats. Feia la mateixa pudor que un carreró de Nova York, perquè era el lloc on vivia, a prop del carrer 72, dins la capsa de cartó d'una nevera.

El Col·legi Meriwether l'havia acceptat com a part d'un projecte de servei comunitari, perquè tots els estudiants tinguessin la consciència tranquil·la. Per desgràcia, la majoria no suportava en Tyson. Quan descobrien que era un ganàpia tou, a pesar de la seva força descomunal i la seva expressió agressiva, es divertien burxant-lo. Jo era, com qui diu, el seu únic amic, i això significava que ell era el meu únic amic.

La mare s'havia queixat a l'escola un milió de vegades perquè no feien prou per ajudar-lo. Havia trucat als serveis socials, però aparentment res no servia de res. Els assistents socials asseguraven que en Tyson no existia. Juraven i perjuraven que havien anat al carreró que els havíem indicat i no l'hi havien trobat, tot i que no entenc com podien passar per alt un noi gegant que vivia dins una capsa de cartó.

Mentre en Tyson es menjava les gofres, la mare va agafar tot de roba de beneficència talla XXXL que li havia trobat, i l'hi va ficar discretament dins la motxilla juntament amb un bitllet de vint dòlars.

Jo encara estava esgarrifat pel que m'havia comentat abans. Em moria de ganes de preguntar-li què havia passat al campament, però no podia fer-ho amb en Tyson allà. Em posava els nervis de punta veure com menjava i menjava i menjava.

La mare finalment va dir:

—Més val que marxeu, nois. Són dos quarts i cinc de vuit.

En Tyson es va apartar de la taula. Tenia la cara plena d'engrunes de gofra i caramel líquid.

—Que bo! Gràcies, senyora Jackson. A punt per anar a escola!

Em va donar un copet a l'esquena tan fort que de poc no em salten els ulls de les òrbites.

—Adéu, nois —va dir la mare—. Estigueu alerta.

Em vaig parar a l'entrada.

—Mama, sobre...

—Aquesta tarda, fill meu —va insistir ella amb un matís de tristesa—. Llavors tindrem temps per parlar.

Vam dir-li adéu. Després vam baixar les escales corrent per atrapar el tren n. 2.

Aleshores no ho sabia, però aquella tarda la mare i jo no tindríem pas l'oportunitat de parlar.

De fet, passaria molt, molt de temps, abans no tornés a casa.

Quan vam sortir al carrer, vaig ullar l'edifici de pedra arenosa del davant. Durant un segon, retallada contra la paret d'obra vista, vaig clissar a la llum del matí l'ombra fosca d'una silueta humana: una ombra que no pertanyia a ningú.

Llavors va pampalluguejar i va desaparèixer.

2

Jugo a matar amb uns caníbals

El dia va començar normal. O almenys tan normal com sempre al Col·legi Meriwether.

A veure, es tracta d'una escola «progressista» al centre de Manhattan, i això significa que ens asseiem en pufs en comptes de pupitres, i no ens posen notes, i els professors vénen a treballar amb texans i samarretes de concerts de rock.

Això em sembla genial. Vull dir que tinc TDAH i dislèxia, com la majoria de mestissos, i per això no he aconseguit mai grans resultats en escoles normals, abans que m'expulsessin. L'únic problema de Meriwether era que els professors sempre miraven la part bona de les coses, i els nois no sempre eren tan... bons.

Aquell dia la nostra primera classe era anglès. Tots els alumnes havíem llegit la novel·la *El senyor de les mosques*, en la qual un pilot de nanos acaben perduts en una illa i es tornen bojos. Així que el nostre examen final va ser passar-nos una hora al pati sense supervisió dels adults per veure què passava. El que va passar va ser un gran concurs de tibar els calçotets als companys entre els de setè i els de vuitè, dues baralles a cops de roc i un partit de bàsquet sense assenyalar faltes personals. El líder de la majoria d'aquestes activitats era en Matt Sloan, l'abusananos de l'escola.

L'Sloan no era corpulent ni forçut, però es comportava com si ho fos. Tenia els ulls d'un pit bull i uns cabells negres espessos, i sempre anava vestit amb roba cara però mal endreçada, com si volgués demostrar a tothom que no donava cap importància als diners de la família. Tenia una dent trencada des del dia que havia agafat el Porsche del papà per anar a fer un volt i havia xocat contra un senyal que deia «Atenció: nens! Redueixi la velocitat».

En fi, l'Sloan anava tibant els calçotets a tothom fins que ho va provar amb en Tyson. En Tyson es va espantar tant que el va apartar amb una mica massa de força. L'Sloan va volar cinc metres cap a la zona de jocs i va quedar entortolligat als gronxadors de pneumàtics dels nens petits.

—Tros de monstre! —va xisclar—. Per què no te'n tornes a la teva capsa de cartó?!

En Tyson es va posar a somicar. Es va asseure a l'estructura de barres amb tant ímpetu que en va doblegar una, i va enterrar la cara entre les mans.

—Retira-ho, Sloan! —vaig cridar jo.

Ell només va esclafir a riure amb menyspreu.

—Per què t'hi fiques, Jackson? Si no donessis sempre la cara per aquest friqui, podries tenir amics.

Vaig serrar els punys. Confiava no tenir la cara tan vermella com me la sentia.

—No és un friqui. Només és...

Vaig reflexionar sobre la definició correcta, però igualment no m'escoltava. Ell i els seus amics ganàpies i lletjos estaven massa enfeinats rient. M'hauria agradat saber si eren imaginacions meves o si l'Sloan tenia més esbirros al voltant que de costum. Normalment n'hi havia dos o tres, però aquell dia eren mitja dotzena més, i estava segur de no haver-los vist mai abans.

—Espera a l'hora de gimnàstica, Jackson —va cridar l'Sloan—. Et faré miques.

Quan es va acabar la primera classe, el professor d'anglès, el senyor De Milo, va sortir a inspeccionar la destrossa. Va dictaminar que havíem entès *El senyor de les mosques* a la perfecció. Tots aprovaríem el curs, i quan ens féssim grans no havíem de ser violents en cap circumstància. En Matt Sloan va assentir amb èmfasi, però després em va dedicar un somriure que li va destacar la dent trencada.

Perquè parés de plorar, vaig haver de prometre a en Tyson que li compraria un sandvitx de crema de cacauet extra a l'hora de dinar.

—Sóc... sóc un monstre? —em va preguntar.

—No —li vaig assegurar, serrant les dents—. En Matt Sloan és el monstre.

En Tyson va inspirar amb força.

—Ets un bon amic. Et trobaré a faltar l'any que ve si... si no puc...

Li tremolava la veu. Vaig comprendre que no sabia si el curs vinent el tornarien a convidar a través del projecte de servei a la comunitat. Hauria volgut saber si almenys el director s'havia preocupat de parlar-n'hi.

—No et preocupis, grandàs —vaig aconseguir articular—. Tot anirà bé.

En Tyson em va mirar tan agraït que em vaig sentir com un mentider espantós. Com podia prometre a un noi com ell que tot aniria bé?

L'examen següent era de ciències. La senyora Tesla ens havia indicat que havíem de barrejar substàncies químiques fins que explotés alguna cosa. En Tyson era el meu company de laboratori. Però tenia les mans de bon tros massa grosses per als flascons que havíem de fer servir. Accidentalment, va fer caure una safata de productes químics del taulell i va provocar un núvol taronja en forma de bolet en el cubell de deixalles.

Després d'evacuar el laboratori i cridar la perillosa esquadra de recollida de residus, la professora ens va elogiar, a en Tyson i a mi, dient que érem químics per naturalesa. Havíem estat els primers a aconseguir un excel·lent en l'examen en menys de trenta segons.

M'alegrava que el matí passés de pressa, perquè em distreia de les meves preocupacions.

No suportava pensar que passava res greu al campament. I, encara pitjor, no em podia treure el somni del cap. Tenia el pressentiment terrible que en Grover es trobava en perill...

A classe de socials, mentre dibuixàvem mapes de latitud/longitud, vaig obrir el bloc d'apunts i vaig mirar la foto de l'interior: la meva amiga Annabeth de vacances a Washington DC. Duia jaqueta i pantalons texans sobre la samarreta taronja del Campament Mestís. Els cabells, subjectats amb un mocador. Posava amb els braços plegats davant del Lincoln Memorial i semblava molt satisfeta de si mateixa, com si hagués dissenyat l'espai personalment. El cas és que l'Annabeth volia ser arquitecta quan fos gran, i per això sempre anava a visitar monuments famosos i coses així. És estrambòtica, en aquest sentit. M'havia enviat la foto per correu electrònic després de les vacances de primavera, i de tant en tant me la mirava per comprovar que era real i que el Campament Mestís no eren imaginacions meves.

Hauria donat el que fos perquè l'Annabeth fos allà amb mi. Ella hauria sabut com interpretar el somni. No l'hi reconeixeria mai, però era més espavilada que jo, encara que a vegades resultés molesta.

Estava a punt de tancar el bloc quan en Matt Sloan va agafar la foto i la va arrencar de les anelles.

—Ei! —vaig protestar.

L'Sloan va examinar la foto i se li van eixamplar els ulls.

—De cap manera, Jackson. Qui és aquesta noia? No deu pas ser la teva...?

—Torna'm la foto!

Em notava les orelles molt calentes.

L'Sloan va donar la foto als seus companys desagradables, que se'n van burlar i van començar a estripar-la per fer-ne boles amb saliva i escopir-les. Hi havia nois nous que devien ser visitants, perquè tots portaven aquelles estúpides samarretes que deien «Hola! Em dic...» juntament amb una etiqueta de l'oficina d'admissions. I també devien compartir un sentit de l'humor truculent, perquè hi havien posat noms extravagants com XUCLAMEDUL·LES, MENJACRANIS i JOE BOB. Els humans no tenen noms així.

—Aquests tios vindran a l'escola l'any que ve —va dir l'Sloan fent el fatxenda, com si això m'hagués d'espantar—. I estic segur que es poden pagar la matrícula, a diferència del teu amic retardat.

—No és retardat.

Vaig haver de fer un esforç colossal per no clavar-li un cop de puny.

—Ets un perdedor patètic, Jackson. Sort en tindràs, que el curs vinent et solucionaré totes les penes de cop.

Els seus companys rabassuts mastegaven la meva foto. Hauria volgut polvoritzar-los, però tenia ordres estrictes d'en Quiró de no deixar anar mai la ràbia contra mortals ordinaris, per més detestables que fossin. Havia de reservar els combats per als monstres.

Amb tot, una part de mi em deia que si l'Sloan arribava a saber qui era jo en realitat...

Va sonar el timbre.

Quan marxàvem de classe, una noia va xiuxiuejar:

—Percy!

Vaig donar una ullada a la zona dels armariets, però ningú es va fixar en mi. Com si les noies del Col·legi Meriwether poguessin arriscar-se que les enxampessin cridant-me pel nom...

Abans de tenir temps de reflexionar si eren imaginacions meves o no, una colla de nanos va passar corrent cap al gimnàs, i a mi i a en Tyson se'ns van emportar amb ells. Era hora de gimnàstica. L'entrenador ens havia promès que jugaríem a matar, i en Matt Sloan havia promès matar-me de veritat.

L'uniforme de gimnàstica del Meriwether el formaven uns pantalons curts blau cel i una samarreta destenyida. Per sort, fèiem la major part dels exercicis a l'interior i no havíem d'anar corrent per Tribeca com un ramat de marrecs d'un campament militar hippy.

Em vaig canviar tan de pressa com vaig poder als vestidors, perquè no volia tenir-me-les amb l'Sloan. Quan estava a punt de marxar, em va cridar en Tyson:

—Percy?

Encara no s'havia canviat. Era vora la porta de la sala de peses i s'agafava ben fort amb les mans la roba de gimnàstica.

—Podries... ehem...

—Ah, sí. —Vaig procurar no dir-ho en un to ofès—. I tant que sí, company.

En Tyson es va esmunyir dins la sala de peses. Jo feia guàrdia davant de la porta mentre ell es canviava.

Em sentia estranyament incòmode en aquella situació, però ho feia la majoria dels dies. El cas és que a en Tyson li fa una vergonya brutal canviar-se de roba. Em sembla que és perquè té pèl pertot i unes cicatrius sinistres a l'esquena, sobre les quals no he tingut mai coratge de preguntar-li res.

Resumint, jo havia après per la via més dura com en Tyson s'enrabiava i arrencava les portes dels armariets quan algú se'n burlava mentre es canviava.

Quan vam entrar al gimnàs, l'entrenador Nunley era assegut a la seva tauleta llegint l'*Sports Illustrated*. En Nunley devia tenir un milió d'anys, amb ulleres bifocals, desdentegat i una clenxa llardosa de cabells grisos. Em feia pensar en l'Oracle del Campament Mestís, una mòmia completament arrugada, deixant de banda que l'entrenador Nunley es movia molt menys i mai no expulsava columnes de fum verd. Almenys que jo ho hagués vist.

En Matt Sloan va dir:

—Entrenador, puc ser capità?

—Eh? —L'entrenador Nunley va aixecar els ulls de la revista—. Sí —va mormolar—. Mm... hum.

L'Sloan va somriure i va fer la tria. Em va nomenar capità de l'altre equip, però tant li feia qui escollís jo, perquè tots els fatxendes atlètics i els xavals amb carisma se'n van anar cap al costat de l'Sloan. I tot el grup de visitants també.

Al meu equip hi tenia en Tyson, en Corey Bailer, el sonat dels ordinadors, en Raj Mandali, el geni del càlcul, i mitja dotzena d'altres nois als quals sempre tocava el rebre. Normalment m'hauria conformat amb en Tyson i prou. Ell sol ja valia per mig equip. Però els visitants de l'equip de l'Sloan eren sis, i es veien gairebé tan alts i forts com ell.

En Matt Sloan va abocar una caixa plena de pilotes al mig del gimnàs.

—Por —va murmurar en Tyson—. Pudor estranya.

El vaig mirar fixament.

—Què fa una pudor estranya?

No creia que parlés d'ell mateix.

—Ells. —En Tyson va assenyalar els amics nous de l'Sloan—. Pudor estranya.

Els visitants feien espetegar els artells i ens miraven com si fos l'hora de la matança. No deixava de preguntar-me d'on havien sortit. D'un lloc on alimentaven els nens amb carn crua i els picaven amb bastons.

L'Sloan va bufar el xiulet de l'entrenador i va començar el partit.

L'equip de l'Sloan va córrer cap a la línia central. Al meu costat, en Raj Mandali va exclamar alguna cosa en urdú, probablement «He d'anar a buscar l'orinal!», i es va posar a córrer cap a la sortida.

En Corey Bailer va intentar arraulir-se i amagar-se darrere la protecció de la paret. La resta del meu equip va fer tots els possibles per retrocedir atemorit i no semblar unes dianes.

—Tyson —vaig dir—. Més val que...

Una pilota em va encertar a la panxa. Vaig caure de cul ben fort al mig del gimnàs. L'altre equip va esclatar a riallades. Tenia la visió borrosa. Em sentia com si un goril·la m'hagués fet la maniobra Heimlich. Em costava creure que algú pogués llançar tan fort.

En Tyson va cridar:

—Ajup-te, Percy!

Vaig rodolar a un costat just quan una altra pilota passava xiulant arran de la meva orella a la velocitat del so.

BUUUUM!

La pilota va picar contra la protecció de la paret i en Corey Bailer va esgaripar.

—Ep! —vaig advertir l'equip de l'Sloan cridant—. Podeu matar algú!

El visitant Joe Bob em va dedicar una ganyota malvada. Pel motiu que fos, ara se'l veia molt més corpulent... més alt que en Tyson i tot. Els músculs dels braços se li marcaven a la samarreta de màniga curta.

—Això espero, Perseus Jackson! Això espero!

La manera com va dir el meu nom em va provocar una esgarrifança a l'esquena. Ningú em deia Perseus a excepció dels que coneixien la meva identitat autèntica. Amics... o enemics.

Què havia dit en Tyson? «Pudor estranya.»

Monstres.

Al voltant d'en Matt Sloan, els visitants creixien veloçment. Ja no eren nens. Eren gegants de dos metres i mig d'ulls salvatges, dents punxegudes i braços peluts tatuats amb serps, ballarines hawaianes i cors de Sant Valentí.

L'Sloan va deixar caure la pilota:

—Aaah! Vosaltres no sou de Detroit! Qui...?

Els altres nois del seu equip es van posar a xisclar, retrocedint cap a la sortida, però el gegant amb el nom de Xuclamedul·les va llançar una pilota amb una punteria letal. La pilota va passar xiulant pel costat d'en Raj Mandali quan ja estava a punt de sortir, va colpejar la porta i la va tancar de cop com per art de màgia. En Raj i alguns altres nanos la van intentar obrir desesperats, però la porta no va cedir.

—Deixeu-los marxar! —vaig cridar als gegants.

El que es deia Joe Bob em va dedicar un rugit. Tenia un tatuatge al bíceps que deia: «JB adora la Babycakes».

—I perdre'ns aquests tastets tan deliciosos? No, fill del Déu del Mar. Nosaltres som lestrígons i no juguem només per matar-te. Volem dinar!

Va fer un gest amb la mà i, a la línia central, va aparèixer un altre lot de pilotes... però aquestes no eren de goma vermella. Eren de bronze, com bales de canó perforades, i expulsaven bombolles de foc pels forats. Devien estar roents, però els gegants les agafaven amb les mans nues.

—Entrenador! —vaig xisclar.

En Nunley va fer una ullada endormiscat, però si va veure res anormal en el joc, no ho va dir pas. Aquest és el problema amb els mortals. No són capaços de veure com són les coses en realitat. Una força màgica anomenada Boira obscureix els monstres i els déus perquè no els vegin.

—Sí. Mmm, hum —va murmurar l'entrenador—. Jugueu net.

I va tornar a centrar l'atenció a la revista.

El gegant anomenat Menjacranis va disparar la seva bola. Em vaig ajupir a un costat mentre aquell cometa de bronze encès xiulava vertiginós per sobre de la meva espatlla.

—Corey! —vaig cridar.

En Tyson el va tibar de darrere del matalàs just quan la pilota hi xocava i explotava, i l'esmicolava en trossets fumejants.

—Correu! —vaig dir cridant als companys d'equip—. L'altra sortida!

Van córrer cap als vestidors, però en Joe Bob també va tancar de cop la porta amb un gest.

—No se n'anirà ningú mentre tu siguis aquí! —va rugir en Joe Bob—. I tu hi seràs fins que et mengem.

Llavors també va disparar la bola. Els meus companys es van escampar i el projectil va esberlar el terra del gimnàs en un cràter.

Vaig voler agafar la Contracorrent, que sempre guardava a la butxaca, però duia els pantalons curts de gimnàs. No hi havia butxaques. La Contracorrent estava plegada als meus texans, dins el meu armariet. I la porta dels vestidors havia quedat soldada. Estava absolutament indefens.

Una altra bola de foc es va precipitar cap a mi. En Tyson em va apartar de la trajectòria, però tot i així l'explosió em va fer volar enlaire. Em vaig trobar esterrecat sobre el terra del gimnàs, atordit a causa del fum, amb la samarreta plena de forats que encara cremaven. Des de l'altra banda de la línia central, dos gegants afamats em miraven fixament.

—Carn! —van bramar—. Carn d'heroi fresca per dinar!

Tots dos van apuntar.

—Percy necessita ajuda! —va cridar en Tyson, saltant davant meu en el moment precís en què tiraven les boles.

—Tyson! —vaig xisclar, però ja era massa tard.

Els dos projectils van xocar contra ell... o no... Els havia atrapat. En Tyson, que era tan maldestre que tombava material del laboratori i trencava les instal·lacions del pati tot sovint, havia enxampat dues boles de metall encès que es dirigien contra ell a un trilió de quilòmetres per hora. A una velocitat vertiginosa, les va tornar a llançar contra els dos lestrígons, els quals, just abans que les esferes de bronze els explotessin contra el pit, van esgaripar:

—MAAAAAL!

Els gegants es van desintegrar en dues columnes de flames bessones, la confirmació definitiva que eren monstres. Els monstres no moren. Només es dissipen en fum i pols, circumstància que estalvia als herois molta feina de neteja després d'un combat.

—Els meus germans! —va udolar en Joe Bob el caníbal. Va flexionar els músculs i el tatuatge de la Babycakes es va arrugar—. Pagaràs car haver-los destruït.

—Tyson! —vaig exclamar—. Alerta!

Un altre cometa s'abalançava cap a nosaltres. En Tyson va tenir el temps just de desviar-lo a una banda. Va volar per sobre el cap de l'entrenador Nunley (tan arran que li va encendre els cabells) i va anar a espetegar a les grades amb un cra-bum! fragorós.

Els nois corrien amunt i avall esgaripant, mirant d'esquivar els cràters encara encesos del terra. D'altres colpejaven la porta, demanant auxili. L'Sloan, pel seu compte, s'havia quedat petrificat al mig de la pista, contemplant incrèdul les boles mortals que volaven al seu voltant.

L'entrenador Nunley encara no s'adonava de res, tot i que ara tenia foc als cabells. Donava copets a l'audiòfon com si les explosions li provoquessin interferències, però no va apartar els ulls de la revista.

Per força, tota l'escola havia de sentir el terrabastall. El director, la policia, segur que vindria algú a ajudar-nos.

—La victòria serà nostra! —va rugir en Joe Bob el caníbal—. Ens afartarem amb els teus ossos!

Volia comentar-li que s'agafava el joc de matar massa seriosament, però primer va aixecar una altra pilota. I els altres tres gegants li van seguir l'exemple.

M'adonava que no en sortiríem vius. En Tyson no podria desviar tantes pilotes al mateix temps. Havia de tenir les mans greument cremades de quan havia bloquejat la primera andanada. Sense la meva espasa...

Se'm va ocórrer una idea esbojarrada.

Vaig arrencar a córrer cap als vestidors.

—Fora! —vaig cridar als companys d'equip—. Aparteu-vos de la porta.

Darrere meu, explosions. En Tyson havia rebotat dues pilotes contra els llançadors i els havia convertit en cendres.

Això deixava només dos gegants dempeus.

Una altra pilota va xiular de dret cap a mi. Em vaig obligar a esperar (un elefant, dos elefants...), i llavors em vaig apartar a un costat perquè l'esfera encesa destruís la porta.

En aquell moment se'm va ocórrer que el gas acumulat als vestidors de nois seria suficient per provocar una explosió, de manera que no em va sorprendre veure que la pilota en flames abrandava un enorme BUUUUUUUM!

La paret es va ensorrar. Les portelles dels armariets, els equips atlètics i un pilot de pertinences personals diverses més aviat desagradables es van escampar per tot el gimnàs.

Em vaig girar just a temps de veure en Tyson clavant un cop de puny a la cara d'en Menjacranis. El gegant es va cargolar, però l'últim lestrígon, en Joe Bob, havia retingut astut la seva pilota, esperant l'ocasió. La va llançar contra en Tyson just quan es tombava.

—No! —vaig cridar.

La pilota va encertar de ple en Tyson al pit. En Tyson va travessar lliscant tota la llargada de la pista i va xocar contra la paret del fons, que en part es va esquerdar i ensorrar damunt seu, badant un esvoranc que donava directament al carrer Church. No entenia que encara fos viu, però només semblava atordit. La bola de bronze fumejava als seus peus. En Tyson va intentar aixecar-la, però va caure d'esquena, en estat de xoc, sobre una pila de blocs de construcció.

—Bé! —va exclamar en Joe Bob, fent el fatxenda—. Sóc l'últim que queda dret! Tindré prou carn per portarne una bossa a la Babycakes!

Va recollir una altra pilota i va apuntar contra en Tyson.

—Prou! —vaig xisclar—. És a mi a qui voleu!

El gegant va somriure.

—Vols morir tu primer, jove heroi?

Havia de fer alguna cosa. La Contracorrent havia de ser allà, en algun lloc.

Llavors vaig clissar els meus texans enmig d'un munt de roba fumejant just davant dels peus del gegant. Si almenys pogués arribar-hi...

Em constava que era una acció desesperada, però em vaig abalançar endavant.

El gegant va esclafir a riure.

—El meu dinar s'acosta.

Va aixecar el braç per llançar. Em vaig preparar per morir. Tot d'una, el gegant es va tensar de cap a peus. Just on tenia el melic, la samarreta se li va estripar i en va sortir una cosa semblant a una banya... No, una banya no, la punta lluent de la fulla d'una arma.

La bola li va caure de la mà. El monstre va abaixar la mirada cap al punyal que l'havia travessat des del darrere.

Va murmurar un «ai», i va explotar en un núvol de flames verdoses, la qual cosa, segons vaig suposar, faria enrabiar de mala manera la Babycakes.

Dreta enmig de la fumarola hi havia la meva amiga Annabeth. Tenia la cara bruta i esgarrinxada. Una motxilla atrotinada penjada a l'espatlla, la gorra de beisbol a la butxaca, un punyal de bronze a la mà i una expressió ferotge en uns ulls color gris tempesta, com si l'hagués perseguit una bandada de fantasmes al llarg de mil quilòmetres.

En Matt Sloan, que s'havia passat tota l'estona allà horroritzat, finalment va tornar en si. Va parpellejar en veure l'Annabeth, com si la reconegués vagament de la foto del bloc d'apunts.

—Aquesta és la noia... aquesta és la noia...

L'Annabeth li va clavar un cop de puny al nas que el va deixar esterrecat.

—I tu no mortifiquis el meu amic —li va dir.

S'havia calat foc al gimnàs. Els nois encara corrien xisclant amunt i avall. Vaig sentir sirenes udolant i algú que parlava de manera confusa per l'intercomunicador. A través dels vidres de les portes de sortida, podia veure el director, el senyor Bonsai, barallant-se amb el pany, mentre una multitud de professors s'amuntegava darrere seu.

—Annabeth... —vaig quequejar—. Com has...? Quant fa que...?

—Diguem que tot el matí. —Va ficar el punyal de bronze a la funda—. Esperava una ocasió per parlar amb tu, però no et trobava mai sol.

—L'ombra que he vist de bon matí... ara resulta que... —Em sentia la cara bullent—. Ai, déus, eres tu mirant per la finestra del meu dormitori?

—No tinc temps d'explicar-t'ho! —em va etzibar, tot i que ella també semblava una mica ruboritzada—. El cas és que no volia...

—Per fi! —va xisclar una dona.

Les portes es van obrir violentament i va entrar una riuada d'adults.

—Vine a trobar-me a fora —em va dir l'Annabeth—. Amb ell. —Va assenyalar en Tyson, que encara estava estabornit a la paret, bo i dedicant-li una mirada de disgust que jo no vaig acabar d'entendre—. Més val que vingui també.

—Com?

—No hi ha temps! —va insistir—. Afanya't!

Es va posar la gorra dels Yankees, un regal màgic de la seva mare, i va desaparèixer.

Va ser així com em vaig quedar sol al mig d'un gimnàs en flames, quan el director va entrar envestint la porta amb la meitat del cos docent i un parell d'agents de policia.

—Percy Jackson?! —va exclamar el senyor Bonsai—. Què...? Com...?

Vora la paret ensorrada, en Tyson es va aixecar de la pila de blocs gemegant.

—El cap fa mal.

En Matt Sloan també es refeia. Va enfocar la mirada damunt meu amb expressió de terror.

—Ho ha fet en Percy, senyor Bonsai! Ha calat foc a tot l'edifici. L'entrenador Nunley l'hi explicarà! Ell ho ha vist tot!

L'entrenador Nunley continuava absort llegint la seva revista, però per desgràcia va escollir el moment en què l'Sloan l'anomenava, per aixecar la mirada.

—Eh? Sí. Mmm, hum.

Els altres adults es van girar cap a mi. Ja sabia que no em creurien de cap manera, ni que els pogués explicar la veritat.

Em vaig treure la Contracorrent dels texans destrossats i vaig dir a en Tyson:

—Anem!

Després vaig sortir saltant per l'esvoranc de la paret.

3

Fem parar el taxi del turment etern

L'Annabeth ens esperava en un carreró vora el carrer Church. D'una estrebada, ens va apartar a mi i en Tyson de la vorera just quan, amb la sirena engegada, passava un camió de bombers en direcció a Meriwether.

—On el vas trobar? —em va preguntar, indicant en Tyson.

En unes altres circumstàncies, m'hauria alegrat molt de veure-la, esclar. Havíem fet les paus l'últim estiu, per més que la seva mare era Atena i no s'avenia amb el meu pare. Probablement la trobava a faltar més del que volia reconèixer, l'Annabeth.

Però acabaven d'atacar-me una colla de gegants caníbals, en Tyson m'havia salvat la vida tres o quatre vegades, i a ella no se li acudia res més que mirar-lo com si ell fos el problema.

—És amic meu —li vaig assegurar.

—És un sense sostre?

—I això què té a veure amb la resta? Et pot sentir, saps? Per què no l'hi preguntes?

Va semblar sorpresa de debò.

—Sap parlar?

—Jo parlo —va admetre senzillament en Tyson—. Tu ets guapa.

—Ah! Que vulgar!

L'Annabeth es va apartar. Em costava creure que es comportés amb tan mala educació. Vaig examinar les mans a en Tyson, perquè hauria jurat que les havia de tenir cremades de les boles enceses, però aparentment estaven bé. Llardoses i esgarrapades, amb unes ungles brutes de la mida d'una patata fregida, però sempre les tenia així.

—Tyson —vaig remarcar incrèdul—. Les teves mans no estan ni tan sols socarrimades.

—És clar que no —va murmurar l'Annabeth—. Em sorprèn que els lestrígons tinguessin valor d'atacar-te, estant ell a prop.

En Tyson semblava fascinat pels cabells rossos de l'Annabeth. Va allargar una mà per toca'ls-hi, però ella li va picar els dits.

—Annabeth —vaig dir—. De què parles, ara? Lestri... què?

—Lestrígons. Els monstres del gimnàs. Són una raça de gegants caníbals que viuen al nord remot. L'Odisseu hi va topar una vegada, però no els havia vist mai tan al sud com és ara Nova York.

—Lestri... no sé ni pronunciar-ho. Com ho diries perquè ho entengui?

S'ho va rumiar un moment.

—Canadencs —va respondre—. Afanyem-nos. Ara hem de tocar el dos d'aquí.

—La policia em perseguirà.

—Aquest és el més petit dels nostres problemes —va afirmar ella—. Has tingut somnis, últimament?

—Somnis... sobre en Grover?

Es va posar pàl·lida.

—En Grover? No, què li passa, a en Grover?

Li vaig explicar el somni.

—Per què m'ho preguntes? En què has somiat tu?

Semblava que tingués els ulls emboirats, com si el pensament li anés a un milió de quilòmetres per hora.

—Campament —va dir al final—. Problemes grossos al campament.

—La meva mare m'ha dit el mateix! Quina mena de problemes?

—No ho sé exactament. Algun problema tenen. Hi hem d'anar immediatament. Els monstres m'han perseguit des de Virgínia amb la intenció d'aturar-me. No has patit atacs, tu?

Vaig respondre que no amb el cap.

—Ni un en tot l'any... fins avui.

—Ni un? Però com... —va desviar la mirada cap a en Tyson—. Ah.

—Què significa «ah»?

En Tyson va alçar una mà com quan era a classe.

—Els canadencs del gimnàs han dit Percy... fill del Déu del Mar?

L'Annabeth i jo vam intercanviar una mirada.

No sabia com explicar-ho, però suposava que en Tyson es mereixia saber la veritat, ja que havia estat a punt de deixar-hi la pell.

—Grandàs, no has sentit a parlar mai de les velles llegendes sobre els déus grecs? —li vaig preguntar—. Com ara Zeus, Posidó, Atena...

—Sí —va contestar en Tyson.

—Doncs, bé... aquests déus encara són vius. Diguem que van seguint la civilització occidental, vivint als països més poderosos, i per això ara són als Estats Units. I a vegades tenen fills amb humans mortals. A aquestes criatures, se les anomena «mestissos».

—Sí —va dir en Tyson, com si encara esperés que jo arribés al quid de la qüestió.

—Doncs bé, el cas és que l'Annabeth i jo som mestissos —vaig aclarir—. Som... una mena d'herois en període d'entrenament. I quan els monstres senten la nostra olor, ens ataquen. Això és el que eren aquells gegants del gimnàs. Monstres.

—Sí.

El vaig mirar de fit a fit. No semblava sorprès ni confós pel que li explicava, cosa que em sorprenia i confonia a mi.

—O sigui que... t'ho creus?

En Tyson va assentir.

—Però tu ets... fill del Déu del Mar.

—Sí —vaig admetre—. El meu pare és Posidó.

En Tyson va arrufar les celles. Ara sí que semblava confós.

—Però aleshores...

Una sirena udolava. Un cotxe de policia va passar xiulant per davant del carreró.

—No tenim temps per a tot això —va repetir l'Annabeth—. En parlarem al taxi.

—Un taxi d'aquí fins al campament?! —vaig exclamar—. Saps quant val?

—Confia en mi.

Jo dubtava.

—I en Tyson què?

Em vaig imaginar què representaria emportar-me el meu amic gegant al Campament Mestís. Si s'espantava al pati d'una escola normal amb abusananos normals, com reaccionaria en un campament d'entrenament per a semidéus? D'altra banda, la bòfia ens devia estar buscant...

—No el podem deixar sol —vaig decidir—. Ell també tindrà problemes.

—Sí. —L'expressió de l'Annabeth era severa—. Ens l'hem d'emportar segur. Marxem de seguida.

No em va agradar el to en què ho va dir, com si en Tyson fos un empestat que havíem de dur a l'hospital, però vaig seguir-la cap a la sortida del carreró. Tots tres junts ens vam esmunyir pels carrers poc fressats del centre, mentre darrere nostre s'enlairava una gran columna de fum provinent del gimnàs del col·legi.

—Aquí. —L'Annabeth es va aturar a la cantonada dels carrers Thomas i Trimble. Va remenar dins la motxilla—. Espero que me'n quedi un.

Feia més mala pinta del que m'havia semblat d'entrada. Tenia un tall a la barbeta. Herbes i branquillons entortolligats als cabells, com si hagués dormit al ras més d'una nit. Els estrips que tenia a la vora dels texans s'assemblaven sospitosament als senyals d'unes urpes.

—Què busques? —li vaig demanar.

Les sirenes sonaven pertot. M'imaginava que no trigarien gaire a aparèixer més policies, buscant delinqüents juvenils que fan explotar gimnasos. Segur que, a hores d'ara, en Matt Sloan ja havia fet una declaració. I probablement havia capgirat el relat, de manera que els caníbals assedegats de sang érem en Tyson i jo.

—N'he trobat un. Gràcies als déus.

L'Annabeth va treure una moneda d'or, que vaig reconèixer com una dracma, la moneda del mont Olimp. Hi havia una efígie de Zeus en una banda i l'Empire State Building a l'altra.

—Annabeth —li vaig dir—. Els taxistes de Nova York no te l'acceptaran.

—*Anakoche!* —va cridar en grec antic—. *Harma epitribeios!*

Com de costum, així que va parlar en el llenguatge de l'Olimp, ho vaig entendre tot sense saber per què. Havia exclamat: «Atura't, Carruatge de la Condemna!»

Això no em va provocar gens d'entusiasme entorn del seu pla. Va tirar la moneda al carrer, però en comptes de dringar sobre l'asfalt, la dracma s'hi va enfonsar i va desaparèixer.

Durant un moment, no va passar res. Llavors, just on havia caigut la moneda, l'asfalt es va enfosquir. Es va fondre dibuixant un bassal rectangular de la mida d'una plaça d'aparcament... en què bombollejava un líquid vermell com la sang. Llavors, del no-res va aparèixer un cotxe.

Era un taxi, efectivament, però a diferència de tots els altres taxis de Nova York, no era groc. Era d'un gris fumat. Vull dir que semblava que l'haguessin fabricat amb fum i que el poguessis travessar caminant. Hi havia unes paraules a la porta, alguna cosa com ara GSAMENRE GSIERS, però la dislèxia m'impedia desxifrar què deien.

La finestra de l'acompanyant es va abaixar. Una dona d'edat avançada va treure el cap. Tenia una mata de cabells grisos davant dels ulls i parlava balbucejant d'una manera estranya, com si li acabessin d'injectar una dosi de novocaïna.

—Passatge? Passatge?

—Tres passatgers al Campament Mestís —li va dir l'Annabeth.

Va obrir la porta del darrere del taxi i em va indicar que hi pugés, com si tot plegat fos completament normal.

—Arrg! —va grinyolar l'anciana—. De la seva espècie no en volem! —Va assenyalar en Tyson amb un dit ossut. Què passava? Era el dia mundial d'insultar els paios grans i lletjos?

—Pagarem el recàrrec —li va prometre l'Annabeth—. Tres dracmes més quan arribem.

—Fet! —va acceptar la dona.

Em vaig ficar dins el taxi a contracor. En Tyson es va estrènyer al mig i l'Annabeth hi va entrar l'última.

L'interior també era d'un gris fumat, però semblava prou sòlid. El seient estava estripat i ple de bonys, com a la majoria de taxis. I no hi havia cap pantalla de plexiglàs separant la zona de l'anciana conductora... Ei, un moment. No n'hi havia pas una, només. Hi havia tres velletes encaixonades al seient del davant, i totes tres tenien un serrell de cabells com filferros davant dels ulls, les mans ossudes i un vestit d'arpillera color carbó.

La que conduïa va dir:

—A Long Island! Amb recàrrec per ser fora de la zona metropolitana! Ha!

Va pitjar l'accelerador a fons i vaig picar de cap contra el suport del darrere. Una veu preenregistrada va sortir pels altaveus.

—Hola, us parla Ganimedes, mestre coper de Zeus, i quan surto a comprar vi per al Senyor del Firmament, sempre em cordo el cinturó!

Vaig mirar avall i vaig veure una cadena negra i llarga en comptes del cinturó de seguretat. Em vaig dir que no estava pas tan desesperat... encara.

El taxi va accelerar per la cantonada de West Broadway i la senyora del mig va grinyolar:

—Vigila! A l'esquerra!

—Bé, si em donessis l'ull, Tempesta, ho podria veure! —es va queixar la xofera.

Un moment. Donar-li l'ull?

No vaig tenir temps de preguntar res perquè la conductora va girar el volant bruscament per evitar un camió de repartiment que venia en direcció contrària, va passar per sobre de la vorera provocant un zump! que em va fer petar les dents, i va sortir disparada cap a l'illa de cases següent.

—Vespa! —va increpar la tercera senyora a la que conduïa—. Dóna'm la moneda d'aquesta noia! La vull mossegar!

—Tu ja la vas mossegar l'última vegada, Ira! —va replicar la conductora, que es devia dir Vespa—. Em toca a mi!

—No! —va xisclar la que es deia Ira.

La del mig, la Tempesta, va esgaripar:

—Un semàfor vermell!

—Frena! —va xisclar la Ira.

En comptes de fer-ho, la Vespa va pitjar l'accelerador i es va enfilar a la vorera, grinyolant en agafar un altre revolt, on de passada va tombar una màquina expenedora de diaris. Va deixar el meu estómac molt enrere, a prop del carrer Broome.

—Disculpi'm —vaig dir—. S'hi veu, vostè?

—No! —va bramar la Vespa des de darrere el volant.

—No! —va repetir amb un crit la Tempesta des del mig.

—És clar que sí! —va xisclar la Ira des de la finestreta de l'acompanyant.

Vaig mirar l'Annabeth.

—Són cegues?

—No del tot —em va contestar—. Tenen un ull.

—Un ull?

—Sí.

—Cada una?

—No. Un en total.

Al meu costat, en Tyson gemegava i s'agafava fort al seient.

—No trobo bé.

—Ai, déus! —vaig exclamar, perquè ja havia vist en Tyson marejat durant les excursions del col·legi, i hauria donat el que fos per ser a més de quinze metres de distància d'ell—. Aguanta, grandàs. Algú té una bossa o el que sigui?

Les tres senyores grises estaven massa enfeinades barallant-se per prestar-me atenció. Vaig donar un cop d'ull a l'Annabeth, que es veia més morta que viva, i amb la mirada li vaig preguntar «Per què em fas això?».

—Escolta —va dir—, el taxi de les Germanes Grises és el sistema més ràpid per anar al campament.

—Aleshores per què no el vas agafar a Virgínia?

—Perquè és fora de la seva zona de servei —va replicar, com si això fos evident—. Només operen a la gran Nova York i als municipis del voltant.

—Hem portat persones famoses en aquest taxi! —va exclamar la Ira—. Jàson! Us en recordeu?

—No m'hi facis pensar! —va udolar la Vespa—. Però aleshores no teníem taxi, bruixa arrugada. Va ser fa tres mil anys!

—Dóna'm la dent! —La Ira va intentar agafar la boca de la Vespa, però la Vespa li va clavar un cop a la mà.

—No pas fins que la Tempesta em doni l'ull!

—No! —va grunyir la Tempesta—. Tu el vas tenir ahir!

—Però ara estic conduint, vella fetillera!

—Excuses! Gira! Aquí havies de girar!

La Vespa va trencar bruscament pel carrer Delancy, i jo em vaig escruixir entre en Tyson i la porta. Va pitjar el gas a fons i vam sortir disparats pel pont de Williamsburg a cent deu quilòmetres per hora.

Ara les tres germanes es barallaven de veritat a bufetades, mentre la Ira intentava engrapar la cara de la Vespa i la Vespa intentava engrapar la de la Tempesta. Amb els cabells voleiant i les boques obertes, mentre s'escridassaven entre elles, em vaig adonar que de les tres germanes només la Vespa tenia una peça dental: un incisiu groc tirant a florit. Tampoc no tenien ulls, només unes parpelles tancades i enfonsades, a excepció de la Ira, que en tenia un de verd injectat en sang, que ho mirava tot àvidament, com si no en tingués mai prou, del que veia.

Finalment la Ira, que tenia l'avantatge de la vista, va aconseguir arrencar-li la dent de la boca a la Vespa. Això la va enfurir de tal manera que va girar de cop cap al caire del pont, xisclant:

—Orna-me-la! Orna-me-la!

En Tyson gemegava agafant-se l'estómac.

—Uf, si algú hi té cap interès —vaig apuntar—, estem a punt de morir!

—No pateixis —em va dir l'Annabeth, en un to francament preocupat—. Les Germanes Grises saben el que es fan. Són molt sàvies, t'ho asseguro.

Si ho deia la filla d'Atena... però no em va pas omplir de confiança. Lliscàvem pel caire d'un pont a quaranta metres de l'East River.

—Sí, sàvies! —La Ira va somriure pel retrovisor, feia ostentació de la dent de la qual s'acabava d'apoderar—. Sabem coses!

—Tots els carrers de Manhattan! —va exclamar la Vespa fent el fatxenda, sense parar de copejar la seva germana—. La capital del Nepal!

—El lloc que busques! —va afegir la Tempesta.

Les seves germanes van començar immediatament a estomacar-la des dels dos costats, mentre esgaripaven:

—Calla! Calla! Ni tan sols ens ho havia preguntat encara!

—Què?! —vaig exclamar—. Quin lloc? Jo no busco cap...

—Res! —va intervenir la Tempesta—. Tens raó, noi. Res de res!

—Expliqueu-m'ho.

—No! —van xisclar totes tres.

—L'última vegada que ho vam revelar va ser horrible! —va remarcar la Tempesta.

—L'ull va anar a parar a un llac! —va corroborar la Ira.

—Vam trigar anys a trobar-lo! —va grinyolar la Vespa—. I ara que en parlem, torna-me'l!

—No! —va esgaripar la Ira.

—L'ull! —va xisclar la Vespa—. Dóna-me'l!

Va clavar un cop a l'esquena de la seva germana. Es va sentir un plop repulsiu i alguna cosa va sortir volant de la cara de la Ira. Ella va agitar els braços, debatent-se per atrapar-lo al vol, però només va aconseguir donar-li un cop amb el dors de la mà. Aquella esfera verda i llefiscosa va passar xiulant per sobre de la seva espatlla cap al seient del darrere, i de pet sobre la meva falda.

Vaig saltar amb tant d'impuls que vaig picar de cap al sostre i el globus ocular va rodolar enllà.

—No m'hi veig! —van esgaripar les tres germanes simultàniament.

—Dóna'm l'ull! —va udolar la Vespa.

—Dóna-li l'ull! —va xisclar l'Annabeth.

—No el tinc pas! —vaig replicar.

—Allà, vora el teu peu —va assenyalar l'Annabeth—. No l'aixafis! Agafa'l!

—No penso tocar-lo!

El taxi va xocar contra la barana d'obra, va derrapar i va xerricar estrepitosament. Tot el cotxe va tremolar i va expulsar un fum gris com si la tensió l'hagués de dissoldre.

—Aviat vomitaré! —ens va avisar en Tyson.

—Annabeth —vaig xisclar—, deixa-li fer servir la teva motxilla!

—Que ets boig? Agafa l'ull!

La Vespa va estrebar el volant i el taxi es va apartar de la barana bruscament. Ens vam abalançar pel pont en direcció a Brooklyn, més de pressa que cap taxi humà. Les Germanes Grises grunyien i s'estomacaven a tres bandes, reclamant l'ull a crits.

Finalment, vaig fer el cor fort. Vaig estripar-me un tros de la samarreta destenyida, que igualment em queia a trossos a causa de les cremades, i el vaig fer servir per recollir el globus ocular de terra.

—Bon noi! —va cloquejar la Ira, com si d'alguna manera ja sabés que havia agafat el seu mirador extraviat—. Torna-me'l.

—No pas fins que us expliqueu —vaig protestar—. De què parlàveu abans, sobre el lloc que busco?

—No hi ha temps! —va xisclar la Tempesta—. Accelerem!

Vaig mirar per la finestreta. Efectivament, arbres, cotxes i veïnats sencers fugien vertiginosament com un fons gris difuminat. Ja havíem sortit de Brooklyn i travessàvem Long Island pel mig.

—Sense l'ull no trobaran el lloc on anem, Percy —em va advertir l'Annabeth—. Continuarem accelerant fins que ens trenquem a bocinets.

—Primer m'ho han de dir —vaig insistir—. Si no, obriré la finestra i llançaré l'ull al trànsit.

—No! —van udolar les Germanes Grises—. És massa perillós!

—Començo a abaixar el vidre.

—Espera! —van esgaripar les Germanes Grises—. Trenta, trenta-u, setanta-cinc, dotze!

Ho van cantussejar amb veu estrident, com un *quarterback* anunciant una jugada.

—Què vol dir això? —vaig exclamar—. No té sentit!

—Trenta, trenta-u, setanta-cinc, dotze! —va grinyolar la Ira—. No et podem dir res més. Ara dóna'ns l'ull. Gairebé som al campament!

Ara érem fora de l'autopista i creuàvem la zona nord de Long Island a una velocitat vertiginosa. Podia veure el Turó Mestís davant nostre, amb el pi gegant al cim, el pi de la Thalia, que contenia la força vital d'una heroïna caiguda.

—Percy! —va exclamar l'Annabeth amb més èmfasi—. Dóna'ls l'ull immediatament!

Vaig decidir no discutir-m'hi. Vaig tirar l'ull a la falda de la Vespa. La velleta el va arreplegar, se'l va ficar a l'òrbita com qui es posa una lentilla i va parpellejar.

—Uau!

Va clavar els frens. El taxi va donar tres o quatre voltes en cercle dins d'un núvol de fum, i es va aturar grinyolant al mig de la carretera rural, al peu del Turó Mestís.

En Tyson va deixar anar un rot fenomenal.

—Ja trobo més bé.

—D'acord —vaig dir a les Germanes Grises—. Ara expliqueu-me què signifiquen aquestes xifres.

—No tenim temps! —va replicar l'Annabeth, obrint la porta—. Hem de baixar ara.

Estava a punt de preguntar-li per què quan vaig mirar cap al Turó Mestís i ho vaig comprendre. Al cim del turó hi havia un grup de residents. I es defensaven d'un atac.

4

En Tyson juga amb foc

Mitològicament parlant, si alguna cosa detesto més que els trios de velletes, són els toros.

L'estiu anterior havia lluitat contra el Minotaure al cim del Turó Mestís. I el que hi vaig veure aquesta vegada encara era pitjor. Dos toros. I no pas toros normals: toros de bronze grans com elefants. I tampoc això no era prou horrorós. També expulsaven foc per la boca, naturalment.

Així que vam baixar del taxi, les Germanes Grises van sortir a tota marxa en direcció a Nova York, on la vida era més segura. Ni tan sols van esperar a cobrar les tres dracmes de recàrrec. Ens van deixar al voral i punt. L'Annabeth sense res més que la motxilla i el ganivet; en Tyson i jo, vestits encara amb la roba de gimnàstica socarrimada.

—Ostres! —va exclamar l'Annabeth, contemplant la batalla rabiosa de dalt del turó.

El que més em preocupava no eren els toros. Ni els deu herois amb armadura completa als quals estomacaven el cul de bronze platejat. El que més em preocupava era que els toros anaven i venien per tot el turó, fins i tot per darrere del pi. Això no hauria d'haver estat possible. Les fronteres màgiques del campament no permetien que els monstres traspassessin el límit del pi de la Thalia. Però aquells toros de metall ho feien igualment.

Un dels herois va cridar:

—Patrulla de frontera, aquí!

Era una veu de noia, ronca, que em resultava familiar.

«Patrulla de frontera?», em vaig dir. Al campament no n'hi havia, de patrulles de frontera.

—És la Clarisse —va apuntar l'Annabeth—. Va, l'hem d'anar a ajudar.

A la meva llista de coses per fer de seguida, anar corrent a ajudar la Clarisse normalment no hauria estat gaire amunt. Era una de les pitjors abusananos del campament. El dia que ens vam conèixer va intentar ficar-me de cap dins la tassa d'un vàter. A més, era filla d'Ares, amb el qual jo havia tingut una discussió molt greu l'estiu anterior, i per això el déu de la guerra i tots els seus fills m'odiaven amb tota l'ànima.

D'altra banda, la Clarisse tenia problemes de debò. Els guerrers que l'acompanyaven fugien a la desbandada aterrits davant l'envestida dels toros. Clapes d'herba grandioses cremaven al voltant del pi. Un heroi xisclava i agitava els braços corrent en cercles, amb el plomall de cavall del casc encès com si fos un mohawk ferotge.

Fins i tot l'armadura de la Clarisse estava socarrada. Lluitava amb el pal d'una llança trencada, la punta de la qual havia incrustat inútilment a la juntura metàl·lica de l'espatlla d'un dels dos toros.

Vaig destapar el meu bolígraf. Va mirallejar mentre augmentava de mida i pes fins que, a les mans, vaig tenir l'espasa de bronze Anaklusmos.

—Tyson, queda't aquí. No vull que t'arrisquis més.

—No! —va bramar l'Annabeth—. El necessitem.

Vaig mirar-la fixament.

—És un mortal. Ha tingut sort amb les boles enceses al gimnàs, però no pot...

—Percy, no saps què són aquells monstres d'allà dalt? Els toros de Còlquida, que va fabricar Hefest en persona. No podem lluitar contra ells sense la protecció solar UPF cinquanta mil de Medea. Ens cremaríem com una patata fregida.

—El què de Medea?

L'Annabeth va remenar el contingut de la seva motxilla i va renegar.

—Tenia un pot d'essència de coco tropical a la tauleta de nit de casa. Per què no el vaig agafar?

Havia après feia temps de no qüestionar gaire l'Annabeth. Només servia per confondre'm encara més.

—Mira, no sé de què em parles, però no permetré que en Tyson acabi rostit.

—Percy...

—Tyson, queda't aquí. —Vaig aixecar l'espasa—. Me'n vaig al combat.

En Tyson va intentar protestar, però jo ja corria turó amunt en direcció a la Clarisse, que escridassava la patrulla perquè formés en falange. Era una bona idea. Els pocs que l'escoltaven es van arrenglerar espatlla amb espatlla, serrant els escuts per formar una paret de cuir i bronze, amb les llances sobresortint per dalt com les punxes d'un eriçó.

La Clarisse, per desgràcia, només va aconseguir reunir sis guerrers. Els altres quatre encara corrien amb els cascos encesos. L'Annabeth hi va acudir ràpidament amb la intenció d'ajudar-los. Va atraure un dels toros perquè la perseguís i després es va tornar invisible, cosa que va confondre el monstre completament. L'altre va carregar contra el rengle de la Clarisse.

Jo era a mig camí del cim del turó, massa lluny per prestar ajuda. La Clarisse ni tan sols m'havia vist.

El toro es movia a una velocitat espantosa per a una bèstia tan grossa. La gropa metàl·lica li brillava a la llum del sol. Per ulls tenia robins de la mida d'un puny, i les banyes eren de plata polida. Quan va obrir la boca, collada amb frontisses, en va sortir una flamarada d'un blanc roent.

—Aguanteu el rengle! —va ordenar la Clarisse als guerrers.

Se'n podia dir una pila de coses, d'ella, però indiscutiblement era valenta. Una noia corpulenta amb ulls cruels com els del seu pare Ares. Semblava que hagués nascut per portar l'armadura grega de combat, però no se m'acudia com podria resistir l'envestida del toro. Ni tan sols ella.

Malauradament, en aquell moment el segon toro va perdre l'interès per trobar l'Annabeth i es va tombar de cara al costat desprotegit de la Clarisse.

—Darrere teu! —vaig cridar—. Alerta!

No hauria d'haver dit res, perquè només vaig aconseguir sobresaltar-la. El toro n. 1 va xocar contra l'escut d'ella i la falange es va ensorrar. La Clarisse va sortir volant enrere i va aterrar sobre una clapa d'herba espurnejant. El toro n. 1 va passar de llarg en una envestida, però abans va escometre els altres herois amb una alenada de foc. Els escuts es van fondre al braç dels guerrers, que van deixar caure les armes i van fugir corrent mentre el toro n. 2, que carregava contra la Clarisse, entrava a matar.

Em vaig tirar endavant i vaig agafar la Clarisse per les subjeccions de l'armadura. La vaig apartar del mig en el precís moment en què el toro n. 2 passava com un tren de mercaderies. Li vaig regalar una bona segada amb la Contracorrent i li vaig fer un tall enorme al flanc, però el monstre només va espetegar i grunyir i va seguir endavant.

No m'havia tocat en absolut, però podia notar-ne l'escalfor de la pell de metall. Amb la seva temperatura corporal, hauria pogut escalfar un burrito congelat en qüestió de segons.

—Deixa'm! —La Clarisse em va donar un cop a la mà—. Maleït siguis, Percy!

La vaig deixar sobre un monticle al costat del pi i em vaig girar de cara als toros. Ara érem a la banda interior de la falda del turó, i just a sota hi havia la vall del Campament Mestís amb les cabanes, les instal·lacions d'entrenament i la Casa Gran... i tot correria un gran perill si aquests dos toros superaven la nostra defensa.

A crits, l'Annabeth va ordenar als altres herois que s'escampessin i distraguessin els toros.

El n. 1 va traçar un arc ample, tornant cap a mi. Just en creuar el vessant del turó, allà on la línia invisible de la frontera l'hauria d'haver aturat, va alentir una mica la marxa, com si forcegés contra un vent poderós, però de seguida el va superar i va continuar endavant. El toro n. 2 es va girar cap a mi, escopint foc per l'esvoranc que li havia esqueixat al flanc. Jo no sabia si sentia dolor o no, però els robins que tenia per ulls feien la impressió de mirar-me com si acabés de convertir l'assumpte en una qüestió personal.

No podia lluitar contra tots dos toros al mateix temps. Hauria d'esterrecar primer el n. 2 i tallar-li el cap, abans que el n. 1 m'envestís i em tornés a tenir a l'abast. Ja em notava el cansament als braços. Em vaig adonar que feia molt de temps que no maniobrava amb la Contracorrent i que estava desentrenat.

Em vaig abalançar endavant, però el toro n. 2 em va escopir una flamarada. Vaig rodolar a un costat mentre l'aire es convertia en pura calor. Em va xuclar tot l'oxigen dels pulmons. El peu se'm va entrebancar amb alguna cosa, potser l'arrel d'un arbre, i una bursada de dolor em va resseguir des del turmell. Amb tot, vaig aconseguir brandar l'espasa i retallar al monstre un tros de morro. Va galopar enllà, salvatge i desorientat, però abans que això m'omplís de goig, vaig intentar posar-me dret i la cama esquerra se'm va doblegar. M'havia torçat el turmell, potser trencat i tot.

El toro n. 1 va carregar de dret cap a mi. No em podia apartar del seu camí de cap manera.

L'Annabeth va cridar:

—Tyson, ajuda'l!

En algun lloc proper, vora el cim del turó, en Tyson va gemegar:

—No puc... passar!

—Jo, Annabeth Chase, et dono permís per entrar al campament!

Un tro va fer tremolar el turó. Tot d'una, en Tyson era allà, corrent cap a mi com un ariet mentre xisclava:

—Percy necessita ajuda!

Abans que li pogués dir que no, es va ficar entre jo i el toro, just quan la bèstia deixava anar una tempesta de foc nuclear.

—Tyson! —vaig esgaripar.

L'explosió es va arremolinar al seu voltant com un tornado vermell. Jo només li podia veure la silueta negra del cos. Sabia, amb una certesa horrible, que el meu amic s'acabava de convertir en la briqueta de carbó més gran del món.

Però quan el foc es va apagar, en Tyson encara era dret allà, absolutament il·lès. La seva roba ronyosa ni tan sols no estava socarrimada. El toro es devia quedar tan esbalaït com jo, perquè, abans que pogués alliberar una segona explosió, en Tyson va serrar els punys i els va llançar com martells contra la cara del toro.

—Vaca dolenta!

Els punys d'en Tyson van formar un cràter on hi solia haver el morro del toro de bronze. De les orelles, en sortien dues columnes primes de foc. En Tyson el va tornar a colpejar i la bèstia de bronze es va ensorrar sota els seus punys com si fos de paper de plata. La cara del toro ara semblava un titella de mitjó girat del revés.

—Avall! —va bramar en Tyson.

El toro va tentinejar i va caure d'esquena. Va moure les cames feblement en l'aire, expulsant vapor pels llocs més impensables del seu cap destrossat.

L'Annabeth va venir corrent cap a mi per veure com estava.

Em sentia el turmell com si el tingués ple d'àcid, però em va fer beure una mica de nèctar olímpic de la seva cantimplora i immediatament em vaig començar a trobar millor. Es va escampar una pudor de cremat que més endavant vaig saber que era meva. Tenia les celles i el pèl dels braços completament socarrats.

—I l'altre toro? —li vaig preguntar.

L'Annabeth va assenyalar turó avall. La Clarisse s'havia encarregat de la vaca dolenta n. 2. Li havia travessat una pota del darrere amb una llança de bronze celestial. Ara, amb el morro escantonat i un tall enorme al flanc, intentava córrer a càmera lenta, traçant cercles com un animal d'uns cavallets.

La Clarisse es va treure el casc d'una estrebada i va venir cap a nosaltres gambant. Encara tenia un floc de cabells castanys mig encès, però aparentment ni se n'adonava.

—Ho has... espatllat tot! —em va dir, bramant—. Ho tenia sota control.

Jo estava massa commocionat per contestar.

L'Annabeth va grunyir:

—Jo també m'alegro de veure't, Clarisse.

—Arrg! —va esgaripar ella—. Que mai més, MAI, no provis de salvar-me!

—Clarisse —va reprendre l'Annabeth—, tens guerrers ferits.

Això li va fer recuperar el seny. Fins i tot ella es preocupava pels soldats que tenia a les seves ordres.

—Ara torno —va grunyir, i després va marxar apressada per atendre les baixes.

Jo mirava en Tyson de fit a fit.

—No t'has mort.

En Tyson va abaixar la mirada, avergonyit.

—Ho sento. He vingut ajudar. Desobeït a tu.

—És culpa meva —va remarcar l'Annabeth—. No tenia més alternativa. L'havia de deixar creuar la frontera per salvar-te. En cas contrari, ara series mort.

—Deixar-lo creuar la frontera? —vaig repetir—. Però...

—Percy —em va interrompre—, te l'has mirat de prop, en Tyson? Vull dir... a la cara. Ignora la Boira i mira-te'l a consciència.

La Boira... Aconseguia que els humans només veiessin el que eren capaços de processar amb el cervell. Ja sabia que també podia enganyar els semidéus, però...

Vaig mirar la cara d'en Tyson. No era fàcil. Sempre havia tingut problemes per mirar-lo de dret, tot i que no sabia ben bé per què. Em pensava que només era perquè sempre tenia mantega de cacauet entre les dents corcades. Em vaig obligar a enfocar la mirada en el seu nas gros i protuberant, i un tros més amunt, en els ulls...

No, ulls no.

Un i prou. Un ull gran, marronós com la pell de cabrit, just al mig del front, amb pestanyes gruixudes i unes llàgrimes grosses, que li baixaven per totes dues galtes.

—Tyson —vaig quequejar—. Ets un...

—Un ciclop —va concretar l'Annabeth—. Un nadó, per la pinta que fa. Probablement per això no podia travessar la frontera amb la mateixa facilitat que els toros. En Tyson és un dels orfes sense sostre.

—Un què?

—N'hi ha gairebé a totes les grans ciutats —va precisar l'Annabeth, disgustada—. Són... *equivocacions*, Percy. Fills dels esperits de la naturalesa i els déus... bé, d'un déu en particular, normalment... i no sempre neixen ben formats. No els vol ningú. Acaben marginats. Creixen al carrer sense educació. No sé com et va trobar, aquest, però és evident que li caus bé. L'hauríem de dur a en Quiró i que decideixi què cal fer.

—Però, el foc... Com...

—És un ciclop. —L'Annabeth va fer una pausa, com si li hagués sobrevingut un record desagradable—.

Treballen a les forges dels déus. Hi deuen ser immunes. Això és el que et volia dir.

Em trobava en un estat de xoc total. Com podia ser que no m'hagués adonat de què era en Tyson?

Però en aquell moment no tenia pas temps per pensar-hi. S'havia encès tota la falda del turó. Els herois ferits necessitaven auxili. I encara ens hauríem de desempallegar de dos toros de bronze desmanegats, que al meu parer no cabrien als cubells de reciclatge ordinaris.

La Clarisse va tornar, netejant-se la brutícia del front.

—Jackson, si t'aguantes dret, aixeca't. Ens hem d'emportar els ferits a la Casa Gran i comunicar a en Tàntal què ha passat.

—En Tàntal? —li vaig preguntar.

—El director d'activitats —va replicar la Clarisse, impacient.

—El director d'activitats és en Quiró. I l'Argus on para? És el cap de seguretat. Hauria de ser aquí.

La Clarisse va posar cara de pomes agres.

—A l'Argus el van acomiadar. Fa molt temps que sou fora, vosaltres dos. Les coses canvien.

—Però en Quiró... Ha entrenat els nanos per lluitar contra els monstres al llarg de tres mil anys. No pot ser que se n'hagi anat. Què ha passat?

—Això és el que ha passat —em va etzibar la Clarisse.

Va assenyalar l'arbre de la Thalia.

Tots els residents coneixien la història d'aquell arbre. Sis anys abans, en Grover, l'Annabeth i dos semidéus més anomenats Thalia i Luke havien arribat al Campament Mestís perseguits per un exèrcit de monstres. Els van acorralar al cim d'aquest turó, on la Thalia, filla de Zeus, va lliurar el combat final per donar temps als seus amics a arribar a un lloc segur. Quan la Thalia expirava, el seu pare, Zeus, se'n va compadir i la va transformar en un pi. El seu esperit havia reforçat la frontera màgica del campament per protegir-lo dels monstres. El pi havia estat sempre allà des d'alesshores, poderós i ple de salut.

Però ara tenia les agulles grogues. Una gran pila que ja eren mortes s'arremolinaven al peu de l'arbre. Al centre del tronc, a un metre de terra, hi havia una incisió de la mida del forat d'una bala, d'on supurava una saba verda.

Un resquill de gel em va travessar el pit. Ara entenia per què el campament estava en perill. Les fronteres màgiques s'ensorraven perquè el pi de la Thalia es moria.

Algú l'havia enverinat.

5

Tinc un company de cabana nou

No has entrat mai a casa i t'has trobat la teva habitació completament regirada? Com si algú amb moltes ganes d'ajudar (hola, mama) hagués intentat «endreçar-la» i llavors resulta que ets incapaç de trobar res enlloc? I que, encara que no et falti res, tens la impressió inquietant que algú ha estat espiant les teves coses i t'ho ha embrutat tot amb cera de mobles d'olor de llimona?

Doncs jo em sentia més o menys així quan vaig tornar a veure el Campament Mestís.

En la superfície les coses no semblaven tan diferents. La Casa Gran encara era allà, amb l'agulló blau de la teulada i el porxo a tot el perímetre. Els camps de maduixes encara prenien el sol. Hi havia els mateixos edificis de columnes gregues blanques escampats per la vall: l'amfiteatre, les arenes dels lluitadors i el pavelló menjador amb vistes al golf de Long Island. I arraulides entre el bosc i el rierol, les mateixes cabanes; un assortiment esbojarrat de dotze construccions, representant un déu olímpic diferent cadascuna.

Però ara es notava una atmosfera de perill. Es percebia que alguna cosa no anava bé. En comptes de jugar a voleibol a la pista de sorra, els consellers i els sàtirs apilaven armes al cobert de les eines. Les dríades, armades amb arcs i fletxes, parlaven nervioses al límit del bosc. El bosc mateix tenia un aspecte malaltís, l'herba de la praderia era d'un groc pàl·lid i els rastres de foc al Turó Mestís cridaven l'atenció com cicatrius repulsives.

Algú havia fet malbé el lloc que més m'agradava del món, i jo no em sentia com... un resident feliç, vaja.

Mentre fèiem camí cap a la Casa Gran, vaig reconèixer un pilot de nanos de l'estiu passat. Ningú es va parar a parlar. Ningú em va dir: «Benvingut al campament». Alguns, quan veien en Tyson, s'hi fixaven dues vegades, però la majoria passaven de llarg amb aire esquerp i continuaven fent el que feien: portar missatges o transportar espases per esmolar-les amb les pedres giratòries. El campament semblava una escola militar. I creieu-me: sé del que parlo. M'han expulsat d'un parell d'escoles d'aquestes o tres.

Res de tot això no afectava en Tyson. Estava absolutament fascinat per tot el que veia.

—Qu'és això? —esbufegava.

—Els estables dels pegassos —vaig respondre—. Els cavalls alats.

—Qu'és això?

—Hum... això són els lavabos.

—Qu'és això?

—Les cabanes dels residents. Si no saben qui és el teu parent olímpic, t'adscriuen a la cabana d'Hermes, aquella marronosa d'allà, fins que t'arriba el reconeixement. Llavors, quan ja se sap de qui ets fill, t'instal·len amb la colla del teu pare o la teva mare.

Em va mirar meravellat.

—Tu... tu tens una cabana?

—La número 3.

Vaig assenyalar una construcció baixa de color gris feta de pedra de mar.

—Comparteixes la cabana amb altres amics?

—No. M'hi estic jo sol.

No em venia de gust explicar-me.

La veritat resultava incòmoda: era l'únic estadant d'aquella cabana perquè en teoria no hauria de ser viu. Els Tres Grans, Zeus, Posidó i Hades, després de la Segona Guerra Mundial havien pactat que no tindrien més descendència amb mortals. Els fills dels Tres Grans érem més poderosos que els mestissos normals. I massa imprevisibles. Quan ens enrabiàvem érem propensos a causar problemes... com la Segona Guerra Mundial, per exemple. El pacte entre els Tres Grans només s'havia trencat dues vegades: quan Zeus havia engendrat la Thalia i quan Posidó m'havia engendrat a mi. Ni ella ni jo no hauríem d'haver nascut.

Zeus havia transformat la Thalia en un pi quan ella tenia dotze anys. Jo... bé, jo m'esforçava tant com podia per no seguir-ne l'exemple. Tenia malsons sobre allò en què em transformaria Posidó si mai em trobava al caire dc la mort: plàncton, potser. O una illeta de varec flotant.

Quan vam arribar a la Casa Gran, vam trobar en Quiró al seu apartament, escoltant música *lounge* dels anys seixanta mentre ficava l'equipatge a les alforges.

Suposo que hauria de comentar que... en Quiró és un centaure. De cintura en amunt sembla un paio normal de mitjana edat, amb cabells castanys prims i una barba descuidada. De cintura en avall és un semental blanc. Es pot fer passar per humà gràcies al recurs de compactar tota la meitat inferior dins una cadira de rodes màgica. De fet, quan jo feia sisè, es va fer passar per professor de llatí. Però la major part del temps, si el sostre és prou alt, prefereix moure's amb la forma de centaure completa.

Així que el vam veure, en Tyson es va quedar de pedra.

—Poni! —va cridar, absolutament meravellat.

En Quiró es va girar amb aire ofès.

—Com dius?

L'Annabeth s'hi va acostar corrent i el va abraçar.

—Quiró, què està passant? No em diguis que... te'n vas?

Li tremolava la veu. En Quiró era com un segon pare per a ella.

En Quiró li va esbullar els cabells amb un somriure amable.

—Hola, reina. I tu, Percy, pels déus... com has crescut en un any!

Vaig empassar saliva.

La Clarisse ens ha dit que t'han... que t'han...

—Acomiadat. —Es va traslluir una lluïssor d'humor negre en la seva mirada—. Sí, bé, algú s'ha de carregar les culpes. El senyor Zeus estava molt enfadat. El pi que havia creat a partir de l'esperit de la seva filla... enverinat! El senyor D havia de castigar algú.

—Que no fos ell, vols dir —vaig grunyir jo.

Només de pensar en el senyor D, el director del campament, m'enrabiava.

—Però això és de bojos! —va exclamar l'Annabeth—. Quiró, tu no pots haver tingut res a veure amb l'enverinament de l'arbre de la Thalia!

—Sigui com sigui, la realitat és que en aquestes circumstàncies, a l'Olimp hi ha algú que no confia en mi.

—Quines circumstàncies? —li vaig preguntar.

L'expressió del centaure es va enfosquir. Va entaforar un diccionari de llatí dins les alforges mentre la música de Frank Sinatra continuava fluint de l'equip de so portàtil.

En Tyson encara mirava en Quiró esbalaït. Grinyolava com si volgués acariciar el llom del centaure però tingués por d'acostar-s'hi més.

—Poni?

En Quiró va ensumar:

—Estimat jove ciclop! Sóc un centaure.

—En Quiró —vaig intervenir—. I l'arbre, què? Què li ha passat?

Va sacsejar el cap amb posat trist.

—El verí que han utilitzat amb el pi de la Thalia prové de l'Inframón, Percy. És d'una mena que ni tan sols jo no havia vist mai. Deu haver sortit d'algun monstre de les profunditats més remotes del Tàrtar.

—Doncs ja sabem qui n'és el responsable. Cro...

—No invoquis el nom del senyor dels titans, Percy. Especialment ara i aquí.

—Però l'estiu passat va intentar provocar una guerra civil a l'Olimp! Tot això ha de ser idea seva per força. Devia ordenar a en Luke que ho fes, aquell traïdor maleït.

—Potser sí —va respondre en Quiró—. Però temo que me'n consideren responsable perquè no ho vaig saber evitar i no hi sé posar remei. A l'arbre només li queden unes quantes setmanes de vida, si no...

—Si no, què? —va intervenir l'Annabeth.

—No, res —va replicar en Quiró—. Una idea esbojarrada. Tota la vall està afectada per l'impacte del verí. Les fronteres màgiques s'han deteriorat. El campament en pes viu agonitzant. Només hi ha una font de màgia específica que seria prou poderosa per capgirar la situació, i es va perdre fa segles.

—Quina? Anem-la a buscar! —vaig exclamar.

En Quiró va tancar les alforges. Va pitjar el botó per apagar l'equip de so. Després es va girar i em va posar una mà sobre l'espatlla, mirant-me fixament als ulls.

—Percy, m'has de prometre que no actuaràs precipitadament. Ja vaig dir a la teva mare que no volia que aquest estiu t'acostessis per res. És massa perillós. Però ja que ets aquí, queda't. Entrena't molt. Aprèn a lluitar. Però no marxis.

—Per què? —li vaig preguntar—. Vull fer alguna cosa! No em puc quedar mirant com s'enfonsen les fronteres. El campament en pes acabaria...

—Ocupat pels monstres —va enllaçar en Quiró—. Sí, temo que sí. Però no has de permetre que et forcin a actuar amb precipitació! Podria ser una trampa del senyor dels titans. Recorda't de l'estiu passat! Gairebé et mata.

Era veritat, però tot i així em moria de ganes d'ajudar. Volia fer-les pagar totes a Cronos.

El senyor dels titans hauria d'haver après la lliçó ja fa eons, quan els déus el van destronar. El fet que el tallessin en un milió de trossets i el llancessin a la part més fosca de l'Inframón li hauria d'indicar subtilment que ningú el volia a prop. Però no. Com que era immortal, encara era viu al fons del Tàrtar, patint eternament, obsessionat per tornar i venjar-se de l'Olimp. No podia actuar personalment, però era un mestre a l'hora de manipular el pensament dels mortals, i fins i tot dels déus, de manera que li fessin la feina bruta.

L'enverinament havia de ser cosa seva. Qui més seria tan mesquí per atacar l'arbre de la Thalia, l'única cosa que quedava d'una heroïna que havia donat la vida per salvar la dels seus amics?

L'Annabeth feia esforços per no plorar. En Quiró li va eixugar una llàgrima.

—Queda't amb en Percy, reina —li va dir—. Vigila que no prengui mal. I no oblidis la profecia!

—Faré... faré el que em dius.

—Hum. Aquesta deu ser la profecia superperillosa que parla de mi però que els déus us han prohibit d'explicar-me, suposo —vaig apuntar.

No em va contestar ningú.

—Molt bé —vaig murmurar—. Només en volia estar segur.

—Quiró... —va dir l'Annabeth—. ¿No em vas comentar que els déus només t'havien concedit la immortalitat mentre et necessitessin per entrenar herois? Si et fan fora del campament...

—Jura'm que faràs tot el que puguis per protegir en Percy de qualsevol perill —va insistir—. Jura-m'ho pel riu Estix.

—Ho... ho juro pel riu Estix —va dir l'Annabeth.

A fora va ressonar un tro.

—Molt bé —va reprendre en Quiró, que semblava una mica més relaxat—. Potser un dia recobraré el prestigi i tornaré. Fins aleshores, aniré a visitar els meus congèneres als Everglades. Podria ser que coneguessin una cura que he oblidat. En tot cas, em quedaré a l'exili fins que es resolgui aquest assumpte... d'una manera o d'una altra.

L'Annabeth va sufocar un sanglot.

En Quiró li va donar un copet a l'espatlla amb un gest maldestre.

—Va, va, reina. He de confiar la vostra seguretat al senyor D i al nou director d'activitats. Hem de tenir esperança... potser no destruiran el campament tan de pressa com em sembla.

—Qui és aquest tal Tàntal, parlant de tot? —vaig preguntar—. Què en traurà, de prendre't la feina?

Un corn de mar va ressonar a través de la vall. No m'havia adonat que era tan tard. Era l'hora que els residents s'havien de reunir per sopar.

—Vés —va dir en Quiró—. El trobaràs al pavelló. Em posaré en contacte amb la teva mare, Percy, i li faré saber que estàs bé. Segur que a hores d'ara deu estar patint. En tot cas, recorda't del meu advertiment! Corres un gran perill. No pensis ni per un moment que el senyor dels titans s'ha oblidat de tu.

I després de dir això, va sortir al pas de l'apartament en direcció al vestíbul, mentre en Tyson el cridava:

—Poni! No marxis!

Llavors vaig pensar que m'havia descuidat d'explicar-li el meu somni sobre en Grover. Però ja era massa tard. El millor professor que havia tingut mai acabava de marxar... potser per sempre.

En Tyson va començar a bramar gairebé tan fort com l'Annabeth.

Vaig intentar explicar-los que tot aniria bé, però no m'ho creia ni jo.

El sol es ponia darrere el pavelló menjador mentre els residents hi anaven pujant des de les cabanes. Érem a l'ombra d'una columna de marbre i els observàvem formant files.

L'Annabeth encara estava ben commocionada, però ens va prometre que més tard parlaríem i se'n va anar a veure els seus germans i germanes de la cabana d'Atena: una dotzena d'adolescents amb els cabells rossos i els ulls grisos com ella. L'Annabeth no era la més gran, però havia passat més anys al campament que qualsevol altre. Es podia saber mirant-li el collaret del campament: cada estiu et concedien una boleta d'argila i l'Annabeth ja en tenia sis. Ningú li discutia el dret d'anar al capdavant de la fila.

Després venia la Clarisse precedint la cabana d'Ares. Duia un braç en cabestrell i se li veia un tall força lleig a la galta, però a part d'això la seva topada amb els toros de bronze no semblava pas haver-la deixat fora de joc. Algú li havia enganxat a l'esquena un bocí de paper que deia: «FAS PENA, NENA!», però cap dels membres de la seva cabana s'havia molestat a dir-l'hi.

A continuació venia la gent de la cabana d'Hefest: sis individus precedits per en Charles Beckendorf, un marrec afroamericà molt corpulent. Tenia unes mans tan grans com un guant de beisbol, i una expressió dura i de mirada estràbica, perquè es passava els dies dins una forja de ferrer. Era prou agradable quan el coneixies, però ningú li deia mai Charlie ni Chuck ni Charles. Gairebé tothom li deia Beckendorf i punt. Corria el rumor que sabia fabricar de tot. Només li havies de donar un tros de metall i et podia forjar una espasa esmolada com una fulla d'afaitar, o un guerrer robòtic, o una font musical per al jardí de la teva àvia. El que volguessis.

Les altres cabanes també van desfilar: Demèter, Apol·lo, Afrodita i Dionís. Les nàiades van pujar des del llac de les canoes. Les dríades van sortir de l'interior dels arbres. I de la praderia van arribar una dotzena de sàtirs, que em van entristir molt perquè em van recordar en Grover.

Sempre havia sentit debilitat pels sàtirs. Quan eren al campament, s'havien d'encarregar d'un pilot de feines estranyes per al senyor D, el director, però la seva tasca més important era a fora, en el món real. Eren els buscadors del campament. S'infiltraven en secret en escoles de tot el món, buscant mestissos en potència per escortar-los fins al campament. L'havia conegut així, en Grover. Havia estat el primer a adonar-se de qui era jo.

Després que els sàtirs desfilessin cap al menjador, els membres de la cabana d'Hermes van venir a la reraguarda. Sempre era la cabana més nombrosa. L'estiu anterior qui anava al davant de la fila era en Luke, el paio que havia lluitat al costat de la Thalia i l'Annabeth al cim del Turó Mestís. Durant uns dies, fins que Posidó em va reconèixer, jo m'havia instal·lat a la cabana d'Hermes. En Luke s'havia mostrat amistós... però després havia intentat assassinar-me.

Ara els líders de la cabana d'Hermes eren en Travis i en Connor Stoll. No eren bessons, però s'assemblaven tant que això no tenia importància. No recordava mai quin d'ells era el més gran. Tots dos eren alts i esprimatxats, i tenien una mata de cabells castanys davant dels ulls. Portaven una samarreta taronja del CAMPAMENT MESTÍS per fora d'uns pantalons curts folgats, i tenien les faccions èlfiques pròpies dels descendents d'Hermes: celles molt arquejades, un somriure sarcàstic i una lluïssor als ulls sempre que et miraven (com si estiguessin a punt de tirar-te un petard per dins de la camisa). Sempre he pensat que resultava còmic que el déu dels lladres tingués fills el cognom dels quals era Stoll (que fa pensar en *steal*, que en anglès vol dir «robar»), però l'única vegada que ho vaig comentar a en Travis i en Connor es van quedar tots dos mirant-me fixament com si no entenguessin la broma.

Quan van haver entrat els últims residents, vaig acompanyar en Tyson al centre del pavelló. Les converses es van apagar. Els caps es giraven.

—Qui ha convidat això? —va murmurar algú a la taula d'Apol·lo.

Vaig disparar una mirada dura cap allà, però no sabia qui ho havia dit. Des del cap de taula va barbotejar una veu que em va resultar familiar:

—Vaja, vaja. Però si és en Peter Johnson. El meu càstig ja és complet.

Vaig xerricar les dents.

—Percy Jackson... senyor.

El senyor D va xarrupar la seva Coca-Cola *light*.

—Sí. Com dieu avui dia vosaltres, els joves: com sigui.

Portava la camisa hawaiana amb un estampat de pell de lleopard, pantalons curts per anar a caminar i vambes amb mitjons negres. Amb aquella panxa rodanxona i aquella cara vermella, semblava un turista de Las Vegas que hagués estat fent el cafre als casinos. Darrere seu, un sàtir que semblava nerviós pelava grans de raïm i els hi donava un a un.

El nom veritable del senyor D és Dionís. El déu del vi. Zeus el va nomenar director del campament per escarmentar-lo durant cent anys: un càstig per haver perseguit una nimfa prohibida dels boscos.

Al seu costat, on normalment s'asseia en Quiró (o s'estava dret, com a centaure), hi havia algú que jo no havia vist mai: un home pàl·lid espantosament prim amb una granota taronja de presoner mig estripada. A la butxaca hi duia el número 0001. Se li veien unes ombres blavoses sota els ulls, duia les ungles brutes i uns cabells grisos mal tallats, com si l'haguessin esquilat amb una màquina de tallar herba. Em mirava fixament; aquells ulls em posaven nerviós. Semblava... Enrabiat i frustrat i afamat en una sola expressió.

—Aquest noi, l'has de vigilar —li va dir Dionís—. És fill de Posidó, saps?

—Ah! —va exhalar el presoner—. És aquest.

El seu to de veu demostrava que ell i Dionís ja havien parlat de mi extensament.

—Sóc en Tàntal —ens va saludar l'home, somrient fredament—. Sóc aquí en missió especial fins... vaja, fins que el meu senyor Dionís decideixi el contrari. I tu, Perseus Jackson, espero que no causis més problemes.

—Problemes? —li vaig demanar.

Dionís va fer petar els dits. A la seva taula va aparèixer un diari: la primera plana del *New York Post*. Hi havia la meva foto de classe del Col·legi Meriwether. Estava massa enrabiat per llegir el titular taronja brillant, dislèctic com sóc, però no em resultava gens difícil endevinar què hi deia. Alguna cosa com ara: un llunàtic de tretze anys incendia un gimnàs.

—Sí, problemes —va repetir en Tàntal amb satisfacció—. L'estiu passat en vas causar molts, segons tinc entès.

Estava massa enfurismat per parlar. Com si hagués estat culpa meva que els déus gairebé declaressin una guerra civil.

Un sàtir nerviós es va acostar a poc a poc a en Tàntal i li va posar al davant un plat de carn a la brasa. El nou director d'activitats es va llepar els llavis. Va mirar la copa buida i va dir:

—Cervesa d'arrel. Una Barg's especial del seixanta-set.

—Endavant, doncs, vell company —va dir en Dionís, amb una espurna estranya als ulls—. Potser ara tindràs sort.

En Tàntal va fer el gest d'engrapar la copa, però se li va esmunyir abans que pogués tocar-la. Van xarbotar uns quants esquitxos de cervesa i en Tàntal va intentar eixugar-los amb els dits, però les gotetes van rodolar enllà com si fossin de mercuri. Va grunyir i es va girar de cara al plat de carn a la brasa. Va agafar una forquilla i va intentar punxar un tall de pollastre, però el plat va lliscar taula avall i va sortir volant en arribar a l'extrem de la taula, de dret cap als carbons encesos del braser.

—Maleïda sigui! —va murmurar en Tàntal.

—Ah, vaja! —va exclamar Dionís, traspuant falsa compassió—. Potser d'aquí uns quants dies. Creu-me, noi, treballar en aquest campament ja serà prou tortura. Segur que la teva antiga maledicció s'esvairà, tard o d'hora.

—Tard o d'hora —va murmurar en Tàntal, mirant fixament la Coca-Cola *light* de Dionís—. Et pots imaginar com et queda de seca la gola després de tres mil anys?

—Vostè és aquell esperit dels Camps de Càstig —vaig recordar—. El que s'està dret dins un llac amb un arbre fruiter a la vora, però que no pot menjar ni beure mai res.

En Tàntal va esclafir una rialla de menyspreu.

—Ets una rata sàvia, eh, marrec?

—Devia fer-ne alguna terrible de debò quan era viu —vaig remarcar, poc o molt impressionat—. Què va fer?

En Tàntal va empetitir els ulls. Darrere seu, els sàtirs sacsejaven el cap vigorosament, mirant d'advertir-me.

—Et vigilaré, Percy Jackson —va dir en Tàntal—. No vull cap problema al meu campament.

—El seu campament ja té problemes... senyor.

—Au, vés a seure, Johnson —em va dir Dionís, esbufegant—. Em sembla que aquella taula d'allà és la teva... aquella on no es vol asseure ningú més.

La cara em cremava de vergonya, però era conscient que més em valia no replicar. Dionís era una criatura mal educada d'edat avançada, però era una criatura immortal superpoderosa. Vaig dir:

—Vine amb mi, Tyson.

—Ah, no —va saltar en Tàntal—. El monstre es queda aquí. Hem de decidir què fem amb això.

—Amb ell —li vaig etzibar—. Es diu Tyson.

El nou director d'activitats va alçar una cella.

—En Tyson ha salvat el campament —vaig remarcar—. Ell ha esclafat aquells toros de bronze. Si no hagués estat per ell, haurien cremat totes les instal·lacions.

—Sí —va sospirar en Tàntal—. Hauria estat una llàstima.

Dionís va esclafir en una rialleta sardònica.

—Deixeu-nos —va ordenar en Tàntal—, mentre decidim el destí d'aquesta criatura.

En Tyson em va mirar esporuguit amb el seu gran ull, però jo tenia clar que no podia desobeir una ordre directa dels directors del campament... no pas obertament, almenys.

—Seré molt a prop, grandàs —vaig prometre al ciclop—. No et preocupis. Et trobarem un bon lloc per passar la nit.

En Tyson va assentir.

—Et crec. Ets amic meu.

Cosa que encara em va fer sentir molt més culpable.

Vaig anar feixugament cap a la taula de Posidó i em vaig deixar caure sobre el banc. Una nimfa dels boscos em va portar un plat de pizza olímpica d'olives i pepperoni, però no tenia gana. Avui gairebé m'havien matat dues vegades. Havia aconseguit acabar el curs escolar amb un desastre total. El Campament Mestís corria un gran perill i en Quiró m'havia dit que no fes res per resoldre-ho.

No em sentia especialment agraït, però, seguint el costum, vaig agafar el sopar, me'n vaig anar al braser de bronze i en vaig tirar una part a les flames.

—Accepta la meva ofrena, Posidó —vaig murmurar.

«I envia'm una mica d'ajuda, de passada —vaig pregar en silenci—, sisplau».

El fum de la pizza que es cremava es va transformar en una fragància dolça, en l'aroma d'una brisa marina fresca mesclada amb flors silvestres, però no tenia ni idea si això significava que el pare m'escoltava de debò.

Me'n vaig tornar al seient. No creia que la situació pogués empitjorar gaire, però just llavors en Tàntal va ordenar a un dels sàtirs que fes sonar el corn de mar per reclamar la nostra atenció i fer les proclamacions pertinents.

—Sí, molt bé —va dir en Tàntal quan les converses es van apagar—. Un altre àpat deliciós! O almenys això m'han dit.

Mentre parlava, va acostar una mà furtivament cap al plat, que havien tornat a omplir, amb l'esperança que aquesta vegada el menjar no s'adonés del que feia. Però el plat va sortir disparat cap a l'altre extrem de la taula quan ell tenia els dits a mig pam.

—En el meu primer dia com a director d'activitats —va continuar—, vull declarar que ser aquí és per a mi un càstig molt agradable. En el transcurs de l'estiu, espero tenir ocasió de torturar... ehem, d'interactuar amb tots els nois i noies presents. Tots feu prou bona cara, com a menjar.

Dionís va picar de mans educadament, arrossegant els sàtirs a un aplaudiment tebi.

En Tyson encara era al cap de taula, amb un posat incòmode, però cada vegada que intentava allunyar-se del centre d'atenció, en Tàntal el tornava a tibar.

—I ara uns quants canvis! —En Tàntal va dedicar un somriure trencat als residents—. Tornarem a instaurar les curses de carros!

A totes les taules van arrencar els murmuris: expectació, temor, incredulitat.

—D'acord, ja sé que aquestes curses es van interrompre fa uns quants anys a causa de... per problemes tècnics.

—Tres morts i vint-i-sis mutilats —va remarcar algú a la taula d'Apol·lo.

—Sí, sí! —va exclamar en Tàntal—. Però em consta que tots vosaltres celebrareu amb mi el retorn al campament d'aquesta tradició. Els guanyadors de les curses rebran llorers daurats cada mes. Els equips es podran inscriure demà al matí! La primera cursa serà d'aquí a tres dies. Quedareu alliberats de la majoria de les vostres activitats ordinàries perquè pugueu preparar els carros i escollir els cavalls. Ah, i m'he descuidat d'aclarir que l'equip vencedor no s'haurà d'encarregar de cap tasca domèstica al llarg del mes en què hagi vençut.

Es va produir una explosió de converses excitades: cap tasca de servei durant tot un mes? Res de netejar estables? Ho deia seriosament?

Llavors va protestar l'última persona que m'esperava que ho fes.

—Però, senyor! —va exclamar la Clarisse. Semblava molt nerviosa; estava dreta a la taula d'Ares. Uns quants residents van riure per sota el nas en veure-li a l'esquena la nota que deia: «Fas pena, nena!»—. I què passarà amb les patrulles de vigilància? Vull dir que... si ho deixem tot enlaire per preparar els carros...

—Ah, l'heroïna del dia! —va exclamar en Tàntal—. La Clarisse, tan valenta que tota sola ha vençut els toros de bronze!

La Clarisse va parpellejar i després va enrojolar-se.

—Hem, jo no...

—I a més a més modesta —va afegir en Tàntal, somrient sense ganes—. No et preocupis, estimada!

Això és un campament d'estiu. Venim aquí a divertir-nos, no?

—Però l'arbre...

—I ara —la va interrompre en Tàntal, mentre els companys de cabana la tibaven perquè es tornés a asseure—, abans d'anar al foc de camp i començar la cantada, un petit contratemps domèstic: en Percy Jackson i l'Annabeth Chase han cregut oportú, pel motiu que sigui, portar això aquí.

En Tàntal va fer un gest vague en direcció a en Tyson.

Entre els residents, un xiuxiueig incòmode. Moltes mirades de reüll damunt meu. Hauria volgut matar en Tàntal.

—El cas —va reprendre— és que els ciclops tenen fama de ser monstres assedegats de sang amb una capacitat cerebral ínfima. En circumstàncies normals, alliberaria aquesta bèstia al bosc i us ordenaria que anéssiu a caçar-la amb torxes i bastons punxeguts. Però, qui sap?, potser aquest ciclop no és tan horrorós com la majoria dels seus congèneres. Fins que demostri que es mereix la destrucció, hem de trobar un lloc on guardar-lo! He pensat en els estables, però posaria nerviosos els cavalls. A la cabana d'Hermes, potser?

Silenci a la taula d'Hermes. En Travis i en Connor Stoll demostraven un interès sobrevingut en les tovalles. No els ho podia pas retreure. La cabana d'Hermes sempre era plena a vessar. De cap manera no hi podien encabir un ciclop de metre vuitanta-vuit.

—Va, va —va reprendre en Tàntal, en to de reny—. Potser el monstre serà capaç d'encarregar-se d'algunes tasques domèstiques. Cap suggeriment sobre on podem fer una caseta per a un animal com aquest?

Tot d'una, tothom es va quedar amb la boca oberta.

En Tàntal es va apartar d'en Tyson, sorprès. I jo només era capaç de mirar incrèdul la llum brillant de color verd que m'havia de canviar la vida: una imatge hologràfica esbalaïdora que va aparèixer sobre el cap d'en Tyson.

Amb un espasme de nàusea a l'estómac vaig recordar el que havia dit l'Annabeth sobre els ciclops: «Són fills dels esperits de la naturalesa i dels déus... bé, d'un déu en particular, normalment...»

Giravoltant sobre en Tyson, hi havia un trident verd refulgent: el mateix símbol que havia aparegut sobre el meu cap el dia que Posidó m'havia reconegut com a fill.

Es va produir un silenci d'estupor.

Que un déu reconegués un resident era un fet poc comú. N'hi havia que es passaven tota la vida esperant en va. Quan Posidó m'havia assenyalat l'estiu passat, tothom s'havia agenollat reverentment. Però ara tothom va seguir l'exemple d'en Tàntal, que reia com un ós.

—Vaja! Em sembla que ara ja sabem on posar la bèstia. Pels déus que en sé veure la semblança familiar!

Tothom va esclafir a riure a excepció de l'Annabeth i uns quants amics meus.

En Tyson no semblava adonar-se'n. Estava desconcertat, intentant apartar d'una manotada el trident resplendent, que ara ja s'esvaïa damunt del seu cap. Era massa innocent per comprendre fins a quin punt es burlaven d'ell, fins on arribava la crueltat de la gent.

Però jo sí que ho vaig captar.

Tenia un company de cabana nou. Tenia un monstre per germanastre.

6

Ens ataquen els coloms diabòlics

Els dies següents van ser una tortura, tal com volia en Tàntal.

Primer, el trasllat a la cabana de Posidó d'en Tyson, que esclafia a riure per sota el nas cada quinze segons i, com si li hagués tocat la loteria, repetia:

—Percy és germà meu?

—Ai, Tyson —contestava jo—. No és tan senzill.

Però no hi havia manera d'explicar-l'hi. Era al paradís, ell. I jo, per més que aquell ganàpia em caigués simpàtic, no podia deixar de sentir-me engavanyat. Avergonyit. Apa, ja ho he dit.

El pare, el totpoderós Posidó, havia quedat embruixat per algun esperit de la natura i el resultat havia estat en Tyson. Jo havia llegit els mites sobre els ciclops, i recordava que sovint eren fills de Posidó. Però fins aleshores no m'havia fet càrrec que això els convertia en... en parents meus. Fins que en Tyson es va instal·lar a viure a la llitera del costat.

I llavors, van aparèixer els comentaris dels altres residents. De cop i volta, ja no era en Percy Jackson, el paio enrotllat que havia salvat el llampec mestre de Zeus l'estiu passat. Ara era en Percy Jackson, el pobre idiota que tenia un monstre per germà.

—No és el meu germà de debò! —protestava jo, quan ell no hi era—. Més aviat un germanastre de la branca monstruosa de la família. Com... un germanastre de segona línia, o alguna cosa per l'estil!

No s'ho empassava ningú.

Ho admeto: estava enrabiat amb el meu pare. Tenia la impressió que ser fill seu era un acudit. L'Annabeth va intentar animar-me. Va suggerir que forméssim un equip per a la cursa de carros, per distreure'ns dels problemes.

No em malinterpreteu. Tots dos detestàvem en Tàntal i estàvem molt preocupats pel campament. Però no sabíem pas què fer-hi. Vam pensar que, fins que no se'ns acudís un pla brillant per salvar l'arbre de la Thalia, ens podíem apuntar a la cursa. Fet i fet, la mare de l'Annabeth, Atena, havia inventat els carros i el meu pare havia creat els cavalls. Junts seríem els amos de la pista.

Un dia al matí sèiem vora el llac de les canoes fent croquis del carro, quan uns quants bufons de la cabana d'Afrodita es van acostar a preguntar-me si necessitava un llapis d'ull... ai, perdó... d'ulls.

Mentre s'allunyaven rient, l'Annabeth va grunyir:

—Ignora'ls, Percy. No és culpa teva si tens un monstre per germà.

—No és el meu germà! —li vaig etzibar—. I tampoc és un monstre!

L'Annabeth va alçar les celles.

—Ei, no t'enfadis amb mi, ara! Tècnicament, és un monstre...

—Doncs vas ser tu qui li va donar permís per entrar al campament.

—Perquè era l'única manera de salvar-te la vida! Vull dir que... ho sento, Percy. No m'esperava que Posidó el reconegués. Els ciclops són més falsos i traïdors que...

—Ell, no! Què tens contra els ciclops, si es pot saber?

L'Annabeth es va posar tota vermella. Tenia el pressentiment que m'ocultava alguna cosa... alguna cosa dolenta.

—Deixem-ho córrer —va dir al final—. Tornem a l'eix d'aquest carro...

—El tractes com si fos una bèstia horrible —vaig insistir—. Em va salvar la vida.

L'Annabeth va tirar el llapis a terra i es va aixecar.

—Doncs potser hauries de dissenyar un carro amb ell.

—Potser sí.

—Entesos!

—Entesos!

Va marxar com un remolí i em va deixar encara més deprimit que abans.

Durant dos o tres dies, em vaig esforçar per no pensar en problemes.

La Silena Beauregard, una de les noies més guapes de la cabana d'Afrodita, em va donar la primera lliçó de com muntar un pegàs. Em va explicar que només hi havia un cavall alat immortal, que s'anomenava Pegàs i que encara rondava pel firmament en llibertat, però al llarg dels eons havia procreat molts descendents, no tan ràpids ni heroics, els quals duien el mateix nom en honor del primer, el més gran.

A mi, com que era fill del déu del mar, viatjar per l'aire no m'havia agradat mai. El pare mantenia una rivalitat ancestral amb Zeus. I jo procurava mantenir-me apartat dels dominis del senyor dels cels sempre que m'era possible.

Però muntar un cavall alat era una sensació diferent. No em posava nerviós, com em passava amb els avions. Potser per això el pare havia creat els cavalls a partir de l'escuma del mar, de manera que els pegassos eren una mena de... territori neutral. Jo era capaç de comprendre què pensaven. No em sorprenia que el meu pegàs galopés per sobre les capçades dels arbres o perseguís un estol de gavines cap a l'interior d'un núvol.

El problema era que en Tyson també volia muntar «ponis pollastre», però els pegassos es posaven nerviosos quan ell s'hi acostava. Jo els explicava telepàticament que en Tyson no els faria cap mal, però no s'ho acabaven de creure. I ell, al final, es posava a plorar.

L'única persona del campament que no tenia problemes amb en Tyson era en Beckendorf, de la cabana d'Hefest. El déu dels ferrers sempre havia treballat amb ciclops a les seves forges, de manera que en Beckendorf es va emportar en Tyson a l'armeria per ensenyarli a treballar el metall. Va assegurar que, en un tres i no res, l'hauria instruït a fabricar estris màgics com un mestre.

Després de dinar, em vaig entrenar a les arenes amb els de la cabana d'Apol·lo. El combat amb espasa sempre havia estat el meu fort. La gent deia que ho feia més bé que cap altre resident dels darrers cent anys, a excepció d'en Luke, potser. La gent sempre em comparava amb en Luke.

Vaig apallissar els apol·linis fàcilment. M'hauria de posar a provar amb les cabanes d'Ares i Atena, perquè allà hi havia els millors lluitadors amb espasa, però no m'avenia amb la Clarisse i els seus parents, i l'Annabeth no volia ni veure-la, després de la discussió vora el llac.

Vaig anar a classe de tir amb arc, tot i ser un arquer terrible, però sense en Quiró allò ja no era el mateix. Al taller d'arts i oficis vaig començar un bust de marbre de Posidó, però quan va començar a assemblar-se a Sylvester Stallone el vaig llençar. Vaig superar la paret d'escalada en mode de lava i terratrèmol a la màxima potència. Als vespres, patrullava per la frontera. Per molt que en Tàntal hagués insistit que ens oblidéssim de la protecció del campament, uns quants residents la manteníem sense dir ni piu, establint horaris en el nostre temps lliure.

Em vaig asseure al capdamunt del Turó Mestís a contemplar les dríades anant i venint, entre cants dedicats al pi moribund. Els sàtirs hi van acudir amb les flautes de canya per tocar cançons màgiques de la naturalesa, i durant una estona s'hauria dit que les fulles del pi revifaven. Semblava que les flors feien una olor una mica més dolça i que l'herba es veia més verda, però en el mateix moment en què s'aturava la música, la sensació de malaltia es filtrava novament a l'atmosfera. Tot el turó semblava infectat, es moria per culpa del verí que s'havia filtrat fins a les arrels de l'arbre.

Com més estona em quedava allà assegut, més m'enrabiava.

En Luke n'era el responsable. Recordava el seu somriure murri, la ferida d'una urpa de drac que li creuava la cara. Fingia ser el meu amic, però sempre havia estat el criat número u de Cronos.

Vaig obrir el palmell de la mà. La cicatriu que m'hi havia deixat en Luke l'estiu passat ja s'esborrava, però encara la podia veure: un senyal blanc en forma d'asterisc, on m'havia picat el seu escorpí dels avencs.

Pensava en el que m'havia dit llavors, just abans d'intentar-me matar: «Adéu, Percy. S'acosta una nova Edat d'or. Però tu no en formaràs part.»

A la nit vaig tornar a somiar amb en Grover.

A vegades, sentia retalls de la seva veu. Un cop li vaig sentir dir: «És aquí.» I un altre cop: «Li agraden les ovelles.»

Em vaig plantejar explicar aquests somnis a l'Annabeth, però m'hauria sentit estúpid. Què era allò de: «Li agraden les ovelles?» M'hauria pres per boig.

La nit abans de la cursa, en Tyson i jo vam acabar el nostre carro. Era genial. En Tyson n'havia fabricat les parts de metall a les forges de l'armeria. Jo havia sorrejat la fusta i muntat el carro. Era blau i blanc, amb dibuixos d'onades als costats i un trident pintat al davant. Després de tota la feinada, semblava qüestió de justícia que en Tyson fes d'acompanyant, tot i que em constava que als cavalls no els agradaria, i que el seu pes de més ens faria perdre velocitat.

Quan ens ficàvem al llit, em va preguntar:

—Estàs enfadat?

Em vaig adonar que tenia les celles arrufades.

—No, no estic enfadat.

Es va estirar a la seva llitera i es va quedar en silenci dins la foscor. Era de bon tros massa llarg per a aquella llitera. Quan tibava les flassades amunt, li sortien els peus per baix.

—Sóc un monstre.

—No diguis això.

—És igual. Seré un monstre bo. Així no t'hauràs d'enfadar.

No sabia què dir-li. Mirava fixament el sostre i em sentia com si em morís a poc a poc, igual que l'arbre de la Thalia.

—El cas és que... mai no havia tingut cap germanastre. —M'esforçava perquè no se m'esquerdés la veu—. És nou per a mi. I estic molt preocupat pel campament. I hi ha un altre amic meu, en Grover... que potser té problemes. Tinc la sensació persistent que hauria de fer alguna cosa per ajudar-lo, però no sé pas què.

En Tyson no va dir res.

—Ho sento —li vaig dir—. No és culpa teva. Estic enfadat amb Posidó. Em sento com... com si ell volgués avergonyir-me, com si ens volgués comparar o alguna cosa per l'estil, i no entenc per què.

Vaig sentir una remor profunda. En Tyson roncava. Vaig sospirar.

—Bona nit, grandàs.

I jo també vaig tancar els ulls.

• • •

Al meu somni, en Grover portava un vestit de núvia.

No li anava gaire bé. El vestit era massa llarg i tenia la vora dels peus empastifada de fang sec. L'escot li queia constantment cap a les espatlles. Un vel estripat li cobria la cara.

Era dret dins una cova humida il·luminada només amb torxes. Hi havia una llitotxa en un racó i un teler passat de moda a l'altre, amb una peça de roba blanca a mig teixir.

En Grover em mirava de fit a fit, com si jo fos un programa de la tele que esperava veure.

—Gràcies als déus! —va exclamar—. Em sents bé? Em sents?

El meu jo del somni va trigar a contestar. Encara mirava l'entorn, em fixava en les estalactites del sostre; la pudor d'ovelles i cabres; els grunys, els grinyols i els bels que semblaven ressonar darrere una roca de la mida d'una nevera que bloquejava l'única sortida de la sala, com si a l'altra banda hi hagués una cova molt més gran.

—Percy?! —va exclamar en Grover—. Sisplau, no tinc forces per projectar més bé. M'has de sentir!

—Et sento —vaig respondre—. Què passa, Grover?

Darrere la roca, una veu monstruosa va cridar:

—Bombonet! No has acabat encara?

En Grover es va estremir. Va replicar amb falset:

—No encara, estimat! Uns quants dies més!

—Bah! No han passat dues setmanes ja?

—Nn... no, estimat. Només cinc dies. O sigui que en falten dotze.

El monstre va callar, potser perquè intentava calcular-ho. Devia saber menys aritmètica que jo i tot, perquè va dir:

—Molt bé, però afanya't! Vull VEEEEURE què hi ha sota el vel, he, he, he.

En Grover va tornar a dirigir-se a mi.

—M'has d'ajudar! No queda temps! Estic clavat en aquesta cova. En una illa enmig del mar.

—On?

—No ho sé exactament! Vaig anar a Florida i vaig tombar a mà esquerra.

—Què? Com vas...?

—És una trampa! —va remarcar en Grover—. Per això no ha tornat mai cap sàtir de la missió. És un pastor, Percy! I ho té ell. La seva naturalesa màgica és tan poderosa que fa la mateixa olor que el gran déu Pan! Els sàtirs vénen fins aquí i acaben a la trampa i devorats per Polifem!

—Poliquè?

—El ciclop! —va exclamar en Grover, exasperat—. Gairebé vaig aconseguir escapar-me'n. Vaig arribar fins a Saint Augustine.

—Però et va seguir —vaig enllaçar, tot recordant el meu primer somni—. I et va atrapar en una botiga de vestits de núvia.

—Exacte —va corroborar en Grover—. El meu primer vincle d'empatia devia funcionar en aquell moment. Escolta'm, aquest vestit de núvia és l'única cosa que em permet continuar viu. A ell li sembla que faig bona olor, però ja li he explicat que només és perfum amb essència de cabra. Encara bo que no hi veu gaire bé. Té l'ull mig cec de l'última vegada que algú l'hi va punxar. Però aviat s'adonarà de què sóc. Només em dóna dues setmanes per acabar de fer la cua del vestit nupcial, i s'està impacientant!

—Espera un moment. Aquest ciclop es pensa que ets...

—Sí! —va udolar en Grover—. Es pensa que sóc una noia ciclop i es vol casar amb mi!

En unes altres circumstàncies, potser m'hauria mort de riure, però en Grover parlava en un to absolutament seriós. I tremolava de por.

—Et vindré a rescatar —li vaig prometre—. On ets?

—Al mar dels Monstres, esclar!

—El mar de què?

—Ja t'ho he dit! No sé on és exactament! I escolta'm, Percy... Mira, em sap molt greu això, però aquest vincle d'empatia... bé, no hi tenia més remei. Ara les nostres emocions estan connectades. Si em moro...

—No em diguis que també em moriré jo.

—Bombonet! —va bramar el monstre—. Hora de sopar! Nyam, nyam, carn de xai!

En Grover va gemegar.

—Me n'he d'anar. Afanya't!

—Espera! Has dit que era aquí. Què?

—No tinc temps! Somia amb coses boniques. No em deixis morir!

El somni es va estroncar i jo em vaig despertar amb un sobresalt. Era primera hora del matí. En Tyson em mirava fixament, amb el seu gran ull ple de preocupació.

—Estàs bé? —em va preguntar.

Aquella veu em va provocar una esgarrifança a l'esquena, perquè sonava gairebé idèntica a la del monstre que havia sentit al somni.

El matí de la cursa va resultar ser calorós i humit. Una capa de boira cobria la terra com el vapor d'una sauna. Hi havia milions d'ocells reposant als arbres: coloms grassos, grisos i blancs, que en cap cas parrupejaven com els coloms normals. Grinyolaven amb un deix metàl·lic que em feia pensar en un radar submarí.

Havien construït la pista per als carros en un camp d'herba entre la zona dels arcs i el bosc. La cabana d'Hefest havia utilitzat els toros de bronze —completament amansits des que els havien esclafat el cap endins— per llaurar una pista ovalada en qüestió de minuts.

Hi havia grades de pedra per als espectadors: en Tàntal, els sàtirs, unes quantes dríades i tots els residents que no hi participaven. El senyor D no s'hi va deixar veure. No es llevava mai abans de les deu.

—Bé! —va anunciar en Tàntal, mentre els equips començaven a reunir-se. Una nàiada li havia portat una plata gran de pastissos, i mentre en Tàntal parlava, la seva mà dreta perseguia un pastís de xocolata i nata per damunt la taula del jutge—. Tots coneixeu les normes. Pista de quatre-cents metres. Dues voltes completes per guanyar. Dos cavalls per carro. Un conductor i un guerrer per equip. Les armes estan permeses. El joc brut es dóna per descomptat. Però procureu no matar ningú! —En Tàntal va somriure, mirant-nos com si tots plegats fóssim nens entremaliats—. Qualsevol mort implicarà un càstig sever. Ni una galeta amb xocolata i núvols al foc de camp durant una setmana! I ara poseu els carros a punt!

En Beckendorf va guiar l'equip d'Hefest cap a la pista. Tenien un bonic vehicle fet de bronze i ferro; igual que els cavalls, perquè eren autòmats màgics, com els toros de Còlquida. Estava segur que en Beckendorf hi havia instal·lat tota mena de trampes mecàniques i més prestacions imaginatives de les que té un Maserati completament equipat.

El carro d'Ares era vermell com la sang, i l'arrossegaven dos esquelets de cavall esgarrifosos. La Clarisse s'hi va enfilar amb un manat de javelines, boles amb punxes i un pilot d'altres joguines diferents, francament desagradables.

El carro d'Apol·lo era esvelt, aerodinàmic i tot d'or, i el tir el formaven dos palominos formidables. El guerrer anava armat amb un arc, però havia promès no disparar fletxes normals amb punxa als conductors rivals.

El carro d'Hefest era verd i semblava antic, com si fes anys que no el treien del garatge. No semblava gens especial, però hi anaven els germans Stoll, i jo ja tremolava només d'imaginar el joc brut que devien haver planificat.

De manera que només faltaven el carro d'Atena, guiat per l'Annabeth, i el meu.

Abans de començar la cursa, vaig intentar acostar-me a ella per explicar-li el meu somni. Va parar l'orella quan vaig mencionar en Grover, però quan li vaig repetir què m'havia dit, em va fer la impressió que es distanciava de mi altre cop, plena de sospites.

—Em vols distreure —va remarcar.

—Com? No, no!

—Ah, mira que bé! Com si en Grover hagués d'anar a topar per casualitat amb l'única cosa que podria salvar el campament.

—Què vols dir?

Va fer girar els ulls.

—Torna al teu carro, Percy.

—No m'ho estic inventant, Annabeth. Té problemes.

L'Annabeth vacil·lava. Se li notava que intentava decidir si podia confiar en mi o no. A pesar de les nostres discussions ocasionals, havíem compartit moltes aventures. I em constava que de cap manera voldria que li passés res dolent a en Grover.

—Percy, establir un vincle d'empatia és molt difícil. Vull dir que em sembla més probable que dormissis de debò...

—L'Oracle —vaig replicar—. Ho hauríem de consultar amb l'Oracle.

L'Annabeth va arrufar les celles.

L'estiu passat, abans de la missió, havia fet una visita a l'esperit extravagant que vivia a les golfes de la Casa Gran, i m'havia fet una profecia que s'havia realitzat d'una manera que no m'hauria esperat mai. L'experiència m'havia aterrit durant mesos. L'Annabeth sabia de segur que jo mai no suggeriria tornar-hi si no parlava seriosament.

Però abans que pogués contestar, el corn de mar va ressonar:

—Carruatges! —va cridar en Tàntal—. A les marques!

—Ja en parlarem després —em va dir l'Annabeth—. Quan hagi guanyat la cursa.

Mentre tornava al meu carro caminant, em vaig fixar que als arbres hi havia molts més coloms: xisclaven com folls i feien cruixir tot el bosc. Aparentment ningú més se n'havia adonat, i em posaven nerviós. Els resplendien els becs d'una manera estranya. Els ulls semblaven més lluents que els dels ocells comuns.

En Tyson tenia problemes per controlar els cavalls. Vaig haver de parlar amb ells una bona estona fins que es van calmar.

—És un monstre, senyor! —em van dir, tot queixant-se.

—És un fill de Posidó —els vaig explicar—. Igual... que jo.

—No! —van insistir—. Monstre! Devorador de cavalls! No és de fiar!

—Us donaré terrossets de sucre després de la cursa —els vaig assegurar.

—Terrossets de sucre?

—Terrossets de sucre gegants. I palla. Ja us ho havia dit, que també us donaria molta palla?

Finalment, em van permetre posar-los l'arnés.

Si heu vist mai un carro grec, deveu saber que estan construïts per córrer; ni seguretat ni confort. Bàsicament, és una cistella de fusta oberta per darrere, muntada sobre un eix entre dues rodes. El conductor va dret tota l'estona i nota tots els sotracs de la carretera. I el carro és d'una fusta tan lleugera que, si derrapes al revolt en forma d'U dels extrems de la pista, el més probable és que tombis el carro i acabeu tots dos esclafats.

És encara més emocionant que fer *skateboard*.

Vaig agafar les regnes i vaig maniobrar el carro cap a la línia de sortida. Vaig donar un pal de tres metres a en Tyson i li vaig explicar que la seva feina era apartar els altres carros si s'acostaven massa, i desviar qualsevol objecte que ens poguessin llançar.

—Res de picar els ponis amb el bastó —va insistir.

—No —vaig corroborar—. Ni la gent tampoc, si ho pots evitar. Nosaltres jugarem net. Tu mira que no ens molestin perquè em pugui concentrar en la conducció.

—Guanyarem! —va exclamar amb un gran somriure.

«O sigui que perdrem», em vaig dir en silenci, però ho havia de provar. Volia demostrar als altres... bé, no sabia què, exactament. Que en Tyson no era mal paio? Que no m'avergonyia si em veien amb ell? Potser que totes les bromes i els insults dels altres residents no m'havien afectat.

Mentre els carros s'arrengleraven, al bosc es van continuar aplegant més coloms de bec lluent. Xisclaven tan fort que els companys de les grades se'n van començar a adonar, i ullaven nerviosos els arbres, que es vinclaven sota el pes dels ocells. En Tàntal no semblava preocupat, però havia d'aixecar la veu perquè se'l sentís per sobre d'aquell xivarri.

—Conductors! —ens va avisar—. Atents al senyal!

Va fer un gest amb la mà i va deixar caure el senyal de sortida. Els carros van rugir i van cobrar vida. Els cascos dels cavalls percudien la pols del terra. La multitud cridava i aplaudia.

Gairebé immediatament es va sentir un CRAC! esgarrifós. Em vaig girar just a temps de veure que el carro d'Apol·lo bolcava. El d'Hermes hi havia xocat (potser per equivocació, o potser no). Els passatgers n'havien sortit disparats, sense més problemes, però els cavalls, aterrits, arrossegaven el carro daurat de costat per damunt de la pista. L'equip d'Hermes, en Travis i en Connor Stoll, reien agraint la seva bona sort, però els va durar poc. Els cavalls d'Apol·lo es van estavellar contra els seus i el carro d'Hermes també va bolcar, tot deixant un munt de fusta trencada i quatre cavalls encabritats al mig de la pista.

Dos carros eliminats en els primers set metres. M'encantava, aquest esport.

Vaig fer atenció al davant meu. Anàvem a bon ritme, guanyant distància a Ares, però el carro de l'Annabeth era encara més endavant. Ja negociava el gir al primer post, i l'acompanyant, amb una javelina, reia gesticulant i cridava:

—Adéu-siau!

El carro d'Hefest també començava a guanyar-nos terreny.

En Beckendorf va pitjar un botó i es va obrir una portella al lateral del seu carro.

—Ho sento, Percy! —va bramar.

Tres jocs de grillons van sortir disparats de dret cap a les nostres rodes. Ens haurien destrossat el vehicle del tot si en Tyson no els hagués desviat a un costat amb un cop de pal. Va clavar una bona empenta al carro d'Hefest i el va enviar derrapant a través de la pista mentre nosaltres els avançàvem.

—Bona feina, Tyson!

—Ocells! —va cridar ell.

—Què?

Rodàvem tan de pressa que resultava difícil sentir o veure res, però en Tyson va assenyalar en direcció als arbres i vaig entendre què l'amoïnava. Els coloms s'havien enlairat dels arbres. I volaven cap a la pista en espiral, com un tornado fabulós.

«No és pas res greu —em vaig dir—. Només són coloms.»

Vaig intentar concentrar-me en la cursa.

Vam encarar el primer gir, les rodes espetegaven sota nostre i el carro amenaçava de bolcar, però ara només érem a tres metres de l'Annabeth. Si m'hi podia acostar una mica més, en Tyson podria fer servir el pal...

El guerrer de l'Annabeth ja no somreia. Va agafar una javelina del manat que duia i va apuntar cap a mi. Estava a punt de llançar-me-la quan vam sentir aquella xiscladissa.

Els coloms eren un eixam enorme, es llançaven en picat per milers contra els espectadors de les grades i els altres carros. En Beckendorf va quedar sepultat pels ocells. Els seu guerrer intentava foragitar-los a manotades, però no podia veure res. El carro es va desviar i va acabar encallat als camps de maduixes, amb els cavalls mecànics expulsant vapor pertot.

Sobre el carro d'Ares, la Clarisse va lladrar una ordre al seu guerrer, el qual va desplegar ràpidament una xarxa de camuflatge sobre la cistella dels passatgers. Els ocells s'hi apilotaven, picant i clavant les urpes a les mans del guerrer mentre intentava subjectar la xarxa, però la Clarisse només va serrar les dents i va continuar guiant. Els seus cavalls esquelet semblaven immunes a la distracció. Els coloms els picaven inútilment les òrbites buides dels ulls, els travessaven volant per dins de la seva caixa toràcica, però els sementals continuaven corrent com si res.

Els espectadors no tenien tanta sort. Els ocells els arrencaven la carn arreu on quedava a la vista i escampaven el pànic entre la gent.

Ara els ocells eren més a prop, i era evident que no eren coloms normals. Tenien els ulls vidriosos, plens de maldat. Els becs eren de bronze i, si es jutjava pels xiscles dels residents, devien estar més afilats que una fulla d'afaitar.

—Aus estimfàlides! —va cridar l'Annabeth, que va frenar el carro per posar-se al costat del nostre—. Si no les fem fora, deixaran tothom amb els ossos pelats!

—Tyson —vaig dir—, girem en rodó!

—Anirem en sentit equivocat? —em va preguntar.

—Del tot —vaig grunyir, i vaig guiar el carro cap a les grades.

L'Annabeth rodava a tocar. Va cridar:

—A les armes, herois!

Però jo dubtava que ningú pogués sentir-la enmig dels esgarips dels ocells i del caos general.

Vaig aferrar les regnes amb una sola mà i vaig aconseguir treure la Contracorrent.

Una bandada d'ocells es va abalançar cap a la meva cara, fent espetegar els becs metàl·lics. Els vaig fer caure a cops d'espasa, van explotar enmig d'un núvol de pols i plomes, però encara en quedaven milions. Un em va picar a l'esquena i de poc no salto i caic del carro.

L'Annabeth no tenia pas més sort. Com més ens acostàvem a les grades, més espessos eren els remolins d'ocells que ens atacaven.

Uns quants espectadors intentaven defensar-se lluitant. Els residents d'Atena demanaven escuts a crits. Els arquers d'Apol·lo van treure els arcs i les fletxes, a punt per esqueixar aquella amenaça, però hi havia tants companys barrejats amb els ocells que disparar hauria estat perillós.

—N'hi ha massa! —vaig dir a l'Annabeth bramant—. Com se'ls pot foragitar?

En va rebentar un amb el punyal.

—Hèrcules ho va fer amb soroll! Campanes de llautó! Els va espantar amb el so més horrible que podia fer...

Se li van eixamplar els ulls.

—Percy... Els discos d'en Quiró!

Ho vaig entendre a l'instant.

—Vols dir que funcionarà?

Va donar les regnes al guerrer i va saltar del seu carro al meu com si fos la cosa més fàcil del món.

—A la Casa Gran! És la nostra única possibilitat!

La Clarisse acabava de creuar la línia d'arribada, sense cap oposició, i s'hauria dit que fins aleshores no s'havia adonat de la gravetat de l'atac dels ocells.

Quan va veure que ens allunyàvem, va cridar:

—Us escapeu? El combat és aquí, covards!

Va desenfundar l'espasa i va carregar cap a les grades.

Vaig esperonar els cavalls al galop. El carro espetegava sobre dels camps de maduixes, en travessar la pista de voleibol, i es va aturar trontollant al davant de la Casa Gran. L'Annabeth i jo vam córrer cap a dins i, com una exhalació, vam travessar el vestíbul cap a l'apartament d'en Quiró.

L'equip de so portàtil encara era a la tauleta de nit. I els seus CD preferits també. Vaig arreplegar el CD més repulsiu que vaig trobar mentre l'Annabeth agafava l'equip, i tots dos vam tornar a sortir corrent.

A la pista de la cursa, els carros estaven en flames. Els residents ferits corrien en totes direccions mentre els ocells els esquinçaven la roba i els arrencaven els cabells. En Tàntal perseguia pastes de l'esmorzar per les grades, cridant de tant en tant:

—Tot està sota control! No patiu!

Ens vam aturar al costat de la línia de meta. L'Annabeth va posar l'equip de so a punt. Jo resava perquè les piles funcionessin. Vaig pitjar el *play* i va sonar el disc preferit d'en Quiró: els *Grans èxits de tots els temps de Dean Martin*. De sobte, l'aire es va omplir de violins i instruments de metall i d'una colla de paios que gemegaven en italià.

Els coloms demoníacs es van tornar bojos. Van començar a planar en cercles, volant els uns contra els altres com si es volguessin espipellar el cervell. Llavors van abandonar la pista tots alhora i es van enlairar cap al cel formant una onada negra enorme.

—Ara! —va cridar l'Annabeth—. Arquers!

Amb els objectius a la vista, els arquers d'Apol·lo van disparar sense fallar. La majoria eren capaços de carregar cinc o sis fletxes en un sol tir. Al cap de pocs minuts, el terra era ple de coloms amb bec de bronze i els supervivents eren un rastre llunyà de fum sobre l'horitzó.

Havíem salvat el campament, però la desfeta era espantosa. La majoria de carros estaven completament destruïts. Gairebé tothom estava ferit, sagnant de les múltiples picotejades dels ocells. Els residents de la cabana d'Afrodita xisclaven perquè tenien els monyos desfets i la roba plena de caca.

—Bravo! —va exclamar en Tàntal, que no ens mirava ni a mi ni l'Annabeth—. Ja tenim la primera vencedora! —Va anar caminant cap a la meta i va concedir els llorers daurats de la cursa a la Clarisse, que feia cara d'esbalaïda.

Després es va girar i em va mirar somrient.

—I ara castigarem els busca-raons que han interromput la cursa.

7

Accepto regals d'un desconegut

Tal com ho veia en Tàntal, las aus estimfàlides en realitat s'ocupaven de les seves coses dins el bosc i no ens haurien atacat si l'Annabeth, en Tyson i jo no les haguéssim espantat conduint els carros tan malament.

Allò era absolutament injust, i vaig dir a en Tàntal que se n'anés a perseguir un dònut, un comentari que no el va posar pas de més bon humor. Ens va sentenciar a treballar amb la patrulla de cuina: a fregar olles i plates tota la tarda a la cuina subterrània amb les harpies de la neteja. Les harpies rentaven amb lava en comptes d'aigua, per aconseguir aquella lluentor extra i matar el 99,9% dels gèrmens, així que l'Annabeth i jo ens vam haver de posar guants i davantals d'asbest.

A en Tyson li era igual. Va ficar les mans a dins com si res i es va posar a fregar, però l'Annabeth i jo vam haver de suportar hores i hores d'una feina sufocant molt perillosa, sobretot perquè hi havia tones de plats extres. En Tàntal havia ordenat un banquet especial per celebrar la victòria de la Clarisse a la cursa de carros: un àpat complet amb aus estimfàlides fregides a l'estil campestre com a plat principal.

L'única cosa bona que vam treure del càstig va ser que, a l'Annabeth i a mi, ens va procurar un enemic comú, i també que vam tenir molt temps per parlar. Després de tornar a escoltar la narració del meu somni sobre en Grover, semblava més o menys disposada a creure-s'ho.

—Si l'ha trobat de debò i el poguéssim recuperar...

—Espera —li vaig demanar—. Actues com si això que ha trobat en Grover, sigui el que sigui, fos l'única cosa en tot el món que pot salvar el campament. Em pots dir què és?

—Et donaré una pista. Què en treus, d'escorxar un xai?

—Embrutar-te?

Va sospirar.

—Un velló. De la pell d'un be se'n diu velló. I si resulta que aquest be té llana d'or...

—El Velló d'Or. Ho dius seriosament?

L'Annabeth va abocar a la lava una plata plena d'ossos d'ocells assassins.

—Percy, recordes les Germanes Grises? Van dir que coneixien el lloc on hi havia el que tu estàs buscant. I van mencionar en Jàson. Fa tres mil anys elles van explicar a en Jàson com trobar el Velló d'Or. La saps, la història d'en Jàson i els argonautes?

—Sí —vaig respondre—. Aquella pel·lícula vella amb els esquelets d'argila.

L'Annabeth va fer girar els ulls.

—Ai, déus, Percy! Ets un cas desesperant.

—Com? —li vaig preguntar.

—Escolta la història autèntica del Velló. Eren dos fills de Zeus, Cadme i Europa, d'acord? Quan els anaven a oferir com a sacrificis humans, van pregar a Zeus que els salvés. Així que Zeus els va enviar un xai màgic volador amb llana d'or, que els va recollir a Grècia i els va portar fins a Còlquida, a l'Àsia Menor. Bé, en realitat només hi va portar Cadme, perquè Europa va caure de camí i va morir, però això no té importància.

—Per a ella sí, probablement.

—El cas és que, quan va arribar a Còlquida, Cadme va sacrificar el be daurat per oferir-lo als déus i va penjar el Velló d'un arbre al centre del seu reialme. El Velló va portar prosperitat al territori. Els animals ja no es posaven malalts. Les plantes creixien més bé. Els pagesos obtenien collites excepcionals. No els arribava mai cap plaga. Per això en Jàson volia el Velló. Pot revitalitzar qualsevol territori on es trobi. Cura les malalties, vigoritza la natura i neteja la contaminació...

—Podria curar l'arbre de la Thalia.

L'Annabeth va assentir.

—I probablement reforçaria totalment les fronteres del Campament Mestís. Però, Percy, fa segles que el Velló es va extraviar. L'han buscat una pila d'herois, sense cap resultat.

—Doncs en Grover l'ha trobat —vaig insistir—. Va marxar a buscar Pan i en canvi ha trobat el Velló, perquè tots dos irradien la màgia de la naturalesa. Té sentit, Annabeth. Podem rescatar en Grover i salvar el campament al mateix temps. És perfecte!

L'Annabeth dubtava.

—Una mica massa perfecte, no et sembla? I si és una trampa?

Vaig recordar l'estiu anterior i la manera com Cronos havia manipulat la nostra missió. Gairebé havia aconseguit enganyar-nos perquè l'ajudéssim a començar una guerra que hauria destruït la civilització occidental.

—I quina alternativa tenim? —li vaig preguntar—. M'ajudaràs a rescatar en Grover o no?

Va ullar en Tyson, que havia perdut interès en la nostra conversa i es dedicava ben feliç a fer naus petites amb tasses i culleres que navegaven sobre la lava.

—Ens haurem d'enfrontar a un ciclop, Percy —va dir ella entre dents—. Polifem, el pitjor de tots. La seva illa només pot ser en un lloc. Al mar dels Monstres.

—On és?

Em va mirar com si es pensés que em feia el ruc.

—El mar dels Monstres. El mateix pel qual van navegar l'Odisseu i en Jàson i l'Enees i tots els altres.

—Vols dir el Mediterrani?

—No. Bé, sí... però no.

—Una altra resposta clara. Gràcies.

—Mira, Percy, el mar dels Monstres és el mar que solquen tots els herois en les seves aventures. Solia ser el Mediterrani, sí, però com passa amb la resta, la seva ubicació varia en funció de la posició del centre de poder del món occidental.

—Com ara que el mont Olimp sigui al capdamunt de l'Empire State Building —vaig apuntar—. I que l'Hades sigui sota Los Angeles.

—Això mateix.

—Però tot un mar ple de monstres... Com es pot amagar una cosa així? ¿No s'adonen que hi passen coses estranyes, els mortals, quan un vaixell acaba devorat o el que sigui?

—És clar que se n'adonen. No ho entenen, però ja saben que en aquell sector de l'oceà hi passa alguna cosa estranya. El mar dels Monstres ara es troba al davant de la costa est dels Estats Units, al nord-est de Florida. Els mortals fins i tot li han posat un nom.

—El triangle de les Bermudes?

—Exacte.

Em vaig donar temps per pair la informació. No era pas més extravagant que totes les altres coses que havia après des de l'arribada al Campament Mestís.

—Molt bé... almenys ja sabem on hem de buscar.

—Però tot i així és una àrea molt extensa, Percy. Buscar una illa diminuta en un mar infestat de monstres...

—Ep, jo sóc el fill del déu del mar. Parlem del jardí de casa meva. No pot ser tan difícil.

L'Annabeth va arrufar les celles.

—N'haurem de parlar amb en Tàntal i aconseguir que aprovi la missió. Ens dirà que no.

—No pas si l'hi expliquem aquesta nit al foc de camp, davant de tothom. Ho sentirà tot el campament. Els residents el pressionaran. No s'hi podrà negar.

—Potser no. —La veu de l'Annabeth insinuava un rastre d'esperança—. Més val que enllestim aquests plats. Dóna'm la mànega de lava, vols?

Aquella nit, al foc de camp, la cabana d'Apol·lo va dirigir la cantada. Van intentar animar tothom, però després de l'atac dels ocells no era fàcil. Ens vam asseure al voltant d'un semicercle de graons de pedra, cantant sense ganes, mentre contemplàvem la resplendor de la foguera i els descendents d'Apol·lo rascaven les guitarres i arpejaven les lires.

Vam repassar tots els estàndards típics del campament: «Baixant per l'Egeu», «Sóc el meu re-re-re-rebesavi», «Aquesta terra és la terra de Minos». La foguera estava encantada, de manera que, com més fort cantàvem, més amunt s'enfilaven les flames, que canviaven de color i temperatura segons l'humor de la gent. En una bona nit, l'havia vist arribar a set metres d'altura, d'un lila brillant, i tan ardent que tota la primera fila de galetes amb xocolata i núvols s'encenien. Aquella nit el foc només feia un metre i mig, amb una temperatura ben just calenta, i les flames eren de color de gasa.

Dionís es va retirar aviat. Després de suportar unes quantes cançons, va murmurar que fins i tot jugar al pinacle amb en Quiró era més divertit. Llavors va dedicar una mirada de disgust a en Tàntal i va marxar cap a la Casa Gran.

Quan es va acabar l'última cançó, en Tàntal va dir:

—Vaja, això ha estat fantàstic!

Va avançar amb un núvol de sucre punxat en una broqueta i va intentar agafar-ne un tros, com qui no vol la cosa. Però abans que el pogués tocar, el núvol va sortir volant del bastonet. En Tàntal va fer un gest desesperat per agafar-lo al vol, però l'esponja es va suïcidar submergint-se dins les flames.

Es va girar cap a nosaltres, somrient amb expressió freda.

—Molt bé, doncs! Uns quants anuncis sobre l'agenda de demà.

—Senyor —vaig dir.

A en Tàntal li va venir un tic a l'ull.

—Té alguna cosa a comentar, el nostre rentaplats?

Uns quants membres de la cabana d'Ares van esclafir en una rialleta de menyspreu, però no estava disposat a permetre que em fessin callar pel simple procediment d'avergonyir-me. Em vaig aixecar i vaig mirar l'Annabeth. Gràcies als déus, ella també es va aixecar.

Vaig dir:

—Tenim una idea per salvar el campament.

Un silenci mortal, però era evident que havia aconseguit interessar tothom, perquè les flames van resplendir amb un groc molt viu.

—Esclar —va replicar en Tàntal suaument—. Mira que si té res a veure amb carros de cursa...

—El Velló d'Or —el vaig interrompre—. Sabem on és.

Les flames es van tornar de color taronja. Abans que en Tàntal em pogués aturar, vaig relatar ràpidament el somni que havia tingut sobre en Grover i l'illa de Polifem. L'Annabeth va intervenir per recordar a tothom el que podia fer el Velló. Sonava més convincent quan ho explicava ella.

—El Velló pot salvar el campament —va concloure—. N'estic completament segura.

—Ximpleries —va replicar en Tàntal—. No necessitem que ens salvi ningú.

Tothom el va mirar fixament fins que es va començar a sentir incòmode.

—D'altra banda, això del mar dels Monstres... —va afegir ràpidament— ni tan sols no és una localització precisa. No sabríeu ni on heu d'anar.

—Sí, jo sí —vaig objectar.

L'Annabeth es va inclinar cap a mi i va xiuxiuejar:

—Tu ho sabries?

Vaig assentir, perquè l'Annabeth m'havia desvetllat un record en parlar del trajecte que havíem fet en el taxi de les Germanes Grises. En aquell moment, la informació que m'havien donat no tenia sentit. Però, en canvi, ara...

—Trenta, trenta-u, setanta-cinc, dotze —vaig enumerar.

—Mooolt bé —va replicar en Tàntal—. Gràcies per compartir amb nosaltres aquesta sèrie de xifres sense significat.

—Són coordenades de navegació —vaig aclarir—. Latitud i longitud. Ho vaig aprendre a la classe de ciències socials.

Fins i tot l'Annabeth semblava impressionada.

—Trenta graus i trenta-un minuts nord; setanta-cinc graus i dotze minuts oest. Té raó! Les Germanes Grises ens van donar aquestes coordenades. Això ha de caure en algun lloc de l'Atlàntic, davant de la costa de Florida. El mar dels Monstres. Necessitem una missió!

—Espereu un moment —va objectar en Tàntal.

Però els residents van entonar el cant:

—NECESSITEM UNA MISSIÓ. NECESSITEM UNA MISSIÓ.

Les flames es van enlairar una mica més.

—No és necessària! —va insistir en Tàntal.

—NECESSITEM UNA MISSIÓ. NECESSITEM UNA MISSIÓ.

—D'acord! —va cridar en Tàntal, amb la mirada resplendint de ràbia—. Voleu que us assigni una missió, marrecs?

—SÍ!

—Molt bé, doncs —va cedir—. Autoritzaré que un campió emprengui aquest viatge perillós, per recuperar el Velló d'Or i portar-lo al campament... o morir en l'empresa.

El cor se'm va omplir d'entusiasme. No em deixaria espantar per en Tàntal. Això era justament el que havia de fer. Salvar en Grover i el campament... o morir en l'empresa.

—Permetré al nostre heroi que consulti l'Oracle! —va proclamar en Tàntal—. I que esculli dos acompanyants per al viatge. Em sembla que l'elecció dels campions és evident.

En Tàntal va mirar l'Annabeth i em va mirar a mi com si volgués escorxar-nos vius.

—El campió ha de ser algú que s'hagi guanyat el respecte del campament, que hagi demostrat tenir recursos a les curses de carros i valentia per defensar el campament. Tu dirigiràs aquesta missió... Clarisse!

El foc va espurnejar amb mil colors diferents.

La gent de la cabana d'Ares va començar a picar de peus cridant:

—CLARISSE! CLARISSE!

La Clarisse es va aixecar, en estat de xoc. Després va empassar saliva i va inflar el pit amb posat orgullós.

—Accepto la missió!

—Un moment! —vaig protestar—. En Grover és amic meu. I el somni em va venir a mi.

—Seu! —va cridar un resident d'Ares—. Tu ja vas tenir la teva oportunitat l'estiu passat!

—Sí, només vol tornar a ser el centre d'atenció! —s'hi va sumar un altre.

La Clarisse em va mirar amb duresa.

—Accepto la missió! —va repetir—. Jo, Clarisse, filla d'Ares, salvaré el campament!

Els seus companys de cabana la van victorejar. L'Annabeth va protestar i els altres residents d'Atena se li van afegir. La resta es van decantar per un bàndol o per l'altre, entre crits i discussions i llançant-se galetes amb xocolata i núvols de sucre els uns als altres. Em pensava que la cosa acabaria en una autèntica batalla de pastissos quan en Tàntal va cridar:

—Silenci, marrecs!

El seu to de veu em va sobtar fins i tot a mi.

—Seieu! —va ordenar—. Us explicaré una història de fantasmes!

Jo no sabia què pretenia, però tots ens vam tornar a asseure, ni que fos a contracor. L'aura de maldat d'en Tàntal era tan forta com la de qualsevol monstre que hagués vist mai.

—Hi havia una vegada un rei mortal al qual els déus estimaven molt! —En Tàntal es va posar una mà sobre el pit, i em va fer la impressió que parlava d'ell mateix—. Aquest rei fins i tot tenia permís per assistir als banquets del mont Olimp —va prosseguir—, però quan va intentar agafar una mica d'ambrosia i de nèctar per emportar-se'ls a la terra i descobrir-ne la recepta... només una bosseta, no us penseu... els déus el van castigar. El van desterrar dels seus salons per sempre més! La seva pròpia gent es burlava del rei! Els seus fills el van renyar! I és que, sí, residents, tenia uns fills horrorosos. Uns fills... igual que... vosaltres!

Va assenyalar amb un dit tort diverses persones de l'audiència, entre elles jo.

—Sabeu què els va fer, a aquella canalla desagraïda? —ens va preguntar suaument—. Sabeu com va respondre al càstig cruel dels déus? Va convidar els olímpics a celebrar un banquet al seu palau, per demostrar que no els guardava rancor. Ningú es va adonar que els seus fills no hi eren. I quan va servir el sopar als déus, estimats residents, no us imagineu de què era el guisat?

Ningú va gosar respondre. Les flames resplendien d'un color blau fosc i es reflectien a la cara retorçada d'en Tàntal com un halo de maldat.

—Ah, els déus el van castigar en l'altra vida —va grallar en Tàntal—. I tant que sí. Però havia tingut el seu moment de satisfacció, no? Els seus fills no el van contrariar mai més, ni mai més li van discutir l'autoritat. I sabeu què? S'ha escampat el rumor que l'esperit d'aquest rei assetja el campament, esperant l'oportunitat de venjar-se de la quitxalla desagraïda i rebel. I ara... Hi ha més queixes, abans d'enviar la Clarisse a la missió?

Silenci.

En Tàntal va mirar la Clarisse i va assentir.

—L'Oracle, estimada Clarisse. Ja hi pots anar.

Ella es va gronxar incòmoda, com si tampoc ella volgués la glòria al preu de ser el gosset d'en Tàntal.

—Senyor...

—Vés-hi! —va grunyir ell.

La Clarisse va inclinar el cap amb un gest maldestre i va marxar ràpidament cap a la Casa Gran.

—I tu què, Percy Jackson? —va reprendre en Tàntal—. No vol fer cap comentari, el nostre rentaplats?

No vaig dir res. No li donaria la satisfacció de tornar-me a castigar.

—Molt bé —va continuar—. I no oblideu que ningú... ningú pot abandonar aquest campament sense el meu permís. I si algú ho intenta... acabarà expulsat per sempre, suposant que sobrevisqui, cosa que no passarà pas. D'ara endavant, les harpies vigilaran el toc de queda, i sempre tenen gana! Bona nit, estimats residents. Que dormiu bé!

En Tàntal va extingir el foc amb un gest de la mà, i els residents van desfilar cap a les cabanes a les fosques.

No podia explicar-ho a en Tyson. Ell s'adonava que estava trist. I que volia anar-me'n de viatge i en Tàntal no em deixava.

—Marxaràs igualment? —em va preguntar.

—No ho sé —vaig reconèixer—. Seria dur. Molt dur.

—T'ajudaré.

—No. No... hem, no et puc demanar una cosa així, grandàs. És massa perillós.

En Tyson va mirar les peces metàl·liques que tenia a la falda: molles i engranatges i cables petits. En Beckendorf li havia donat unes eines i uns quants components sobrers, i ara en Tyson es passava els vespres potinejant, tot i que jo no entenia com podia manipular aquelles peces tan petites amb les seves manasses.

—Què construeixes? —li vaig preguntar.

En Tyson no va contestar. Va articular una mena de gemec al fons de la gola.

—A l'Annabeth no agraden els ciclops. Tu... no vols que jo vingui?

—Oh, no, no és pas això —vaig replicar sense convenciment—. A l'Annabeth li caus bé. De debò.

Tenia llàgrimes a les comissures de l'ull.

Vaig recordar que en Grover, com tots els sàtirs, podia llegir les emocions humanes. Em preguntava si els ciclops tenien el mateix do.

En Tyson va embolicar el seu projecte mecànic amb un drap d'hule. Es va estirar a la seva llitera i va abraçar el farcell com si fos un osset de peluix. Quan es va girar de cara a la paret, vaig reparar en les estranyes cicatrius que tenia a l'esquena, com si algú l'hagués llaurat amb un tractor. Em vaig preguntar per milionèsima vegada qui li havia fet allò.

—El papa sempre em cuidava —va somicar—. Ara... ara penso que va ser dolent... quan va tenir un ciclop per fill. Jo no hauria d'haver nascut.

—No diguis això! Posidó et va reconèixer, no? De manera que... es deu preocupar molt per tu...

La veu se'm va fondre mentre pensava en tots els anys que en Tyson havia viscut sense família ni casa als carrers de Nova York, dins la capsa de cartó d'una nevera. Com podia creure que Posidó se'n preocupava? Quina mena de pare permetria que li passés una cosa semblant al seu fill, ni que fos un monstre?

—Tyson... al campament tindràs una bona casa. Els altres s'hi acostumaran, t'ho prometo.

En Tyson va esbufegar. Jo esperava que digués alguna cosa més. Llavors em vaig adonar que ja dormia.

Em vaig estirar a la llitera i vaig intentar tancar els ulls, però no podia. Em feia por tornar a somiar amb en Grover. Si el vincle d'empatia era real, i li passava alguna cosa a en Grover, em tornaria a despertar o no?

La lluna plena brillava a la meva finestra. La remor de les onades ressonava en la distància. Podia notar l'aroma càlida de les maduixeres, i sentir les rialles de les dríades perseguint òlibes pel bosc. Però alguna cosa no anava bé aquella nit: la malaltia de l'arbre de la Thalia s'escampava per la vall.

Podria salvar el Campament Mestís, la Clarisse? Jo creia que hi havia més probabilitats que en Tàntal em concedís el títol de Resident d'Honor.

Em vaig llevar i em vaig vestir. Vaig agafar una manta de platja i un paquet de sis llaunes de Coca-Cola del meu bagul. La Coca-Cola anava contra les normes. Les begudes i els aperitius de l'exterior estaven prohibits, però si parlaves amb el paio indicat de la cabana d'Hermes i li pagaves unes quantes dracmes d'or, era capaç d'entrar d'estraperlo el que fos, de la botiga de queviures més propera.

Esmunyir-se després del toc de queda també anava contra les normes. Si m'enxampaven, tindria problemes dels grossos o acabaria devorat per les harpies. Però volia veure l'oceà. Allà sempre em sentia més bé. Se m'aclarien les idees.

Vaig marxar de la cabana en direcció a la platja.

Vaig estirar la manta a prop de l'aigua i vaig obrir una llauna de Coca-Cola. Per un motiu o altre, el sucre i la cafeïna sempre m'han calmat aquest cervell meu, afectat pel TDAH.

Vaig intentar decidir què calia fer per salvar el campament, però no se m'acudia res. Tant de bo Posidó m'hagués parlat, per aconsellar-me o el que fos...

El cel era serè i estrellat. Em vaig posar a estudiar les constel·lacions que m'havia ensenyat l'Annabeth (Sagitari, Hèrcules, la Corona Boreal), i tot d'una algú va dir:

—Precioses, no et sembla?

Gairebé vaig escopir el beure.

Dret al meu costat hi havia un paio amb pantalons curts de niló i una samarreta de la marató de Nova York. Era esvelt i atlètic, amb els cabells negres i blancs i un somriure murri. Em resultava vagament familiar... però no sabia per què.

El primer pensament va ser que havia sortit a córrer per la platja a mitjanit i havia travessat les fronteres del campament sense adonar-se'n. En teoria això no havia de succeir. Els mortals ordinaris no podien entrar a la vall. Potser havia aconseguit esmunyir-se a dins perquè la màgia de l'arbre estava afeblida.

Però, en plena nit? I al voltant no hi havia res més que terres de conreu i reserves naturals de l'Estat. D'on podia venir aquell paio, fent jòguing?

—Et fa res si et faig companyia? —em va preguntar—. No m'he assegut fa segles.

D'acord, ja ho sé: un individu desconegut al pic de la nit. Sentit comú: se suposava que m'havia d'escapar corrent, cridar demanant auxili, etcètera. Però aquell paio actuava amb tanta calma que no trobava cap motiu per espantar-me.

Li vaig contestar:

—Sí, esclar.

Va somriure.

—La teva hospitalitat t'honora. Ah, Coca-coles! Puc?

Es va asseure a l'altre extrem de la manta, va obrir una llauna i en va fer un glop.

—Ah... just el que necessitava. Pau i tranquil·litat a...

Dins la seva butxaca va sonar un mòbil.

El corredor va esbufegar. Va treure el telèfon i se'm van obrir els ulls, resplendia amb una lluïssor blavosa. Quan va estendre l'antena, vaig clissar dues criatures que es retorçaven al voltant: serps verdes, no pas més grans que cucs de terra.

El corredor aparentment no se n'adonava. Va revisar la pantalla de cristall líquid i va renegar.

—He de contestar. Serà un segon... —I tot seguit, pel telèfon—. Hola?

Va escoltar. Les miniserps es recargolaven amunt i avall per l'antena, a tocar de la seva orella.

—Sí —va dir el corredor—. Escolta... Ja ho sé, però... M'és igual si està encadenat a una roca i els voltors li picotegen el fetge, si no té un número per fer el seguiment, no podem localitzar el paquet... Un regal per a la humanitat, esplèndid... Ja saps quants en lliurem, d'aquests... Bah, deixem-ho córrer. Escolta'm, envia'l a Eris, que és del Servei d'Atenció al Client. Ara, em sap greu, però t'he de deixar.

Va tallar la comunicació.

—Perdó. El negoci d'enviaments nocturns exprés està en plena expansió. Què deia jo..?

—Té dues serps al telèfon.

—Com? Ah, no mosseguen. Digueu «hola», George i Martha.

«Hola, George i Martha», va dir una veu rogallosa dins el meu cap.

—No siguis sarcàstic —va replicar una veu femenina.

—Per què no? —va preguntar en George—. Jo faig tota la feina de debò.

—Va, no tornem a començar! —El corredor es va ficar el mòbil a la butxaca—. I ara, on érem...? Ah, sí. Pau i tranquil·litat.

Va creuar els turmells i va fixar la mirada en les estrelles.

—Feia molt de temps que no em podia relaxar. Des que van inventar el telègraf... de pressa, de pressa, de pressa. Tu tens una constel·lació preferida, Percy?

Jo encara cavil·lava sobre les serpetes verdes que s'havia guardat dins els pantalons curts d'esport, però vaig contestar:

—Hem... m'agrada Hèrcules.

—Per què?

—Doncs... perquè va tenir molt mala sort. Pitjor que la meva i tot. Em fa sentir millor.

El corredor va fer un xarrup.

—No pas perquè era valent, famós i tota la pesca?

—No.

—Ets un jovencell interessant. I ara què?

Vaig comprendre immediatament a què es referia. Volia saber què pensava fer respecte del Velló.

Abans que pogués contestar, la veu apagada de la Martha va parlar des de la butxaca:

—Tinc Demèter a la línia dos.

—Ara no —va replicar el corredor—. Digue-li que deixi un missatge.

—Això no li agradarà. L'última vegada que la vas deixar en espera es van marcir totes les flors del departament d'enviaments florals.

—Digue-li que estic reunit! —L'home va fer girar els ulls—. Et torno a demanar disculpes, Percy. Em deies que...

—Hem... qui és vostè, exactament?

—No ho has endevinat, encara, sent tan llest com ets?

—Ensenya-l'hi! —va implorar la Martha—. Fa mesos que no em puc estirar de gust!

—No l'escoltis! —va protestar en George—. Només vol vacil·lar!

L'home es va tornar a treure el telèfon mòbil de la butxaca i va demanar:

—Forma original, sisplau.

Ara el telèfon resplendia d'un color blau brillant. Es va allargar fins a convertir-se en un bastó de fusta d'un metre de llargada amb dues ales de colom al capdamunt. En George i la Martha, que ara eren serps verdes de mida real, es cargolaven juntes al tram del mig. Era un caduceu, el símbol de la cabana 11.

Se'm va tensar la gola. Vaig entendre a qui em recordava aquell corredor de faccions èlfiques, amb aquella espurna sarcàstica a les pupil·les...

—És el pare d'en Luke —vaig dir—. Hermes.

El déu va serrar els llavis. Va clavar el caduceu a la sorra, com el pal d'un para-sol.

—El pare d'en Luke... Normalment, la gent no em presenta d'aquesta manera. El déu dels lladres, sí. El déu dels missatgers i els viatgers, si volen ser amables.

—«El déu dels lladres» ja fa el fet —va apuntar en George.

—Bah, no facis cas a en George... —La Martha va treure la llengua en la meva direcció—. Només està amargat perquè Hermes m'estima més a mi.

—Que no!

—Que sí!

—Porteu-vos bé, vosaltres dues —les va advertir Hermes—, si no voleu que us torni a convertir en un mòbil i el posi en mode vibrador! I ara, Percy, encara no m'has contestat la pregunta. Quins plans tens amb referència a la missió?

—No... no tinc permís per marxar.

—No, és veritat. I t'ho impedirà, això?

—Jo me'n vull anar. He de salvar en Grover.

Hermes va somriure.

—Una vegada vaig conèixer un noi... ah, molt més jove que tu. Una criatura, de fet.

—Ja hi tornem a ser —va apuntar en George—. Sempre parla de si mateix.

—Calla! —li va etzibar la Martha—. Vols que ens posi en mode vibrador?

Hermes les va ignorar.

—Una nit, quan la mare d'aquest noi no el vigilava, es va esmunyir de la cova on vivien i va robar unes vaques que pertanyien a Apol·lo.

—I va acabar trinxat a bocinets? —li vaig preguntar.

—Hem... no. El noi, de fet, se'n va sortir força bé. Per compensar-lo del robatori, va donar a Apol·lo un instrument que havia inventat, una lira. Apol·lo va quedar tan encisat amb la música que es va oblidar completament de l'enrabiada.

—I quina és la moral?

—La moral? —va preguntar-me Hermes—. Pels déus, ho dius com si fos una faula. És una història verídica. Té cap moral la veritat?

—Hem...

—Què et sembla això: robar no sempre és dolent.

—No crec que aquesta moral li agradés gens, a la meva mare.

—Les rates són delicioses —va suggerir en George.

—Què té veure això amb aquesta història? —li va demanar la Martha.

—Res —va contestar en George—. Però tinc gana.

—Ja ho tinc! —va reprendre Hermes—. «Els joves no sempre fan el que se'ls diu, però si se'n surten i aconsegueixen bons resultats, a vegades s'escapen del càstig.» Què et sembla?

—M'està dient que he de marxar igualment —vaig remarcar—, encara que no tingui permís?

Hermes va parpellejar.

—Martha, em pots donar el primer paquet, sisplau?

La Martha va obrir la boca... i va continuar obrint-la fins que va ser tan ampla com el meu braç. Va vomitar un pot d'acer inoxidable, un termos passat de moda amb tapa de plàstic negre. Als costats hi havia uns esmalts vermells i grocs amb escenes de la Grècia antiga:

un heroi matant un lleó; un heroi aixecant Cérber, el gos de tres caps.

—Aquest és Hèrcules —vaig dir—. Però, com...?

—No qüestionis mai un regal —em va renyar Hermes—. És un article de col·leccionista d'*Hèrcules rebentant caps*. La primera temporada.

—*Hèrcules rebentant caps*?

—Un programa magnífic —va afirmar Hermes, sospirant—. Abans tota la programació d'Hefest TV eren *realities*. És clar que el termos valdria molt més si també tingués la carmanyola que hi feia joc...

—I si no hagués estat dins la boca de la Martha —va afegir en George.

—Aquesta me la pagaràs.

La Martha es va posar a perseguir en George al voltant del caduceu.

—Un moment —vaig dir jo—. Això és un regal?

—Un de dos —va contestar Hermes—. Va, agafa'l; afanya't.

Gairebé em va caure dels dits perquè estava congelat per una banda i cremava per l'altra. El més estrany va ser que, quan vaig fer la volta al termos, el costat que mirava l'oceà, al nord, sempre era el fred...

—És una brúixola! —vaig exclamar.

Hermes semblava sorprès.

—Molt espavilat. No se m'havia acudit mai. Però l'ús per al qual està pensat és una mica més dramàtic. Si en treus la tapa, alliberaràs els vents dels quatre punts cardinals de la Terra i el teu viatge serà ràpid. No, ara no! I sisplau, quan arribi l'hora, desenrosca la tapa només una miqueta. Els vents se m'assemblen una mica: no reposen mai. Si s'escapessin tots quatre al mateix temps... ui. Però estic segur que seràs prudent. I ara el segon regal. George?

—Ella m'està tocant —es va queixar en George, sense deixar de lliscar al voltant del pal juntament amb la Martha.

—Ella et toca sempre —va replicar Hermes—. Esteu entrellaçats. I si no pareu ara mateix, tornaré a fervos un nus!

Les serps es van deixar de barallar.

En George va desencaixar les mandíbules i, estossegant, va expulsar una ampolleta de plàstic plena de vitamines masticables.

—Deu estar de broma —vaig dir—. Tenen la forma del minotaure?

Hermes va agafar l'ampolleta i la va sacsejar.

—Les de llimona, sí. Les de raïm són fúries, em sembla. O potser hidres? Sigui com sigui, són potents. No te'n prenguis cap si no la necessites de debò.

—I com ho sabré, si les necessito de debò?

—Ho sabràs, creu-me. Nou vitamines essencials, minerals, aminoàcids... ah, tot el que et cal per tornar a sentir que ets tu mateix.

Em va tirar l'ampolla.

—Hem, gràcies —vaig dir—. Però... Senyor Hermes, per què em vol ajudar?

Em va dedicar un somriure melancòlic.

—Potser perquè espero que salvis molta gent amb aquesta missió, Percy. A més del teu amic Grover.

El vaig mirar fixament.

—No es deu referir a... en Luke?

Hermes no va respondre.

—Miri —vaig dir—. Senyor Hermes, vull dir que gràcies per tot, però es pot quedar els seus regals. En Luke no es pot salvar. Ni que el pogués trobar... em va dir que volia enderrocar l'Olimp pedra rere pedra. Va trair tothom a qui coneixia. I a vostè... a vostè l'odia especialment.

Hermes va ullar les estrelles.

—Jove cosí estimat, si una cosa he après al llarg dels eons és que no pots abandonar la família, per més que a vegades s'ho mereixin. Tant és si t'odien o et molesten, o simplement no aprecien el teu geni per haver inventat Internet...

—Tu vas inventar Internet?

—Va ser idea meva —va dir la Martha.

—Les rates són delicioses —va replicar en George.

—Va ser idea meva! —va remarcar Hermes—. Vull dir Internet, no les rates. Però la qüestió no és pas aquesta. Percy, entens què et dic sobre la família?

—No... no n'estic segur.

—Un dia ho entendràs. —Hermes es va aixecar i es va espolsar la sorra de les cames—. Mentrestant, he de fer via.

—Has de contestar seixanta trucades —li va dir la Martha.

—I mil trenta-vuit *e-mails* —va afegir en George—. Sense comptar les ofertes d'ambrosia *online*.

—I tu, Percy —va reprendre Hermes—, tens un marge més curt del que t'imagines per completar la missió. Els teus amics deuen estar venint... justament ara.

Vaig sentir la veu de l'Annabeth, cridant-me de les dunes. En Tyson també em cridava des d'un tros més lluny.

—Confio haver-te fet bé l'equipatge —va apuntar Hermes—. Tinc una certa experiència en viatges.

Va fer petar dos dits i als meus peus van aparèixer unes alforges.

—Impermeables, per descomptat. Si l'hi demanes bé, el teu pare t'hauria d'ajudar a arribar al vaixell.

—Quin vaixell?

Hermes va assenyalar amb un dit. Efectivament, un creuer dels grossos travessava el golf de Long Island, les seves llums blanques i daurades es reflectien sobre l'aigua fosca.

—Esperi —li vaig demanar—. No entenc res de tot això. Ni tan sols no he dit que vulgui anar-hi!

—Doncs jo, de tu, em decidiria en els propers cinc minuts —em va advertir Hermes—. Després vindran les harpies i se't menjaran. Bona nit, cosí, i, si puc dir-ho, que els déus t'acompanyin.

Va obrir la mà i el caduceu s'hi va posar volant.
—Bona sort —em va dir la Martha.
—Porta'm una rata —em va demanar en George.
El caduceu es va transformar en un mòbil i Hermes se'l va ficar a la butxaca.
Es va posar a córrer per la platja. Vint passes més enllà, va mirallejar un instant i es va dissoldre, i em va deixar sol amb un termos, una ampolleta de vitamines masticables i cinc minuts per prendre una decisió impossible.

8

Embarquem en el *Princesa Andròmeda*

Jo mirava fixament les onades quan l'Annabeth i en Tyson em van trobar.

—Què passa? —em va preguntar ella—. T'he sentit demanar ajuda xisclant!

—Jo també! —va dir en Tyson—. T'he sentit xisclar: «Ataquen coses dolentes!».

—No us he pas cridat —vaig afirmar—. Estic bé.

—Però llavors qui...? —L'Annabeth es va fixar en les tres bosses de viatge grogues, i després en el termos i el pot de vitamines que tenia als dits—. Què...?

—Escolteu-me ara —la vaig interrompre—. No tenim gaire temps.

Els vaig explicar la conversa amb Hermes. Quan acabava, vaig sentir la xiscladissa de les harpies en la distància: una patrulla d'harpies havia captat la nostra olor.

—Percy —va dir l'Annabeth—, hem d'acomplir la missió.

—Saps que ens expulsaran, oi? Creu-me, sóc un expert com a alumne expulsat.

—I què? Si fracassem, no hi haurà cap campament al qual tornar.

—És veritat, però tu vas prometre a en Quiró...

—Li vaig prometre que et mantindria lluny dels perills. Només ho puc complir acompanyant-te! En Tyson es pot quedar i explicar...

—Jo vull venir —va irrompre en Tyson.

—No! —va exclamar l'Annabeth, en un to que s'acostava al pànic—. Vull dir... Va, Percy. Tu saps que és impossible.

Em vaig tornar a preguntar què devia tenir ella contra els ciclops. Hi havia alguna cosa que no m'havia explicat. Em miraven tots dos, esperant una resposta. Mentrestant, el creuer cada vegada era més i més lluny.

El cas era que... una part de mi no volia que en Tyson vingués. M'havia passat els tres últims dies molt a prop d'aquell individu, mentre els altres residents em prenien el pèl i em feien avergonyir un milió de cops al dia, tot recordant-me constantment que érem parents. Necessitava distanciar-me'n una mica.

A més, no sabia si ens podria ajudar o no, ni com m'ho faria perquè ell no prengués mal. Sí que era molt fort, però en termes relatius als ciclops en Tyson era un nen petit, de set o vuit anys, mentalment parlant. Me'l podia imaginar plorant aterrit just en el moment de fugir d'un monstre o del que fos. Ens matarien a tots per culpa seva.

D'altra banda, la remor de les harpies s'acostava...

—No el podem deixar —vaig decidir—. En Tàntal el castigaria per la nostra escapada.

—Percy —va insistir l'Annabeth, procurant mantenir la serenitat—, hem d'anar a l'illa de Polifem! I Polifem és un essa-i-ce... vull dir un ce-i grega-ce... —va donar un cop de peu a terra, frustrada. Intel·ligent com era, l'Annabeth també tenia dislèxia. Ens podíem haver passat tota la nit allà mentre ella s'esforçava a lletrejar *ciclop*—. Ja saps què vull dir!

—En Tyson pot venir —vaig repetir—. Si vol.

Ell va picar de mans.

—Vol, vol!

L'Annabeth em va mirar de través, però suposo que era conscient que no canviaria d'idea. O potser s'adonava que no teníem temps de discutir.

—D'acord —va dir—. Com anirem al vaixell?

—Hermes m'ha dit que el meu pare segur que ens ajudaria.

—Doncs, molt bé, cervellet d'algues. Què esperes?

Sempre m'ha resultat molt difícil cridar el pare, o resar, o com sigui que en vulgueu dir, i finalment vaig ficar els peus a l'aigua.

—Hem... papa? —vaig balbucejar—. Com va això?

—Percy! —va murmurar l'Annabeth, nerviosa—. Tenim pressa!

—Ens has d'ajudar —vaig dir una mica més fort—. Hem de pujar a bord d'aquell vaixell... vull dir abans que se'ns mengin i tot plegat, així que...

D'entrada, no va passar res. Les onades xocaven contra la costa com de costum. Les harpies, si es jutjava pels xiscles, ja eren darrere les dunes.

Llavors, a menys de cent metres mar endins, van aparèixer tres línies blanques a la superfície. Es movien cap a la platja tan ràpidament com urpes esqueixant l'oceà. Quan ja eren a prop, l'escuma es va separar bruscament i, de les onades, en van sorgir els caps de tres sementals blancs.

En Tyson va contenir la respiració.

—Ponis peixos!

Tenia raó. Quan aquelles criatures van arribar a la sorra, vaig veure que només eren cavalls de la part davantera. La posterior era un cos de peix platejat, amb escates brillants i cues de sirena irisades.

—Hipocamps! —va exclamar l'Annabeth—. Són preciosos!

El de més a prop va renillar per agrair el comentari i va fregar l'Annabeth amb el musell.

—Ja els admirarem després —vaig remarcar jo—. Som-hi!

—Allà! —va esgaripar una veu darrere nostre—. Nens dolents fora de les cabanes! Hora de sopar per a les harpies afortunades!

Cinc o sis harpies aletejaven sobre el cim de les dunes: bruixetes rodanxones de cara demacrada, amb urpes i ales de cuir massa petites amb relació al cos. Em feien pensar en cambreres de cafeteria en miniatura creuades amb ocells dodo. No eren gaire ràpides, gràcies als déus, però sí molt cruels si t'enxampaven.

—Tyson! —vaig cridar—. Agafa una alforja!

Encara badava, contemplant els hipocamps amb la boca oberta.

—Tyson!

—Eh?

—Va!

Amb l'ajuda de l'Annabeth, vaig aconseguir activar-lo. Vam arreplegar les bosses i vam muntar els sementals. Posidó devia saber que en Tyson seria un dels passatgers, perquè una de les muntures era molt més gran que les altres dues; la mida justa per portar un ciclop.

—Arri! —vaig exclamar.

El meu hipocamp es va girar i es va endinsar en les onades. L'Annabeth i en Tyson em van seguir immediatament.

Les harpies ens maleïen i demanaven entre gemecs que els seus aperitius tornessin, però els hipocamps corrien per damunt de l'aigua a la velocitat d'una moto aquàtica. Les harpies van quedar enrere i la costa del Campament Mestís aviat va quedar reduïda a una taca fosca borrosa.

Em vaig preguntar si tornaria a veure aquell lloc. Però en aquell moment tenia altres problemes.

El creuer ara navegava ben bé davant nostre. Seria el nostre mitjà de transport cap a Florida i el mar dels Monstres.

Muntar un hipocamp encara era més fàcil que muntar un pegàs. Amb el vent a la cara, solcàvem vertiginosament les onades amb tanta estabilitat i suavitat que gairebé no n'havia de tibar les regnes.

Mentre ens acostàvem al creuer, em vaig fer càrrec que era descomunal.

Em sentia com si contemplés un edifici de Manhattan. El buc, blanc, almenys feia deu pisos d'alçària, i a sobre hi havia una altra dotzena de cobertes a diferents nivells, amb balcons i portells profusament il·luminats. El nom del vaixell estava pintat just sobre la línia de proa amb lletres negres, sota un focus encès. Vaig trigar uns segons a desxifrar-lo: *Princesa Andròmeda*.

Adossat a la proa hi havia un mascaró enorme: una dona de tres pisos d'alçària amb un quitó grec blanc, esculpida com si estigués encadenada al davant de l'embarcació. Era una dona jove i guapa, de cabells negres flotants, però la seva expressió era de terror absolut. Sobre el motiu pel qual algú volia una princesa horroritzada al davant d'un vaixell de vacances, no en tenia ni idea.

Vaig recordar el mite: a Andròmeda, els seus mateixos parents l'havien encadenat a una gran roca com a sacrifici per a un monstre marí. Potser al butlletí de notes havia tingut massa molt deficients, o alguna cosa per l'estil. Fos com fos, el meu homònim, Perseu, l'havia salvat just a temps i havia transformat el monstre marí en una pedra utilitzant el cap de Medusa.

Aquell Perseu sempre resultava vencedor. Per això la mare m'havia batejat amb el seu nom, malgrat que ell era fill de Zeus i jo, de Posidó. El Perseu original era un dels pocs herois dels mites grecs que tenia un final feliç. Els altres acabaven morint: traïts, malferits, mutilats, enverinats o maleïts pels déus. La mare tenia l'esperança que jo heretés la bona sort de Perseu. Jo, en canvi, tenint en compte com m'anava la vida fins aleshores, no era pas gaire optimista.

—Com pujarem a bord? —va cridar l'Annabeth per sobre el fragor de les onades; aparentment els hipocamps sabien el que necessitàvem. Van lliscar en paral·lel pel costat d'estribord de la nau, travessant sense cap dificultat el deixant enorme, i es van arrambar a una escala de servei clavada al buc.

—Tu primer —vaig dir a l'Annabeth.

Es va despenjar la bossa de l'espatlla i es va agafar al travesser del capdavall. Quan es va enfilar a l'escala, el seu hipocamp va renillar dient adéu i es va submergir sota l'aigua. L'Annabeth va començar a pujar. Jo vaig esperar que fos un tros amunt i la vaig seguir.

Finalment, a l'aigua només quedava en Tyson. El seu hipocamp l'entretenia fent cabrioles cap enrere i tombarelles de tres-cents seixanta graus, i en Tyson reia tan excitat que el so reverberava contra el lateral del vaixell i s'enfilava amunt.

—No facis ni gota de soroll, Tyson! —li vaig dir—. Puja, grandàs!

—No ens podem endur l'Arc Iris? —em va preguntar, mentre se li fonia el somriure.

El vaig mirar fixament.

—Arc Iris?

L'hipocamp va renillar com si el seu nom nou li agradés.

—Hem, ens n'hem d'anar —vaig replicar—. L'Arc Iris... no pot pujar escales.

En Tyson va ensumar i va enterrar la cara a la crinera de l'hipocamp.

—T'enyoraré, Arc Iris!

L'hipocamp va fer una mena de renill. Hauria jurat que plorava.

—Potser un altre dia el tornarem a veure —vaig suggerir.

—Va, sisplau! —va exclamar en Tyson, aprofitant l'oferiment al vol—. Demà!

No li vaig fer cap promesa, però finalment el vaig convèncer perquè s'acomiadés i s'agafés fort a l'escala. Amb un renill trist, l'hipocamp Arc Iris va fer una tombarella cap enrere i es va submergir dins el mar.

L'escala duia a una coberta de manteniment plena d'armilles salvavides grogues. Hi havia unes portes dobles tancades que l'Annabeth va aconseguir obrir amb el seu punyal i una bona ració de renecs en grec antic.

Jo m'imaginava que ens hauríem d'esmunyir, viatjant de polissons i tot plegat, però després d'inspeccionar uns quants corredors i d'observar, des d'una balconada, una rambla central enorme amb botigues tancades a banda i banda, vaig comprendre que no hi havia ningú de qui amagar-se. Vull dir que érem al pic de la nit, sí, però ens vam passejar per la meitat del vaixell i no vam veure ningú enlloc. Vam passar per davant de quaranta o cinquanta cabines amb la porta tancada, i no vam sentir cap soroll darrere de cap d'elles.

—És un vaixell fantasma —vaig murmurar.

—No —va objectar en Tyson, remenant la cinta de subjecció de la bossa de viatge—. Mala olor.

L'Annabeth va arrufar el nas.

—Jo no ensumo res.

—Però els ciclops són com els sàtirs —vaig apuntar—. Poden notar la pudor dels monstres. Oi que sí, Tyson?

El ciclop va a assentir amb aire nerviós. Ara que ens havíem allunyat del Campament Mestís, la Boira havia tornat a distorsionar-li la cara. Si no me'l mirava amb gaire atenció, hauria dit que tenia dos ulls i no un.

—D'acord —va admetre l'Annabeth—. I què ensumes exactament?

—Cosa dolenta.

—Fantàstic —va grunyir l'Annabeth—. Això ho aclareix tot.

Vam sortir a l'aire lliure, al nivell de la piscina. Hi havia rengles de gandules buides i un bar tancat amb una reixa corredora. La piscina brillava tènuement de manera sinistra, onejant endavant i enrere a causa del moviment de l'embarcació.

Damunt nostre, a proa i a popa, encara hi havia més plans, una pista de minigolf i un restaurant giratori, però cap rastre de vida.

I a pesar de tot... percebia alguna cosa que em resultava familiar. Una cosa perillosa. Em feia la impressió que, si no hagués estat tan cansat i mancat d'adrenalina a causa d'aquella nit tan llarga, hauria estat capaç de concretar què fallava.

—Necessitem un amagatall —vaig apuntar—. Un lloc segur per dormir.

—Dormir —va corroborar l'Annabeth, exhausta.

Vam explorar uns quants corredors més, fins que vam trobar una suite buida al nivell nou. La porta era oberta, cosa que em va estranyar. Hi havia un cistell de bombons sobre la taula, una ampolla de sidra freda sobre la tauleta de nit i un caramel de menta sobre el coixí amb una nota manuscrita que deia: «Gaudiu del creuer!»

Vam obrir per primera vegades les alforges i vam descobrir que Hermes de debò havia pensat en tot: mudes de roba, articles de bany, queviures, una bossa de plàstic de tanca hermètica plena de diners en efectiu i una bosseta de cuir amb dracmes d'or. Fins i tot havia aconseguit posar-hi el farcell d'hule d'en Tyson, amb les eines i les peces que muntava, i la gorra invisibilitzadora de l'Annabeth, cosa que els va animar força a tots dos.

—Seré a la porta del costat —va dir l'Annabeth—. No begueu ni mengeu res, vosaltres dos.

—Vols dir que aquest lloc està encantat?

Ella va arrufar les celles.

—No ho sé. Hi ha alguna cosa que no em quadra. Sigueu prudents.

Vam tancar les portes.

En Tyson es va ensorrar al sofà. Va treballar uns minuts amb les eines en el seu projecte (que encara no em volia ensenyar), però al cap de poc ja badallava. Va embolicar el farcell i es va adormir.

Em vaig estirar sobre el llit a mirar pel portell. Em va semblar sentir veus al corredor... com si xiuxiuegessin. Sabia que era impossible. Havíem recorregut tot el vaixell i no hi havíem vist ningú. Però aquelles veus em mantenien despert. Em recordaven el viatge a l'Inframón: sonaven igual que els esperits dels difunts quan hi arribaven.

Finalment el cansament va poder més. Em vaig adormir... i vaig tenir el pitjor malson de tota la vida.

Era dins una cova al caire d'una fossa grandiosa. Coneixia aquell lloc massa bé i tot. L'entrada al Tàrtar. I també coneixia el riure fred que reverberava des de l'obscuritat del fons.

«Però si és el jove heroi camí d'una altra gran victòria...!»

La veu grinyolava com un ganivet rascant contra una pedra.

Volia cridar a Cronos que em deixés en pau. Volia desenfundar la Contracorrent i fulminar-lo. Però no em podia moure. I suposant que hagués pogut, com m'ho hauria fet per matar un ésser que ja havien destruït, tallat a miques i llançat a la fosca eterna?

«Que jo no t'aturi —va dir el tità—. Potser aquesta vegada... quan fracassis... et preguntaràs si val la pena ser esclau dels déus. Com t'ha demostrat la seva estima el teu pare darrerament?»

Les seves rialles van omplir la caverna, i l'escena tot d'una va canviar.

Ara era dins una altra cova: la presó dormitori d'en Grover al cau del ciclop.

En Grover seia davant del teler amb el vestit de núvia posat, i desteixia desesperadament els fils de la cua nupcial inacabada.

—Bombonet! —va cridar el monstre des de darrere la roca.

En Grover va xisclar i va posar-se a teixir els fils novament.

La sala va tremolar mentre el ciclop apartava la roca a un costat. Vora l'entrada hi havia la figura amenaçadora d'un ciclop tan gegantí que feia que en Tyson semblés un nan. Tenia les dents grogues escantonades i unes mans nuoses tan grans com tot el meu cos. Duia una samarreta lila destenyida de màniga curta en què es llegia FIRA MUNDIAL D'OVELLES 2001. Devia fer quatre metres i mig com a mínim, però el més esgarrifós era el seu descomunal ull lletós, socarrat i entelat sota una teranyina de cataractes. Si no era cec del tot, n'hi devia faltar molt poc.

—Què fas? —va demanar el monstre.

—Res! —va replicar en Grover amb veu de falset—. Estic teixint la cua del vestit, com pots veure.

El ciclop va ficar una mà dins la sala i va avançar a les palpentes fins que va trobar el teler. Va palpar la roba.

—No ha crescut gens!

—Ah, sí, és clar que sí, estimat. Mira! Almenys n'he fet dos centímetres més.

—Massa demores! —va bramar el monstre. Després va ensumar l'aire—. Fas bona olor! M'agraden les cabres!

—Ah, sí? —En Grover va forçar unes febles rialletes—. T'agrada? És *eau de chèvre*. Me la poso només per a tu.

—Mmmm! —El ciclop va ensenyar les dents punxegudes—. Prou bona per menjar!

—Ai, ets tan bromista!

—Prou demores!

—Però, estimat, encara no he acabat!

—Demà!

—No, no. Deu dies més.

—Cinc!

—Ai, molt bé, doncs set. Ja que insisteixes.

—Set! Això és menys que cinc, oi?

—I tant! Ai, sí.

El monstre va grunyir, perquè el tracte no l'acabava de satisfer, però va deixar en Grover teixint i va tornar a posar la roca a l'entrada.

En Grover va tancar els ulls i va inspirar tremolant, mirant de tranquil·litzar-se.

—Afanya't, Percy —va murmurar—. Sisplau, sisplau, sisplau!

Em van despertar el xiulet d'un vaixell i una veu a l'intercomunicador: un paio amb accent australià que semblava massa feliç.

—Bon dia, passatgers! Avui passarem tot el dia al mar. Fa un temps esplèndid per celebrar la festa del mambo a la piscina! No us oblideu del bingo del milió de dòlars al Kraken Lounge a la una del migdia i, per als nostres «convidats especials», pràctiques d'esbudellar a la Rambla!

Em vaig asseure al llit.

—Què ha dit?

En Tyson va grunyir, mig adormit. Jeia al sofà bocaterrós, els peus li penjaven tan enfora que els tenia a la sala de bany.

—L'home feliç ha dit pràctiques... d'embotellar?

Confiava que tingués raó, però llavors vam sentir un truc apressat a la porta interior de la suite. L'Annabeth va treure el cap, amb els cabells rossos ficats dins d'una xarxa de rates.

—Pràctiques d'esbudellar?

Quan tots tres ens vam haver vestit, ens vam aventurar a passejar pel vaixell i ens va sorprendre veure-hi altres persones. Una dotzena de senyors d'edat avançada se n'anaven a esmorzar. Un pare portava els seus fills a banyar-se a la piscina. Diversos membres de la tripulació amb uniformes blancs emmidonats gambaven per coberta, tocant-se la gorra quan es creuaven amb un passatger.

Ningú ens va preguntar qui érem. Ningú ens feia gaire cas. Però hi havia alguna cosa que no lligava...

Quan la família de banyistes passava pel nostre costat, el pare va dir als nens:

—Estem en un creuer. Ens ho estem passant molt i molt bé.

—Sí —van replicar tots tres a l'uníson, sense cap expressió—. Ens ho passem bomba. Ens banyarem a la piscina.

Van seguir enllà.

—Bon dia —ens va dir un membre de la tripulació d'ulls vidriosos—. A bord del *Princesa Andròmeda* tots ens divertim molt. Que tinguin un bon dia.

I va seguir enllà.

—Percy, això és molt estrany —va xiuxiuejar l'Annabeth—. Estan tots en una mena de trànsit.

Llavors vam passar per davant d'una cafeteria i vam veure el primer monstre.

Era un cerber: un mastí negre que tenia les potes del davant a la línia del bufet i el morro enterrat als ous remenats. Devia ser jove, perquè en comparació de la majoria de cerbers era petit, si fa no fa com un ós bru. Amb tot, se'm va glaçar l'estómac. Un d'aquests animals gairebé m'havia matat, una vegada.

El més extravagant era que a la línia del bufet, just darrere del gos maligne, hi havia una parella de mitjana edat fent cua amb paciència. I aparentment no veien res fora de la normalitat.

—Ja no tinc gana —va murmurar en Tyson.

Abans que l'Annabeth contestés, es va sentir una veu reptiliana al capdavall del corredor.

—Ahir en van ingressssar sssis més.

L'Annabeth va indicar amb gest frenètic l'amagatall més proper (el lavabo de senyores) i tots tres ens vam refugiar a dins. Estava tan esverat que ni se'm va acudir sentir-me avergonyit.

Alguna cosa (o més aviat dues coses) va passar furtivament per davant de la porta dels lavabos, fent un soroll semblant al paper de vidre contra una catifa.

—Ssssí —va dir una altra veu—. Ell elsss atreu. Aviat sssserem prou fortssss.

Aquelles coses es van esmunyir dins la cafeteria amb una xiuladissa freda que podia ser el riure d'unes serps.

L'Annabeth em va mirar.

—Hem de sortir d'aquí.

—Et penses que m'agrada ser dins el lavabo de noies?

—Vull dir del vaixell, Percy! Hem d'abandonar el vaixell.

—Fa pudor —va corroborar en Tyson—. I els gossos es mengen tots els ous remenats. L'Annabeth té raó. Hem de marxar del lavabo i del vaixell.

Em vaig esgarrifar. Si l'Annabeth i en Tyson estaven d'acord de veritat en un tema, més valia escoltar-los.

Llavors vaig sentir una altra veu a fora: una que em va esglaiar més que cap monstre.

—...només és qüestió de temps. No m'empentis, Agrius!

Era en Luke, sens dubte. No oblidaria mai la seva veu.

—No t'empento pas! —va grunyir un altre individu. La seva veu sonava més fonda i encara més enfadada que la d'en Luke—. Només dic... que és un risc que no compensa...

—Compensarà —li va etzibar en Luke—. S'empassaran l'ham. Va, he d'anar a la suite de l'almirall a comprovar com està el fèretre.

Les veus es van allunyar corredor avall.

En Tyson va grinyolar:

—Marxem ara?

L'Annabeth i jo vam intercanviar una mirada i en silenci ens vam posar d'acord.

—No podem —vaig contestar a en Tyson

—Hem de descobrir quina en porta de cap en Luke —va corroborar l'Annabeth—. I si podem, el derrotarem, el lligarem amb cadenes i l'arrossegarem fins al mont Olimp.

9

Suporto la pitjor reunió familiar de la meva vida

L'Annabeth es va oferir voluntària per sortir sola aprofitant la gorra invisibilitzadora, però la vaig convèncer que era massa perillós. O hi anàvem tots tres junts o no hi anava ningú.

—Ningú! —va votar en Tyson—. Sisplau?

Al final va venir amb nosaltres, mossegant-se nerviós aquelles seves ungles enormes. Ens vam aturar a la nostra cabina el temps suficient per recollir l'equipatge. Vam suposar que, passés el que passés, no ens quedaríem una altra nit a bord d'aquell creuer zombi, ni que organitzessin un bingo d'un milió de dòlars. Em vaig assegurar que la Contracorrent fos a la meva butxaca, i les vitamines i el termos d'Hermes, al capdamunt de la bossa. No volia que en Tyson ho portés tot, però hi va insistir, i l'Annabeth em va dir que no m'hi encaparrés. En Tyson podia carregar-se a l'espatlla tres bosses plenes fins dalt amb la mateixa facilitat que jo una motxilla.

Ens vam esmunyir pels corredors, guiant-nos pels senyals del vaixell que hi ha pertot arreu que diuen «Vostè és aquí», en direcció a la suite de l'almirall. L'Annabeth, invisible, feia d'exploradora al davant. Ens amagàvem sempre que passava algú, però la major part de la gent que vam veure només eren passatgers zombis d'ulls vidriosos.

Quan pujàvem les escales cap a la coberta tretze, on se suposava que hi havia la suite de l'almirall, l'Annabeth va xiuxiuejar:

—Amagueu-vos!

I tot seguit ens va empènyer dins un armari de provisions. Vaig sentir un parell d'individus baixant pel corredor.

—Has vist el drakon d'Etiòpia a la coberta de càrrega? —va dir un.

L'altre va esclafir a riure:

—Sí, és impressionant.

L'Annabeth encara era invisible, però em va estrènyer la mà ben fort. Tenia la impressió que havia de reconèixer la segona veu que havia parlat.

—He sentit a dir que n'esperen dos més —va dir la veu que em resultava familiar—. Si continuen arribant a aquest ritme... ai, tio, no hi haurà concurs!

Les veus es van perdre corredor avall.

—Aquest era en Chris Rodríguez! —L'Annabeth es va treure la gorra i es va fer visible—. Te'n recordes? De la cabana 11.

Recordava vagament en Chris de l'estiu anterior. Era un d'aquells residents indeterminats, que acabaven ficats a la cabana d'Hermes perquè el seu progenitor diví, pare o mare, no els havia reconegut. Ara que hi pensava, em vaig adonar que aquest estiu no havia vist en Chris al campament.

—Què fa aquí un altre mestís?

L'Annabeth va sacsejar el cap, molt preocupada.

Vam continuar passadís avall. Ja no necessitava cap mapa per saber que m'acostava a en Luke. Percebia alguna cosa freda i desagradable... la presència de la maldat.

—Percy. —L'Annabeth es va aturar de cop—. Mira.

Estava dreta davant d'una paret de mirall observant el gran canó de pisos i pisos d'alçària que recorria el vaixell pel mig. Al fons hi havia la Rambla, un centre comercial ple de botigues, però no era pas això el que havia cridat l'atenció a l'Annabeth.

Davant d'una botiga de caramels, s'havia reunit un grup de monstres: una dotzena de lestrígons gegants com els que m'havien atacat amb pilotes enceses, dos cerbers i unes quantes criatures encara més estranyes... femelles hominoides amb cues de serps bessones en comptes de cames.

—*Dracaenae escites* —va xiuxiuejar l'Annabeth—. Dones drac.

Els monstres van formar un semicercle al voltant d'un paio jove amb armadura grega que apallissava un maniquí de palla. En adonar-me que el maniquí duia una samarreta taronja del Campament Mestís, se'm va fer un nus a la gola. Mentre l'observàvem, el paio de l'armadura va punxar el maniquí a la panxa i el va esqueixar cap amunt. Va sortir palla volant pertot. Els monstres van esclatar en visques i crits.

L'Annabeth es va apartar de la finestra. Tenia la cara com la cendra.

—Anem —li vaig dir, procurant demostrar més coratge del que realment sentia—. Com més aviat trobem en Luke millor.

Al capdavall del corredor hi havia una porta doble de roure que semblava la d'un lloc important. Quan érem a nou o deu metres, en Tyson es va aturar.

—Veus a dins.

—Pots sentir-les a aquesta distància?

En Tyson va tancar l'ull com si es concentrés profundament. Llavors li va canviar la veu, es va convertir en una imitació ronca de la d'en Luke.

—...la profecia nosaltres mateixos. Aquells ximples no sabran cap on girar-se.

Abans que jo pogués reaccionar, la veu d'en Tyson va tornar a canviar per una de més fonda i aspra, com la de l'altre paio que havíem sentit parlant amb en Luke davant de la cafeteria.

—Tu creus de debò que el vell cavaller ha marxat per no tornar?

En Tyson va esclafir a riure com en Luke.

—No se'n poden fiar. No pas amb els esquelets que té a l'armari. L'enverinament de l'arbre va ser la gota que va fer vessar el got.

L'Annabeth es va esgarrifar.

—Prou, Tyson! Com ho fas? És esfereïdor.

En Tyson va obrir l'ull amb expressió desconcertada:

—Només escolto.

—Continua —li vaig demanar—. Què més diuen?

En Tyson va tornar a tancar l'ull. Amb la veu aspra, va murmurar:

—Silenci! —I després, xiuxiuejant, la veu d'en Luke—: N'estàs segur?

—Sí —va contestar en Tyson amb la veu aspra—. Aquí fora.

Massa tard, em vaig adonar de què passava.

Només vaig tenir temps de cridar:

—Correu!

Les portes de la cabina es van obrir violentament i en va sortir en Luke, amb un gegant a cada banda armats amb javelines, que ens apuntaven la punxa de bronze de dret al pit.

—Vaja —va dir en Luke amb un somriure malvat—. Però si són els meus dos cosins preferits. Entreu, entreu.

La cabina era molt maca però també horrible.

La part maca: finestrals grandiosos de punt rodó a la paret del fons, amb vistes a la popa del vaixell. Una franja de cel blau i verd s'estenia fins a l'horitzó. Una catifa persa cobria el terra. Dos sofàs luxosos ocupaven el centre de la sala, juntament amb un llit amb cobricel en un racó i una taula de menjador de caoba a l'altre. La taula era plena de menjar: capses de pizza, refrescos i una pila de sandvitxos de vedella rostida sobre una safata de plata.

La part horrible: al fons de la sala, sobre una tarima folrada de vellut, hi havia un fèretre daurat de tres metres. Un sarcòfag amb gravats d'escenes de la Grècia antiga que reproduïen ciutats en flames i herois morint de manera horrible. A pesar del sol que es vessava endins pels finestrals, el fèretre aconseguia que l'atmosfera de tota la sala fos de fredor.

—Molt bé —va dir en Luke, tot obrint els braços amb gest orgullós—. Una mica més maco que la cabana 11, eh?

Havia canviat, des de l'últim estiu. En comptes d'unes bermudes i una samarreta, duia una camisa amb botons, uns pantalons caqui i mocassins de cuir. Els cabells rossos, que solia dur escabellats, ara els tenia curts. Semblava un model masculí malvat, ensenyant què durien a Harvard l'any següent els canalles de la seva edat.

Encara tenia la cicatriu sota l'ull: una ratlla blanca irregular d'un combat contra un drac. I recolzada contra el sofà, hi havia la seva espasa màgica, la Backbiter, que resplendia d'una manera estranya, amb la meitat de la fulla d'acer inoxidable i l'altra meitat de bronze celestial, i era capaç de matar tant mostres com mortals.

—Seieu —ens va ordenar, indicant amb una mà les tres cadires, que es van situar soles al centre de la sala.

Cap dels tres no ens vam asseure.

Els amics gegantins d'en Luke encara ens apuntaven amb les javelines. Semblaven bessons, però no eren humans. Feien dos metres i mig d'alçada, per començar, i només duien uns texans blaus, potser perquè el seu pit grandiós ja el tenien folrat d'una pell marró gruixuda com una catifa de borrissol. Tenien urpes en comptes d'ungles, i uns peus que semblaven peülles. El seu nas gairebé semblava un musell i totes les dents eren punxegudes com els ullals canins.

—Què se n'ha fet de les meves bones maneres? —va esbufegar en Luke suaument—. Us presento els meus ajudants, l'Agrius i l'Oreius. Potser n'heu sentit a parlar.

No vaig dir ni una paraula. A pesar de les javelines que m'apuntaven, no eren pas els óssos bessons el que m'espantava.

M'havia imaginat moltes vegades el dia que em tornaria a trobar en Luke, des que havia intentat matar-me l'estiu passat. M'imaginava que em plantava intrèpid davant d'ell i el desafiava a un duel. Però ara que ens trobàvem cara a cara, fins i tot em costava evitar que em tremolessin les mans.

—No coneixeu la història de l'Agrius i l'Oreius? —ens va preguntar en Luke—. La seva mare... és molt trista, de fet. Afrodita va ordenar a aquella noia que s'enamorés. Ella s'hi va negar i va anar corrent a demanar ajuda a Artemisa. Artemisa li va permetre convertir-se en una de les seves caçadores verges, però Afrodita se'n va venjar. Va embruixar la noia per tal que s'enamorés d'un ós. Quan Artemisa ho va descobrir, va abandonar la noia perquè li feia fàstic. Típic dels déus, no us sembla? Lluiten entre ells i hi acaben ficant els humans pel mig. Els fills bessons d'aquella noia són l'Agrius i l'Oreius, i no tenen cap devoció per l'Olimp. Els mestissos, en canvi, sí que els agraden...

—Per dinar —va grunyir l'Agrius.

Aquella veu ronca era la que abans havia sentit parlant amb en Luke.

—He, he! He, he! —va esclafir a riure el seu germà Oreius, llepant-se els llavis peluts.

Va continuar rient com si tingués un atac d'asma fins que en Luke i l'Agrius li van clavar la mirada al damunt.

—Calla, idiota! —va grunyir l'Agrius—. Vés a castigar-te!

L'Oreius es va posar a somicar. Va avançar pesadament fins al racó de l'habitació, es va ensorrar sobre un tamboret i va començar a donar cops de cap contra la taula del menjador, fent tremolar les safates de plata.

En Luke actuava com si això fos perfectament normal. Es va instal·lar confortablement al sofà i va recolzar els peus sobre la tauleta de centre.

—Bé, Percy, et vam deixar viure un any més. Espero que ho valoris. Què fa la teva mare? Com va l'escola?

—Tu has enverinat l'arbre de la Thalia.

En Luke va esbufegar.

—De dret al gra, eh? Molt bé, tens raó, jo he enverinat l'arbre. I què?

—Com has pogut? —L'Annabeth semblava tan enfadada que em pensava que explotaria—. La Thalia et va salvar la vida! La teva i la meva! Com has pogut deshonrar-la...

—No l'he deshonrat! —li va etzibar en Luke—. Ho han fet els déus, Annabeth! Si encara fos viva, la Thalia seria al meu bàndol!

—Mentider!

—Si sabessis el que ha de passar, ho entendries...

—Jo entenc que vols destruir el campament! —va xisclar ella—. Ets un monstre!

En Luke va fer que no amb el cap.

—Els déus t'han deixat cega! Et pots imaginar un món sense déus, Annabeth? De què et serveix tota la història antiga que estudies? Tres mil anys d'equipatge! Occident està podrit fins al cor. S'ha de destruir. Uneix-te a mi! Podem començar el món de bell nou. La teva intel·ligència ens serà molt útil, Annabeth.

—Perquè no en tens gens de pròpia!

Ell va empetitir els ulls.

—Et conec, Annabeth. Et mereixes alguna cosa més que fer d'acompanyant en una missió desesperada per salvar el campament. El Turó Mestís quedarà destruït abans d'un mes. Els herois que sobrevisquin no tindran més remei que sumar-se a nosaltres o veure's perseguits fins a l'extinció. De veritat prefereixes formar part d'un equip perdedor... amb companys com aquest? —va concloure, assenyalant en Tyson.

—Ei! —vaig protestar.

—Viatjar amb un ciclop... —la va renyar en Luke—. I tu parles de deshonrar la memòria de la Thalia?! Em sorprens, Annabeth. Tu entre tothom...

—Prou! —va cridar ella.

No sabia de què parlava, en Luke, però l'Annabeth va enterrar el cap entre les mans com si estigués a punt de plorar.

—Deixa-la en pau —li vaig dir—. I no fiquis en Tyson al mig de tot això.

En Luke va esclafir a riure.

—Ah, sí, ho vaig sentir a dir. El teu pare el va reconèixer.

Jo devia fer cara de sorpresa, perquè en Luke va somriure.

—Sí, Percy, ho sé tot. I el teu pla per trobar el Velló també. Quines eren les coordenades... trenta, trenta-u, setanta-cinc, dotze? Encara tinc amics al campament que m'envien notícies.

—Vols dir espies.

Ell va arronsar les espatlles.

—Quants insults del teu pare ets capaç de suportar, Percy? Creus que t'està agraït? Creus que Posidó es preocupa per tu més que per aquest monstre?

En Tyson va estrènyer els punys, fent un so enrogallat a la gola.

En Luke només va esclafir una rialleta per sota el nas.

—Els déus t'utilitzen d'una manera penosa, Percy. Saps què tenen previst per a tu si arribes a fer setze anys? No t'ha explicat mai la profecia, en Quiró?

Hauria volgut plantar-me davant seu i desafiar-lo, però com de costum sabia com desconcertar-me.

Setze anys?

Ja sabia que en Quiró havia rebut una profecia de l'Oracle molts anys abans. I també que una part parlava de mi. Però... si arribava als setze anys? No m'agradava gens com sonava, allò.

—Sé tot el que he de saber —vaig aconseguir replicar—. Com ara qui són els meus enemics.

—Doncs ets boig.

D'un cop de puny, en Tyson va convertir en estelles la cadira més propera.

—Percy no és boig!

Abans que el pogués aturar, va carregar contra en Luke. Va brandar els dos punys avall contra el seu cap (una doble patacada descendent que hauria fet un forat en una planxa de titani), però els óssos bessons el van interceptar. Cada un va aferrar un braç d'en Tyson i el van aturar en sec. El van empentar enrere i en Tyson va tentinejar. Va caure sobre la catifa tan fort que la coberta va tremolar.

—Quina pena, ciclop —va dir en Luke—. Pel que sembla, els meus amics óssos fins i tot et superen en força. Potser els hauria de deixar...

—Luke —el vaig interrompre—. Escolta'm. Ens ha enviat el teu pare.

La cara se li va posar vermella com un tomàquet.

—No... no en vull ni sentir a parlar.

—Ens va dir que pugéssim a aquest vaixell. Em pensava que només era un mitjà de transport, però ens va fer venir perquè et trobéssim. Em va explicar que no t'abandonaria mai, per més que t'enrabiessis.

—Enrabiar-me? —va rugir en Luke—. Em va abandonar, Percy! Vull veure l'Olimp destruït! Tots els trons esclafats i convertits en runa! Digues a Hermes que a més a més passarà exactament així. Cada vegada que un mestís s'uneix a nosaltres, els olímpics són més dèbils i nosaltres més forts. Ell es fa més fort. —En Luke va assenyalar el fèretre d'or.

Aquella caixa m'esglaiava, però estava decidit a no demostrar-ho.

—I doncs? Què té d'especial? —li vaig demanar.

Llavors se'm va ocórrer què hi podia haver, dins el sarcòfag. Em va fer l'efecte que la temperatura de la sala queia deu graus de cop.

—Uau, no et deus referir...

—S'està reconstruint —va dir en Luke—. De mica en mica... estem invocant la seva força vital perquè surti de l'abisme. Cada nou recluta que s'apunta a la nostra causa fa aparèixer una altra petita peça...

—És repugnant —va exclamar l'Annabeth.

En Luke se'n va riure.

—La teva mare va néixer del crani trencat de Zeus, Annabeth. Jo, de tu, no diria ni piu! Aviat haurem recuperat prou fragments del senyor dels titans per reconstruir-lo sencer. Conformarem un cos nou per a ell, una tasca digna de les forges d'Hefest.

—Se te'n va el cap —va contestar l'Annabeth.

—Uneix-te a nosaltres i t'ho recompensarem. Tenim amics poderosos... patrocinadors prou rics per comprar aquest creuer i encara molt més. La teva mare, Percy, no haurà de treballar mai més. Li podràs comprar una mansió. Podràs tenir poder, fama... tot el que vulguis. I tu, Annabeth, podràs realitzar el somni de ser arquitecta. Construir un monument que duri mil anys. Un temple dedicat als senyors de la nova era!

—Vés-te'n al Tàrtar —li va etzibar ella.

En Luke va sospirar.

—Quina llàstima.

Va agafar un objecte que semblava el comandament a distància d'un televisor i va pitjar un botó vermell. Al cap d'un moment es va obrir la porta de la cabina. Van entrar dos membres uniformats de la tripulació armats amb porres. Tenien la mateixa mirada vidriosa que els mortals que havia vist al vaixell, però em va assaltar el pressentiment que això no els feia pas menys perillosos a l'hora de lluitar.

—Ah, bé, seguretat —va dir en Luke—. Em sembla que hi ha polissons a bord.

—Sí, senyor —van contestar com si somiessin.

En Luke es va girar de cara a l'Oreius.

—És hora d'alimentar el drakon etíop. Emporteu-vos aquests ximples a baix i ensenyeu-los com es fa.

L'Oreius va somriure com un estúpid.

—He, he! He, he!

—Deixa-m'hi anar també —va grunyir l'Agrius—. El meu germà no serveix per a res. Aquest ciclop...

—No és cap amenaça —el va corregir en Luke. Va tornar a ullar el fèretre d'or, com si el preocupés alguna cosa—. Tu queda't aquí, Agrius. Hem de discutir assumptes més importants.

—Però...

—No em fallis, Oreius. Queda't a la bodega per assegurar-te que alimenten el drakon com cal.

L'Oreius ens va empènyer enfora a punta de javelina, seguit dels dos guàrdies de seguretat humans.

Mentre recorríem el corredor amb la javelina als ronyons, vaig pensar en el que havia dit en Luke: que els dos óssos bessons eren més valents que en Tyson. Però potser per separat...

Vam deixar el passadís a la meitat del vaixell i vam travessar una coberta a l'aire lliure folrada d'armilles salvavides. Jo coneixia el vaixell prou bé per comprendre que era l'última vegada que vèiem la llum del sol. Quan fóssim a l'altra banda, agafaríem l'ascensor per baixar a la bodega i s'hauria acabat tot.

Vaig mirar en Tyson i vaig dir:

—Ara.

Gràcies als déus, em va entendre. Es va tombar i va clavar un cop de puny a l'Oreius que el va enviar deu metres enrere, just al mig de la família de turistes zombis que es banyava a la piscina.

—Ai! —van esgaripar els nens a l'unísón—. No ens ho estem passant bomba!

Un dels guardes de seguretat va treure la porra, però l'Annabeth li va tallar la respiració amb un cop de peu ben dirigit. L'altre es va escapar corrent cap a l'alarma més propera.

—Atura'l! —va xisclar l'Annabeth, però ja era massa tard.

Un segon abans que jo li estavellés una gandula al cap, va pitjar l'alarma.

Es van encendre els llums vermells intermitents. I les sirenes van començar a udolar.

—Un bot salvavides! —vaig cridar.

Vam anar corrent cap al que teníem més a prop.

Quan vam acabar de descobrir-lo, un formiguer de monstres i guardes de seguretat va acudir a la coberta, apartant a empentes els turistes i els cambrers amb plates plenes de begudes. Un paio amb armadura grega va desenfundar l'espasa i ens va envestir, però va relliscar sobre un bassal de pinya colada. A la coberta superior es va reunir un escamot d'arquers lestrígons, que ja enfilaven les fletxes als seus arcs enormes.

—Com es vara aquesta cosa? —va preguntar l'Annabeth, xisclant.

Un cerber va saltar damunt meu, però en Tyson el va apartar d'un cop amb un extintor.

—Pugeu-hi! —vaig cridar.

Vaig destapar la Contracorrent i vaig escapçar la primera andanada de fletxes.

Ens veuríem superats en qualsevol moment. El bot salvavides ara penjava del costat del vaixell, a molta distància de l'aigua. L'Annabeth i en Tyson no se'n sortien, amb la politja que deixava anar el bot.

Vaig saltar a dins.

—Agafeu-vos! —els vaig advertir, abans de tallar les cordes.

Una pluja de fletxes va xiular per damunt dels nostres caps quan quèiem a plom a l'oceà.

10

Demanem a uns confederats morts que ens portin

—Termos! —vaig xisclar, quan ens precipitàvem cap a l'aigua.

—Què?

L'Annabeth devia pensar que se me n'anava el cap. S'aferrava a les subjeccions del bot per salvar la vida, amb els cabells apuntant al cel com una torxa encesa.

Però en Tyson em va entendre. Va aconseguir obrir la meva bossa de viatge i treure'n el termos màgic d'Hermes, sense que li caigués la bossa ni es deixés anar del bot.

Un estol de fletxes i javelines ens va passar xiulant pel costat.

Vaig agafar el termos confiant que feia el més indicat.

—Agafeu-vos!

—Ja estic agafada! —va cridar l'Annabeth.

—Més fort!

Vaig falcar els peus sota el banc inflable del bot, en Tyson ens va agafar tots per l'esquena de la camisa i vaig girar la tapa del termos un quart de volta.

En va sortir immediatament una làmina blanca de vent que ens va impulsar lateralment i va convertir la caiguda a plom en un aterratge violent amb quaranta-cinc graus d'inclinació.

Em va fer la impressió que el vent reia, quan va sortir rabent del termos, com si s'alegrés d'alliberar-se. Quan vam picar contra l'oceà, vam rebotar dos cops, lliscant com una pedra, i després vam sortir xiulant com una llanxa ràpida, amb el mar obert al davant, mentre l'escuma salobre ens esquitxava la cara.

Vaig sentir un crit d'ultratge provinent del vaixell, però ja érem fora del seu abast. El *Princesa Andròmeda* es va empetitir fins a ser com un vaixell de joguina blanc en la distància, i després el vam perdre de vista.

Mentre solcàvem el mar a tota marxa, l'Annabeth i jo vam intentar enviar un missatge Iris a en Quiró. Pensàvem que era important que algú més tingués coneixement de què feia en Luke, i no sabíem en qui més confiar.

El vent del termos aixecava un raig d'escuma marina que s'irisava amb la llum del sol (perfecte per enviar un missatge Iris), però a pesar de tot la connexió era pobra. Quan l'Annabeth va tirar una dracma d'or a la boirina i va pregar a la deessa dels arcs iris per demanar-li que ens mostrés en Quiró, va aparèixer la cara del centaure sense dificultats, però al fons es veien els flaixos d'una mena de llum estroboscòpica estranya, com la de les discoteques, i se sentia l'estrèpit de música rock, com si fos en un club de ball.

Li vam explicar que ens havíem escapat del campament, i tot allò d'en Luke i el *Princesa Andròmeda*, i la caixa d'or amb les despulles de Cronos, però entre el soroll que venia del seu costat i el vent i l'aigua xiulant al nostre, no sé pas quant tros en va sentir.

—Percy —va cridar—, has de vigilar amb...

Una cridòria darrere seu, un clamor semblant al dels guerrers comanxes, li va apagar la veu.

—Què? —vaig esgaripar.

—Maleïts siguin els meus parents! —En Quiró es va ajupir per evitar un plat que li va passar volant per sobre del cap i es va esmicolar fora del nostre camp de visió—. Annabeth, no hauries d'haver permès que en Percy abandonés el campament! Però si de veritat podeu aconseguir el Velló...

—Ei, noi! —va cridar algú darrere en Quiró—. Uooohoooo!

La música es va descontrolar. Els altaveus dels greus retrunyien tan fort que feien vibrar el nostre bot.

—...Miami —deia en Quiró cridant—. Miraré d'estar alerta...

La nostra pantalla de boirina va explotar com si algú hi hagués llançat una ampolla des de l'altra banda, i en Quiró es va dissoldre.

Una hora més tard vam divisar terra: una franja llarga de platja amb hotels tan alts com gratacels. L'aigua va quedar plena de seguida de barques de pescar i petroliers. Una llanxa de guardacostes ens va passar pel costat d'estribord, i després va virar com si ens volguessin fer una altra ullada. Suposo que no sempre tenien l'ocasió de veure un bot salvavides groc sense motor, navegant a cent nusos per hora en mans de tres marrecs.

—Això és la platja de Virgínia! —va exclamar l'Annabeth quan ens acostàvem al litoral—. Ai, déus, com pot ser que el *Princesa Andròmeda* recorregués tanta distància en una sola nit? Vénen a ser...

—Cinc-centes trenta milles nàutiques —vaig precisar.

Ella em va mirar de fit a fit.

—Com ho has sabut?

—No... no en tinc ni idea.

L'Annabeth va reflexionar un moment.

—Percy... quina és la nostra posició?

—Trenta-sis graus, quaranta-quatre minuts nord; setanta-sis graus, dos minuts oest —vaig contestar immediatament. Després vaig sacsejar el cap—. Uau! D'on ho he tret, això?

—Del teu pare —va aventurar l'Annabeth—. Quan ets al mar, tens una orientació perfecta. Quina passada!

Jo no n'estava tan segur. No em volia convertir en un GPS amb cames, però abans de poder dir res més, en Tyson em va tocar l'espatlla.

—L'altre bot ve.

Vaig mirar enrere. Els guardacostes definitivament ens perseguien. Havien encès els focus i guanyaven velocitat.

—No podem permetre que ens atrapin —vaig remarcar—. Ens farien massa preguntes.

—Tens raó —va reblar l'Annabeth—. Segueix cap a la badia de Chesapeake. Sé un lloc on ens podrem amagar.

No li vaig preguntar què volia dir, ni per què coneixia tan bé aquella zona. Em vaig arriscar a obrir la tapa del termos una mica més i un batzac fresc de vent ens va propulsar com un coet seguint la punta septentrional de la platja de Virgínia i cap a la badia de Chesapeake. La llanxa dels guardacostes es va anar quedant enrere, cada cop més enrere. No vam afluixar fins que les costes de la badia es van estrènyer a totes dues bandes, i vaig comprendre que havíem entrat a la desembocadura d'un riu.

Podia notar el canvi d'aigua salada a aigua dolça. De sobte, em sentia cansat, rendit com si m'hagués vingut una baixada de sucre. Ja no sabia on érem ni cap on conduir el bot. Encara bo que l'Annabeth m'ho indicava.

—Allà —em va dir—. Passat aquell banc de sorra.

Ens vam desviar cap a una zona pantanosa atapeïda d'herba de maresma. Vaig amarrar el bot salvavides al peu d'un xiprer gegant.

Arbres coberts d'heura enfiladissa s'enlairaven damunt nostre. Els insectes xerricaven al bosc. L'aire calent era xafogós i del riu s'elevaven espirals de vapor. En pocs mots: no era Manhattan i no m'agradava gens.

—Anem —va dir l'Annabeth—. És al capdavall del banc de sorra.

—Què?

—Tu segueix-me. —Va agafar una alforja—. I més val que cobrim el bot. No volem cridar l'atenció.

Després d'amagar el bot amb branques, vam seguir l'Annabeth per la costa, amb els peus dins de fang vermell. Una serp va lliscar arran de la meva sabata i va desaparèixer entre l'herba.

—No bon lloc —va remarcar en Tyson, i amb una manotada va espantar els mosquits que feien una fila al seu braç com si fos un bufet lliure.

Al cap d'uns quants minuts, l'Annabeth va dir:

—Aquí.

Vaig mirar on deia i només hi vaig veure una clapa d'esbarzers. Llavors ella va apartar un cercle de branques teixides, com una mena de porta, i em vaig adonar que érem davant d'un refugi camuflat.

Hi cabien tres persones, ni que la tercera fos en Tyson. Havien entreteixit les parets amb materials vegetals, com a les cabanes dels aborígens americans, però aquell cau semblava perfectament impermeable. Apilat al racó, hi havia tot el que es pot necessitar en una acampada: sacs de dormir, mantes, un nevera de gel i un llum de querosè. També hi havia provisions pròpies de semidéus: puntes de javelina de bronze, un buirac ple de fletxes, una espasa i una capsa d'ambrosia. L'amagatall feia olor de resclosit, com si hagués estat desert molt temps.

—Un refugi per a mestissos —vaig mirar l'Annabeth, impressionat—. Tu vas construir això?

—La Thalia i jo —va respondre tranquil·lament—. I en Luke.

Això no m'havia de preocupar. Ja sabia que la Thalia i en Luke l'havien cuidat quan era petita. Sabia que tots tres junts havien estat fugitius, que s'amagaven dels monstres i sobrevivien pel seu compte, fins que en Grover els va trobar i va intentar portar-los al Turó Mestís. Però sempre que l'Annabeth parlava d'aquella època, em sentia, no sé com dir-ho... incòmode?

No. La paraula justa no és aquesta.

La paraula és *gelós*.

—Però aleshores... —vaig mormolar—. Vols dir que en Luke no ens vindrà a buscar aquí?

Ella va dir que no amb el cap.

—Vam construir una dotzena de refugis segurs com aquest. Dubto que en Luke recordi on són... ni que li importi un rave.

Es va tirar sobre les mantes i es va posar a regirar l'alforja. El seu llenguatge gestual indicava clarament que no volia parlar de res.

—Hem... Tyson? —vaig dir-li—. Et faria res anar a explorar els voltants? Busca... una botiga de la jungla o el que sigui.

—Una botiga?

—Sí, per comprar alguna cosa per menjar. Dònuts amb sucre o el que tu vulguis. Però no t'allunyis gaire.

—Dònuts amb sucre —va repetir molt seriós—. Buscaré dònuts a la jungla. —Va sortir a fora i va començar a cridar—: Aquí, dònuts!

Quan en Tyson va haver marxat, em vaig asseure davant de l'Annabeth.

—Hem... em sap greu que... ja m'entens, que ens haguem trobat en Luke.

—No és pas culpa teva.

Va desenfundar el punyal i es va posar a netejar-ne la fulla amb un drap.

—Ens ha deixat escapar massa fàcilment —vaig apuntar.

Confiava que fossin imaginacions meves, però l'Annabeth va assentir.

—Jo penso el mateix. Allò que li hem sentit a dir d'un «risc», i que «mossegaran l'ham»... em sembla que parlava de nosaltres.

—I l'esquer és el Velló? O en Grover?

Ella examinava el tall del punyal.

—No ho sé, Percy. Potser vol quedar-se el Velló. Potser confia que nosaltres li fem la feina bruta per robarnos-el després. No em puc creure que hagi estat capaç d'enverinar l'arbre...

—A què es referia quan ha dit que la Thalia estaria al seu bàndol?

—S'equivoca.

—No sembles gaire convençuda.

L'Annabeth em va clavar les pupil·les al damunt, i em vaig dir que no li hauria d'haver preguntat allò mentre tenia una arma com aquella als dits.

—Percy, saps a qui em recordes més que ningú? La Thalia. Us assembleu tant que esgarrifa. Vull dir que... o hauríeu estat els millors amics, o us hauríeu estrangulat mútuament.

—Deixem-ho en «els millors amics».

—A vegades s'enfadava amb el seu pare. Com fas tu. Et rebel·laries contra l'Olimp per això?

Jo observava el buirac de fletxes del racó.

—No.

—Doncs, ja ho tens. Ella tampoc.

L'Annabeth va clavar la fulla del punyal a terra.

Li volia preguntar sobre la profecia que havia mencionat en Luke... i quina relació tenia amb el meu setzè aniversari. Però vaig suposar que no m'ho voldria explicar. En Quiró havia deixat molt clar que jo no tenia permís per conèixer-la fins que no ho decidissin els déus.

—A què es referia en Luke quan ha parlat dels ciclops? —li vaig demanar—. Ha dit tu, entre tot el món...

—Ja ho sé, el que ha dit. Parlava... de l'autèntic motiu pel qual va morir la Thalia.

Vaig fer una pausa, perquè no sabia què dir.

Quan va inspirar, l'Annabeth gairebé tremolava.

—No et pots refiar mai d'un ciclop, Percy. Fa sis anys, justament la nit que en Grover ens portava al Turó Mestís...

L'Annabeth es va interrompre quan la porta de la cabana es va obrir amb un espetec. En Tyson es va arrossegar cap a dins.

—Dònuts amb sucre! —va dir orgullós, amb una capsa de pastes als dits.

L'Annabeth el mirava fixament.

—D'on ho has tret, això? Som al mig de la jungla. No hi ha res enlloc en...

—Quinze metres —va enllaçar en Tyson—. Una botiga de Dònuts Monstre... a l'altre costat del turó!

—Això no m'agrada —va murmurar l'Annabeth.

Estàvem ajupits darrere un arbre, mirant atònits aquella botiga de dònuts al mig del bosc. Semblava nova de trinca, amb les finestres molt ben il·luminades, un pàrquing i una carretera petita que es perdia dins el bosc, però no hi havia res més al voltant, ni cap cotxe aparcat. Només podíem veure un empleat llegint una revista darrere la caixa registradora. Res més. A la marquesina del local, amb unes lletres negres enormes que fins i tot jo podia llegir, hi deia: «DÒNUTS MONSTRE.»

Un ogre dibuixat feia una mossegada a la *O* de «MONSTRE». La botiga feia bona olor, de dònuts de xocolata acabats de treure del forn.

—Aquesta botiga no hauria de ser aquí —va xiuxiuejar l'Annabeth—. Em fa mala espina.

—Què passa? —li vaig preguntar—. És una botiga de dònuts.

—Xxxxt!

—Per què murmurem? En Tyson hi ha entrat i n'ha comprat una dotzena. No li ha passat pas res.

—Però ell és un monstre.

—Au, va, Annabeth. Dònuts Monstre no es refereix pas als monstres de debò! És una franquícia. A Nova York també n'hi ha.

—Una franquícia —va repetir ella—. I no et sembla estrany que n'hagi aparegut una just després que li diguessis a en Tyson que anés a comprar dònuts? Precisament aquí, al mig del bosc?

M'ho vaig rumiar. Semblava una mica estrambòtic, però... les botigues de dònuts no eren gaire amunt en la meva llista de forces sinistres.

—Podria ser un niu —va afegir l'Annabeth.

En Tyson va començar a somicar. Dubto que ell entengués què deia l'Annabeth més bé que jo, però el to d'ella el posava nerviós. Va devorar mitja dotzena de dònuts de la capsa, tenia sucre en pols per tota la cara.

—Un niu... de què? —li vaig preguntar.

—No t'has preguntat mai com és que les botigues de les franquícies surten com bolets? —em va demanar—. Un dia no hi ha res i l'endemà... bum, ja hi tens una hamburgueseria o una cafeteria o el que sigui. Primer només un local, després dos, després quatre... rèpliques exactes que s'escampen per tot el país.

—Hem... no. No hi havia pensat mai.

—Percy, algunes d'aquestes cadenes es multipliquen tan de pressa perquè totes les seves ubicacions estan vinculades màgicament a la força vital d'un monstre. Alguns fills d'Hermes van establir el pla per fer-ho a la dècada de 1950. Criaven...

Es va quedar glaçada.

—Què? —li vaig demanar—. Què criaven?

—Res de gestos... sobtats —va replicar ella, com si li anés la vida—. Gira't... molt a poc a poc.

Llavors ho vaig sentir: un fregadís, com si una cosa grossa arrossegués la panxa sobre les fulles.

Em vaig girar i vaig veure una criatura de la mida d'un rinoceront movent-se entre les ombres dels arbres. Feia una mena de xiuladissa... i la seva part davantera es retorçava en totes direccions. D'entrada no vaig comprendre què era el que veia. Llavors em vaig adonar que tenia una pila de colls, almenys set, cada un amb un cap reptilià sibilant. La seva pell semblava de cuir, i a sota de cada coll duia un pitet que deia: «Sóc un MONSTRE DÒNUT, nano!»

Vaig treure el bolígraf, però l'Annabeth em va mirar de dret als ulls amb un advertiment silenciós: no encara.

Ho vaig entendre. La majoria de monstres tenen una visió molt dolenta. Era possible que l'hidra passés sense veure'ns. Però si ara destapava l'espasa, segur que la resplendor del bronze li cridaria l'atenció.

Vam esperar.

L'hidra era a unes quantes passes. Semblava que ensumés el terra i els arbres com si perseguís una presa. Llavors em vaig adonar que amb dos dels caps estripava un tros de lona groga: una de les nostres alforges. Aquella criatura ja havia anat al refugi. Seguia el nostre rastre.

El cor em bategava molt fort. Havia vist un cap d'hidra dissecat com un trofeu al campament, però no estava preparat per a la bèstia real. Els caps tenien forma de diamant, com les serps de cascavell, i a totes les boques hi havia fileres irregulars de dents semblants a les dels taurons.

En Tyson tremolava. Va fer un pas enrere i va trencar un branquilló accidentalment. Tots set caps es van girar cap a nosaltres, immediatament xiulant.

—Disperseu-vos! —va exclamar l'Annabeth. Ella es va esmunyir cap a la dreta.

Jo vaig rodolar a l'esquerra. Un dels caps de l'hidra va escopir un arc de líquid verd que em va passar pel costat de l'espatlla i va anar a espetegar sobre un om. El tronc va començar a fumejar i a desintegrar-se.

L'arbre sencer va caure de dret sobre en Tyson, que encara no s'havia mogut, petrificat pel monstre, que ara tenia ben bé al davant.

—Tyson!

El vaig empentar amb totes les meves forces i el vaig apartar del mig just en el moment en què l'hidra s'hi abalançava i l'arbre s'estavellava contra dos dels seus caps.

L'hidra va tentinejar enrere mentre feia estrebades per alliberar els caps atrapats, i després es va posar a bramular de ràbia contra l'arbre caigut. Tots set caps van escopir un raig d'àcid i l'om es va dissoldre enmig d'un bassal de mucosa i vapor.

—Mou-te! —vaig dir a en Tyson.

Vaig córrer cap a un costat i vaig destapar la Contracorrent, confiant atreure l'atenció del monstre.

Va funcionar.

El sol fet de veure bronze celestial resulta insuportable per a la majoria de monstres. Així que va aparèixer la meva fulla resplendent, l'hidra va girar ràpidament tots els caps en aquella direcció, xiulant i ensenyant les dents nues.

Les bones notícies: de moment en Tyson estava fora de perill. Les males notícies: jo estava a punt de fondre'm en un bassal de baves.

Un dels caps es va abalançar cap a mi per temptejar-me. Sense pensar-m'ho, vaig brandar l'espasa.

—No! —va cridar l'Annabeth.

Massa tard. Vaig escapçar el cap de l'hidra en rodó. El cap va rodolar enllà damunt l'herba, deixant al coll un monyó que s'agitava, i va parar de sagnar immediatament, per començar a inflar-se com un globus.

En qüestió de segons, el coll ferit es va escindir en dos, i de cada un en va sorgir un cap sencer. Ara tenia al davant una hidra de vuit caps.

—Percy! —em va renyar l'Annabeth—. Acabes d'obrir una altra botiga Dònuts Monstre en algun lloc!

Vaig esquivar un esprai d'àcid.

—Estic a punt de morir i tu et preocupes per això? Com la matem?

—Foc! —va replicar l'Annabeth—. Necessitem foc!

En el mateix moment en què ho va dir, vaig recordar la història. Els caps de l'hidra només deixarien de multiplicar-se si podíem cremar els monyons abans que es reproduïssin. Així ho havia fet Hèracles, almenys. Però nosaltres no teníem foc.

Vaig retrocedir cap al riu. L'hidra em va seguir.

L'Annabeth es va desplaçar a l'esquerra per distreure un dels caps del monstre, tot defensant-se de les seves dents amb el punyal, però un altre cap va oscillar de biaix com un garrot i la va esterrecar sobre el fang d'una patacada.

—No piquis els amics!

En Tyson va avançar i es va posar entre l'hidra i l'Annabeth. Quan ella va aconseguir aixecar-se, en Tyson va començar a estomacar els caps del monstre a cops de puny tan de pressa que em recordava el joc de *wack-a-mole*, en el qual vas picant els caps dels talps però sempre en surten més. De totes maneres, ni tan sols en Tyson no podria mantenir l'hidra a ratlla gaire estona.

Continuàvem retrocedint centímetre a centímetre, esquivant les esquitxades d'àcid i apartant els caps que ens volien mossegar sense tallar-ne cap, però era evident que només ajornàvem la mort. A la curta o a la llarga, cometríem un error i aquella criatura monstruosa ens mataria.

Llavors vaig sentir una remor estranya; una mena de tum-tum que d'entrada vaig pensar que era el batec del meu cor. Era tan fort que feia tremolar la riba.

—Què és aquest soroll? —em va preguntar l'Annabeth cridant, sense apartar els ulls de l'hidra.

—Motor de vapor —va contestar en Tyson.

—Què?

Em vaig ajupir just quan l'hidra escopia un raig d'àcid per damunt del meu cap.

Llavors, des del riu, darrere nostre, una veu de dona que em resultava familiar va cridar:

—Allà! Preparеu el canó de trenta-dues lliures!

No m'atrevia a deixar de mirar l'hidra, però si al darrere hi havia qui jo em pensava, ara teníem enemics en dos fronts.

Una veu masculina greu va exclamar:

—Són massa a prop, senyoreta!

—Maleïts herois! —va xisclar la noia—. Endavant a tot vapor!

—Sí, senyoreta.

—Foc a discreció, capità!

L'Annabeth va comprendre què passava una fracció de segon abans que jo. Ens va ordenar cridant que ens tiréssim a terra poc abans que, del riu, ens arribés un BUUUM que va fer tremolar tot l'entorn. Va esclatar un flaix de llum, una columna de foc, i l'hidra va explotar davant nostre i ens va dutxar amb un llot verd fastigós que es vaporitzava en impactar amb alguna cosa, tal com solen fer les entranyes dels monstres.

—Repugnant! —va esgaripar l'Annabeth.

—Vaixell de vapor! —va cridar en Tyson.

Em vaig aixecar, estossegant per culpa del núvol de fum de pólvora que s'estenia per la riba.

Esbufegant cap a nosaltres des del riu, hi havia l'embarcació més estranya que he vist mai. Navegava mig submergida dins l'aigua, com un submarí, i tenia la coberta folrada de ferro. Al mig hi havia una casamata amb forma de trapezi amb obertures a banda i banda per als canons. Al capdamunt onejava una bandera: un senglar i una llança sobre un camp de color vermell sang. A coberta hi havia rengles de zombis amb uniforme gris, soldats morts la cara dels quals mirallejava i només els cobria una part del crani, com els espectres que havia vist a l'Inframón fent guàrdia al palau d'Hades.

El vaixell era tot de ferro. Un creuer de la guerra de Secessió. Ben just s'hi podia distingir el nom a la proa, amb lletres cobertes de molsa: *C. S. S. Birmingham*.

I dreta, al costat del canó fumejant que gairebé ens havia esbocinat, amb una armadura grega completa, hi havia la Clarisse.

—Fracassats! —va exclamar amb menyspreu—. Però suposo que us he de rescatar. Pugeu a bord.

11

La Clarisse ho fa explotar tot

—Teniu tants problemes... —va mormolar la Clarisse.

Acabàvem de fer una visita turística no desitjada al vaixell, per un seguit de sales fosques atapeïdes de mariners morts. Havíem vist la carbonera, les calderes i el motor, que esbufegava i gemegava com si hagués d'explotar d'un moment a l'altre. Havíem vist la cabina del pilot i la recambra de la pólvora i la bodega dels artillers (el lloc preferit de la Clarisse), on hi havia dos canons Dahlgren d'ànima llisa a babord i a estribord, i un Brooke de nou polzades a proa i a popa, tots especialment modificats per disparar bales de canó de bronze.

Anéssim on anéssim, els confederats difunts ens miraven de fit a fit, amb cares barbudes fantasmagòriques que mirallejaven sobre el crani. Van donar l'aprovat a l'Annabeth perquè els va dir que era de Virgínia. També estaven interessats en mi, perquè em deia Jackson com el general sudista, però els vaig arruïnar la il·lusió aclarint que era de Nova York. Tots esbufegaven entre dents, maleint els ianquis.

A en Tyson, l'aterrien. Durant tota la visita va insistir que l'Annabeth li agafés la mà, cosa que a ella no l'entusiasmava gaire.

Finalment ens van escortar per anar a sopar. La cabina del capità del *C. S. S. Birmingham* era tan gran com un armari vestidor, però tot i així ho era molt més que cap altra sala del vaixell. Havien parat la taula amb tovalles blanques de fil i vaixella de porcellana. Uns quants tripulants esquelètics ens van servir sandvitxos de mantega de cacauet i de melmelada, patates fregides i refrescos Dr. Pepper. Jo no volia menjar res que em servís un fantasma, però la gana va superar l'aprensió.

—En Tàntal us ha expulsat del campament per a l'eternitat —ens va dir la Clarisse amb aire satisfet—. El senyor D va dir que si cap dels dos hi tornàveu a treure el nas, us convertiria en esquirols i us atropellaria amb el seu tot terreny.

—Ells et van donar aquest vaixell? —li vaig preguntar.

—És clar que no. Me'l va donar el meu pare.

—Ares?

La Clarisse va esclafir una rialla de menyspreu.

—Et penses que el teu papà és l'únic que té poder al mar? Els esperits del bàndol vençut de totes les guerres han de pagar un tribut a Ares. És la seva maledicció per haver estat derrotats. Vaig resar demanant-li un transport naval i aquí el teniu. Aquests homes faran tot el que els ordeni. No és així, capità?

El capità era dret darrere d'ella, encarcarat i enrabiat. Em mirava fixament amb uns ulls verds lluents com si tingués gana.

—Si això ha de suposar la fi d'aquesta guerra infernal, senyoreta... aconseguir la pau per fi... farem qualsevol cosa i destruirem qui calgui...

La Clarisse va somriure.

—Destruir qui calgui. Això m'agrada.

En Tyson va empassar saliva.

—Clarisse —va dir l'Annabeth—, pot ser que en Luke també busqui el Velló. Ens el vam trobar. Coneix les coordenades i viatja cap al sud. Té un creuer turístic ple de monstres...

—Esplèndid! L'enfonsaré d'una canonada!

—No ho entens —va reprendre l'Annabeth—. Hem d'unir forces. Deixa'ns ajudar-te...

—No! —La Clarisse va clavar un cop de puny sobre la taula—. Aquesta missió és meva, espavilada! Aquesta vegada l'heroïna seré jo, vosaltres dos no em robareu l'oportunitat.

—On són els altres companys de la teva cabana? —li vaig demanar—. Tenies autorització per emportar-te dos amics, no?

—No van... els vaig deixar al campament. Per protegir-lo.

—Vols dir que ni la gent de la teva cabana no et va voler ajudar?

—Calla, pansit! No els necessito! Ni a tu tampoc!

—Clarisse —vaig insistir—. En Tàntal t'està utilitzant. Tant se li'n dóna, el campament. Li encantaria veure'l destruït. Et manipula perquè fracassis.

—No! M'és igual el que l'Oracle...

Es va aturar en sec.

—Què? —la vaig esperonar—. Què et va explicar l'Oracle?

—Res. —Les orelles se li van posar vermelles—. Només heu de saber que penso completar la missió sense la vostra ajuda. D'altra banda, no us puc deixar marxar...

—És a dir que som presoners? —li va preguntar l'Annabeth.

—Convidats... de moment. —La Clarisse va recolzar un peu sobre les tovalles blanques de fil i va obrir una altra ampolla de Dr. Pepper—. Capità, porti'ls a baix. Assigni'ls hamaques al dormitori. Si no es porten bé, demostri'ls com tractem els espies enemics.

Vaig començar a somiar així que em vaig adormir. En Grover seia davant del teler, desfilant desesperat la cua del vestit de núvia, quan el ciclop va fer rodolar la roca a un costat i va bramular:

—Ah ha!

En Grover va lladrar:

—Estimat! No t'he... estaves tan silenciós!

—Desfilaves! —va rugir Polifem—. Aquest és el problema!

—Oh, no. Jo... no...

—Vine!

Polifem va agafar en Grover i, mig carregant-lo i mig arrossegant-lo, se'l va endur a través dels túnels de la cova. En Grover feia esforços perquè les sabates amb talons no li caiguessin de les peülles. El vel de la cara se li torçava, a punt de caure.

El ciclop el va conduir fins a una caverna de la mida d'un magatzem, decorada amb despulles d'ovelles. Hi havia una butaca reclinable coberta amb llana, i un televisor també cobert amb llana, i lleixes rudimentàries plenes d'una col·lecció d'objectes relatius a xais i ovelles: tasses de cafè en forma de cara d'ovella, figures de guix en forma de xai, jocs de taula d'ovella i llibres de fotos d'ovelles i ninots d'herois de còmic en forma de xai. Al terra hi havia piles d'ossos d'ovella, i altres ossos que no semblaven pas d'ovella, precisament: eren els ossos dels sàtirs que havien arribat a l'illa buscant el déu Pan.

Polifem va deixar en Grover a terra el temps just de moure una altra roca gegantina. La llum del dia va inundar la cova, en Grover va gemegar de delit. Aire fresc!

El ciclop el va arrossegar enfora fins al cim d'un turó; tenia una panoràmica completa sobre l'illa més bonica que hagi vist mai.

Tenia més o menys la forma d'una sella de muntar tallada pel mig amb una destral. Hi havia tot de turons verds frondosos a banda i banda d'una vall central ampla, esqueixada per un cingle profund sobre el qual hi havia un pont de corda. Tot de rierols preciosos fluïen cap al caire del canyó i es precipitaven en cascades irisades. Els lloros aletejaven als arbres. Flors roses i liles brotaven entre els matolls. A les praderies pasturaven centenars d'ovelles, tot i que la seva llana relluïa d'una manera estranya, com monedes de coure i de plata.

I al centre de l'illa, just al costat del pont de corda, hi havia un roure retorçat enorme, de la branca més baixa del qual penjava alguna cosa brillant.

El Velló d'Or.

Fins i tot en el somni podia percebre el poder que irradiava sobre l'illa, reverdint l'herba i embellint les flors. Gairebé podia sentir l'olor de la naturalesa màgica en funcionament. I m'imaginava fins a quin punt havia de resultar forta aquella fragància per a l'olfacte d'un sàtir.

En Grover gemegava.

—Sí —va dir Polifem en to orgullós—. Ho veus, allò? El Velló és la perla de la meva col·lecció! El vaig robar a uns herois fa segles, i des d'aleshores... tinc menjar gratis! Els sàtirs vénen de tot el món, com les arnes a les flames. Els sàtirs són un bon menjar! I ara...

Polifem va agafar unes tisores de bronze espatarrants.

En Grover va esgaripar, però Polifem simplement va agafar l'ovella que tenia més a prop com si fos un animal dissecat i li va afaitar la llana. En va donar un grapat esponjós a en Grover.

—Posa això al teler! —li va ordenar, soberg—. Llana màgica. No es pot desfilar.

—Ah... vaja...

—Pobre bombonet! —Polifem va fer una ganyota—. Ets una mala teixidora. Ha, ha! No pateixis. Aquest fil resoldrà el problema. Acaba la cua del vestit de núvia per demà!

—Que considerat per part teva!

—He, he.

—Però... però, estimat —va quequejar en Grover, boquejant—. I si algú vingués a rescat... vull dir, i si algú ataqués l'illa? —En Grover em va mirar de dret, i vaig comprendre que ho deia perquè jo ho sentís—. Què els impediria, arribar directament fins aquí dalt on tens la cova?

—La doneta té por! Que tendra! No pateixis. Polifem té un sistema de seguretat d'última generació. Qualsevol que vingui ha de passar pel mig dels meus animals de companyia.

—Animals de companyia?

En Grover va mirar a l'illa en totes direccions, però no hi havia res a veure, a excepció de les ovelles, que pasturaven pacíficament als prats.

—I després han de passar per damunt meu! —va rugir Polifem. Va clavar un cop de puny contra la roca més propera, que es va esquerdar i es va esberlar per la meitat—. I ara vine! —va cridar—. A la cova.

En Grover semblava a punt d'arrencar a plorar: era tan a prop de la llibertat i al mateix temps tan lluny...!

Les llàgrimes li omplien els ulls quan la roca va tornar a tapar l'entrada, segellant-lo novament dins aquella cova pudent i il·luminada amb torxes.

Em van despertar les campanes d'alarma que repicaven per tot el vaixell i la veu greu del capità cridant:

—Tots els homes a coberta! Busqueu la senyoreta Clarisse! On és aquesta noia?

La seva cara espectral va aparèixer damunt del meu cap.

—Aixeca't, ianqui. Els teus amics ja són a dalt. Ens acostem a l'entrada.

—L'entrada de què?

Em va dedicar un somriure esquelètic.

—Del mar dels Monstres, esclar.

• • •

Vaig ficar les poques coses meves que havien sobreviscut a l'hidra dins un sac de lona de mariner i me'l vaig penjar a l'espatlla. Un calfred em duia a sospitar que, passés el que passés, no m'estaria una altra nit a bord del *C. S. S. Birmingham*.

Feia via escales amunt quan una altra cosa em va deixar glaçat. Una presència propera... familiar i desagradable. Sense cap motiu concret, em van venir ganes de barallar-me. Volia clavar un cop de puny a un confederat mort. L'última vegada que havia sentit una ira semblant...

En comptes de continuar amunt, em vaig esmunyir fins al caire de la reixa de ventilació i vaig espiar mirant avall, cap a la sala de calderes. La Clarisse era just a sota i parlava amb una imatge que mirallejava en el vapor de les calderes: un home musculós vestit amb cuir negre com un motorista, amb un tallat de cabells a l'estil militar, ulleres de sol tintades de vermell i un ganivet lligat al costat.

Acte seguit, vaig estrènyer els punys ben fort. Era el déu olímpic que m'agradava menys. Ares, el déu de la guerra.

—No vull excuses, noieta! —va grunyir.

—No, pare —va barbotejar la Clarisse.

—No vols que m'enfadi, eh que no?

—No, pare.

—No, pare —la va imitar Ares—. Ets patètica. Hauria d'haver encarregat la missió a un dels meus fills mascles.

—Triomfaré! —li va prometre la Clarisse, amb veu tremolosa—. Estaràs orgullós de mi.

—Més val que sigui així —la va advertir—. Tu em vas demanar aquesta missió, noieta. Si permets que el llimac llefiscós d'en Jackson te la prengui...

—Però l'Oracle va dir...

—Tant me fot el que va dir l'Oracle!!! —va bramar Ares amb tanta fúria que la seva imatge va vibrar i tot—. Tu ho aconseguiràs! En cas contrari...

Va alçar un puny. Tot i que només era una figura de vapor, la Clarisse es va estremir.

—Ens hem entès? —va grunyir el déu.

Les campanes d'alarma van tornar a repicar. Vaig sentir veus que s'acostaven, oficials que, a crits, ordenaven posar els canons a punt.

Vaig deixar enrere el conducte de ventilació i vaig anar a trobar l'Annabeth i en Tyson a la coberta superior.

—Què passa? —em va preguntar l'Annabeth—. Un altre somni?

Vaig assentir, però no vaig dir res. No sabia què pensar del que havia vist a baix. Gairebé em preocupava tant com el somni sobre en Grover.

La Clarisse va pujar les escales darrere meu. Vaig procurar no mirar-la de dret.

Va agafar uns binocles d'un oficial zombi i va escrutar l'horitzó.

—Per fi. Capità, endavant a tot vapor!

Vaig mirar en aquella direcció, però no vaig veure gaire res. El cel estava tapat. L'aire era boirós i humit com el vapor d'una planxa. Si forçava els ulls al màxim, podia arribar a distingir un parell de taques fosques i borroses un tros lluny.

El meu especial sentit nàutic em deia que érem en algun lloc de la costa septentrional de Florida; de manera que havíem fet molt camí durant la nit, molt més del que cap vaixell del món dels mortals podria haver recorregut.

El motor de l'embarcació va espetegar en augmentar la velocitat.

Nerviós, en Tyson va murmurar:

—Massa tensió als pistons. No està fet per a aigües profundes.

No acabava d'entendre com ho podia saber, allò, però em va inquietar.

Al cap d'uns minuts, les taques es van perfilar davant nostre. Al nord, un massa rocosa enorme s'erigia sobre el mar: una illa amb penya-segats que feien més de trenta metres. Mitja milla més al sud, si fa no fa, l'altre punt de foscor era una tempesta esclatant. El cel i el mar bullien junts, rugint en una sola massa.

—Un huracà? —em va preguntar l'Annabeth.

—No —va replicar la Clarisse—. És Caribdis.

L'Annabeth va empal·lidir.

—Que ets boja o què?

—És l'única entrada al mar dels Monstres. Just entre Caribdis i la seva germana Escil·la.

La Clarisse va assenyalar el cim dels turons, i em va fer la impressió que allà hi vivia alguna cosa que no volia conèixer. M'espremia el cervell, intentant recordar el mite.

—Què vol dir l'única entrada? —vaig preguntar a la Clarisse—. El mar és obert! Rodeja'ls.

Ella va girar els ulls en blanc.

—No saps res de res, tu? Si intentés navegar pel voltant, tornarien a aparèixer davant del vaixell. Si vols entrar al mar dels Monstres, has de passar pel mig de les dues.

—I les Simplègades? —va apuntar l'Annabeth—. Són una altra entrada. En Jàson va passar per allà.

—No puc destruir les roques amb els canons —va aclarir la Clarisse—. Els monstres, en canvi...

—Ets boja —va sentenciar l'Annabeth.

—Mira i aprèn-ne, saberuda. —La Clarisse es va girar de cara al capità—. Posi rumb cap a Caribdis!

—Sí, senyoreta.

El motor va roncar, les planxes de ferro van repicar i el vaixell va agafar velocitat.

—Clarisse, Caribdis xucla el mar —vaig apuntar—. No és aquesta la història?

—I després el torna a escopir, sí.

—I Escil·la?

—Viu en una cova, al capdamunt dels turons. Si ens hi acostem gaire, els caps de serp baixaran i començaran a menjar-se els mariners del vaixell.

—Opta per Escil·la, doncs —li vaig aconsellar—. Ens fiquem tots sota coberta i ens esmunyim enllà.

—No! —va repetir la Clarisse—. Si no pot aconseguir carn fàcilment, Escil·la podria empassar-se el vaixell sencer. D'altra banda, és massa amunt per apuntar bé. Els meus canons no poden disparar contra el cel perpendicularment. Caribdis, en canvi, es queda assegut al centre del remolí que provoca. Ens dirigirem de dret cap a ell, apuntarem els canons i l'enviarem al Tàrtar!

Ho va dir amb tanta fruïció que gairebé me la volia creure.

El motor brunzia. Les calderes s'escalfaven tant que en notava la temperatura a la coberta, sota els peus. Les xemeneies expulsaven columnes de fum. La bandera vermella d'Ares espetegava al vent.

A mesura que ens acostàvem als dos monstres, el fragor de Caribdis era cada cop més fort: un horrible rugit d'aigua semblant al terrabastall que faria la cisterna més gran de la galàxia en buidar-se. Cada vegada que Caribdis inspirava, el vaixell tremolava i saltava endavant. I quan exhalava, ens enlairàvem sobre l'aigua, resistint les bufetades d'onades de tres metres.

Vaig intentar cronometrar el remolí. Fins on era capaç de calcular, Caribdis trigava prop de tres minuts a completar la succió i destruir tot el que hi havia en mitja milla a la rodona. Per esquivar-lo, hauríem hagut de navegar a tocar dels penya-segats d'Escil·la. I per dolenta que pogués ser, aquells penya-segats m'agradaven molt més.

Els mariners espectrals continuaven ocupats en les seves tasques a la coberta superior. Suposo que abans ja havien lluitat per una causa perduda, de manera que això no els preocupava. O potser els era igual acabar destruïts, perquè ja havien traspassat. Cap d'aquestes dues idees em feia sentir gens millor.

L'Annabeth era al meu costat, agafada a la barana.

—Encara tens el termos ple de vent?

Vaig assentir.

—Però seria massa perillós fer-lo servir amb un remolí com aquest. Més vent encara podria empitjorar la situació.

—I no pots controlar les aigües? —em va demanar—. Ets fill de Posidó. Ho has fet en altres ocasions.

Tenia raó. Vaig tancar els ulls i vaig intentar tranquil·litzar-me, però no em podia concentrar. Caribdis feia massa soroll i era massa poderós. Les onades no responien.

—No... no puc —vaig respondre afligit.

—Necessitem un pla alternatiu —va insistir l'Annabeth—. Això no funcionarà.

—L'Annabeth té raó —va corroborar en Tyson—. Els motors no van bé.

—Què vols dir? —li va preguntar ella.

—Massa pressió. Arreglar pistons.

Abans que ens ho pogués explicar, aquella mena de vàter còsmic va desguassar amb un soroll estrepitós. El vaixell va sortir disparat endavant i vaig caure sobre la coberta. Érem dins el remolí.

—Feu tot enrere! —va cridar la Clarisse per damunt del terrabastall. El mar rugia pertot, les onades xocaven contra la coberta. Les planxes de ferro estaven tan calentes que en sortia vapor—. Hem d'arribar a la distància de tir! Prepareu els canons d'estribord!

Els confederats difunts s'apressaven anant i venint. El propulsor va grinyolar per fer marxa enrere, intentant frenar el vaixell, però continuàvem lliscant cap al centre del vòrtex.

Un mariner zombi va sortir de la bodega bruscament i va anar corrent cap a la Clarisse. El seu uniforme gris treia fum. Tenia foc a la barba.

—La sala de calderes està bullint, senyora! Explotarà!

—Doncs baixa-hi i arregla-ho!

—No podem! —va cridar el mariner—. Ens evaporem a causa de la calor.

La Clarisse va clavar un cop a un costat de la casamata.

—Només necessitem uns minuts més! Prou per tenir-lo a l'abast dels canons!

—Anem massa de presa —va afirmar el capità en to sec—. Prepareu-vos per morir.

—No! —va bramar en Tyson—. Jo arreglar.

La Clarisse se'l va mirar incrèdula.

—Tu?

—És un ciclop —li va recordar l'Annabeth—. És immune al foc i sap de mecànica.

—Vés-hi! —va xisclar la Clarisse.

—No, Tyson, no! —El vaig agafar d'un braç—. És massa perillós!

Em va donar un copet a la mà.

—És l'única manera, germà. —Tenia una expressió decidida, fins i tot confiada. No l'havia vist mai així—. Ho arreglaré. Torno de seguida.

El vaig mirar mentre seguia el mariner fumejant cap a l'escotilla i vaig tenir un pressentiment terrible. Volia arrencar a córrer darrere seu, però el vaixell va tornar a saltar endavant... i llavors vaig veure Caribdis.

Ara només era a cent o dos-cents metres, enmig d'un remolí de boira, fum i aigua. El primer que vaig distingir van ser els esculls: un penyal negre de corall al capdamunt del qual hi havia una figuera, un element estranyament plàcid enmig d'aquella voràgine. Al seu voltant, l'aigua girava com dins un embut, igual que la llum a l'entorn d'un forat negre. Llavors vaig veure aquella criatura horrorosa ancorada a l'escull, just a sota de la superfície de l'aigua: una boca descomunal amb llavis fangosos i dents plenes de molsa de la mida d'una barca. I el que encara era pitjor... duia correctors dentals: unes franges de metall escumós rovellat amb trossos de peixos, fustes i deixalles enganxats.

Caribdis simbolitzava el malson d'un dentista. No era res més que una boca negra grandiosa amb les dents mal alineades i el maxil·lar superior molt més avançat que la mandíbula, i s'havia passat segles menjant i menjant sense rentar-se mai les dents. Mentre el contemplava, el buit va xuclar endins tot el mar que l'envoltava: taurons, bancs de peixos i un calamar gegant. Em vaig fer càrrec que el *C. S. S. Birmingham* hi aniria al darrere al cap de pocs segons.

—Senyoreta Clarisse —va tronar el capità—. Els canons d'estribord i de proa són a distància de tir!

—Foc! —va ordenar ella.

Els canons van disparar tres andanades dins la gola del monstre. Una canonada li va escantonar un incisiu. Una altra li va desaparèixer dins l'esòfag. La tercera va xocar contra un dels correctors de Caribdis i, rebotant cap a nosaltres, va arrencar la bandera d'Ares del pal.

—Torneu a disparar! —va ordenar la Clarisse.

Els artillers van tornar a carregar, però era evident que ho feien a la desesperada. Hauríem de disparar contra el monstre cent vegades més per fer-li mal de veritat, i no teníem pas tant de temps. El remolí ens xuclava massa de pressa.

Llavors les vibracions de la coberta van canviar. El brunzit del motor es va fer més fort i més regular. El vaixell va tremolar i va començar a allunyar-se de la boca.

—En Tyson se n'ha sortit! —va exclamar l'Annabeth.

—Espereu! —va replicar la Clarisse—. Ens hi hem de mantenir a prop!

—Morirem! —li vaig assegurar—. Ens n'hem d'aconseguir allunyar!

Em vaig aferrar a la barana mentre la nau lluitava contra la succió del monstre. La bandera trencada d'Ares va passar xiulant pel nostre costat i es va incrustar als correctors dentals de Caribdis. No avançàvem gaire, però almenys continuàvem vius. En Tyson, qui sap com, ens havia donat prou impuls per evitar que el monstre se'ns empassés.

Tot d'una, la boca es va tancar de cop. El mar es va asserenar fins a la calma total. L'aigua tornava a cobrir-ho tot.

I a continuació, amb la mateixa immediatesa, la boca va escopir un mur d'aigua i va expulsar tot el que no era comestible, com les bales dels canons, una de les quals va impactar contra el lateral del *C. S. S. Birmingham* i va provocar un dring semblant al de la campana d'un martell de fira.

Ens va llançar enrere una onada que devia fer dotze metres. Vaig concentrar-me amb totes les meves forces per evitar que el vaixell bolqués, però tot i així giràvem sense control, desviats cap als penya-segats del costat oposat de l'estret.

Un altre mariner mig socarrat va sortir bruscament de la bodega. Va tentinejar en direcció a la Clarisse i de poc no cauen tots dos per la borda.

—El motor està punt d'explotar!

—On és en Tyson? —li vaig demanar.

—Encara és a baix —va contestar el mariner—. Està mirant d'evitar que es trenqui tot a miques, però no sé pas quant durarà.

El capità va exclamar:

—Hem d'abandonar el vaixell.

—No! —va xisclar la Clarisse.

—No tenim elecció, senyoreta. El buc ja s'està esquerdant! No podrem...

No va arribar a acabar la frase. A la velocitat d'un llampec, una cosa marronosa i verda es va precipitar des del cel, va engrapar el capità i se'l va endur. Només en van quedar les botes de cuir.

—Escil·la! —va esgaripar un mariner, just quan un altre cilindre de carn reptiliana es disparava des del cingle i se l'enduia amunt.

Va passar tot tan de pressa que, en comptes d'un monstre real, em va fer l'efecte de veure un raig làser. Ni tan sols vaig poder veure-li les faccions, només un flaix de dents i escates.

Vaig destapar la Contracorrent i vaig atacar el monstre quan s'emportava un altre mariner de coberta, però em va faltar rapidesa.

—Tots a baix! —vaig xisclar.

—No podem! —La Clarisse també va desenfundar l'espasa—. La coberta inferior s'ha incendiat.

—Els bots salvavides! —va exclamar l'Annabeth—. De pressa!

—No se salvarien dels esculls de cap manera —va assegurar la Clarisse—. Se'ns menjaria.

—Ho hem de provar. Percy, el termos.

—No puc deixar en Tyson!

—Hem de preparar els bots!

La Clarisse va acceptar el consell de l'Annabeth. Ella i uns quants mariners més van treure la lona d'una de les dues barques de rems d'emergència, mentre els caps d'Escil·la ens atacaven des del cel com una pluja de meteors amb dents i, l'un darrere l'altre, anaven arrabassant mariners confederats.

—Agafeu l'altre bot. —Vaig tirar el termos a l'Annabeth—. Vaig a buscar en Tyson.

—No! —va replicar esgaripant—. La calor et matarà!

No l'escoltava. Ja baixava corrent cap a la sala de calderes quan, tot d'una, em vaig adonar que els meus peus ja no tocaven la coberta.

Volava amunt en vertical, amb el vent xiulant-me a les orelles i el penya-segat a pocs centímetres de la cara.

No sé com, un dels caps d'Escil·la m'havia engrapat pel sac de mariner. Se m'enduia enlaire cap al cau. Sense rumiar-m'ho, vaig brandar l'espasa enrere i vaig aconseguir clavar-l'hi a l'ull groc vidriós. El monstre va grunyir i em va deixar caure.

Això ja hauria estat prou espantós, tenint en compte que em trobava a trenta metres de terra. Però, mentre queia, el *C. S. S. Birmingham* va explotar just a sota meu.

BUUUUM!

La sala del motor va petar i tot de fragments de revestiment de ferro van sortir projectats en totes direccions com ales enceses.

—Tyson! —vaig cridar.

Els bots salvavides s'havien allunyat del vaixell, però no gaire. Queia una pluja de fragments de ferro incandescent. La Clarisse i l'Annabeth acabarien esclafades o cremades, o xuclades cap al fons del mar pel remolí que formaria el buc en enfonsar-se... I això, en el millor dels casos, si aconseguien escapar-se d'Escil·la.

Llavors vaig sentir una explosió d'una altra classe: el termos màgic d'Hermes s'havia obert una mica massa. Un estol de làmines blanques de vent espetegava en totes direccions, tot dispersant els bots salvavides i impulsant-me a remuntar el vol en plena caiguda per propulsar-me després cap a l'oceà.

No veia absolutament res. Giravoltava en l'aire. Alguna cosa em va clavar un cop fort al cap i vaig acabar caient a l'aigua amb una patacada que m'hauria trencat tots els ossos si jo no hagués estat el fill del déu del mar.

L'últim que recordo va ser que m'enfonsava en un mar en flames, conscient que en Tyson havia desaparegut per sempre i que jo, per més que volgués, era incapaç d'ofegar-me.

12

Ens allotgem al balneari de C.C.

Em vaig despertar en un bot salvavides amb una vela improvisada feta de tela grisa d'uniformes. L'Annabeth seia al meu costat, virant en la direcció del vent.

Vaig intentar incorporar-me i de seguida em vaig marejar.

—Descansa —em va dir—. Et farà falta.

—I en Tyson...?

Ella va negar amb el cap.

—Ho sento molt, Percy.

Vam quedar en silenci mentre les onades ens empenyien amunt i avall.

—Potser ha sobreviscut —va afegir sense convenciment—. El foc no el pot matar.

Vaig assentir, però no tenia cap motiu per mantenir l'esperança. Havia vist com l'explosió esqueixava el ferro massís. Si era a la sala de calderes, era impossible que fos viu, en Tyson.

Havia donat la vida per nosaltres, i només podia pensar en totes les vegades que me n'havia sentit avergonyit i havia negat que fóssim parents.

Les onades llepaven el bot. L'Annabeth em va ensenyar algunes coses que havia aconseguit rescatar del naufragi: el termos d'Hermes (ara buit), una bossa de plàstic amb tancament hermètic plena d'ambrosia, un parell de camises de mariner i una ampolla de

Dr. Pepper. L'Annabeth m'havia pescat de l'aigua i havia trobat el meu sac estripat pel mig a causa de les dents d'Escil·la. Les onades s'havien endut la major part del meu equipatge, però conservava el flascó multivitamínic d'Hermes i, per descomptat, l'espasa Contracorrent. El perdés on el perdés, el bolígraf sempre tornava a aparèixer a la meva butxaca.

Vam navegar durant hores. Jo sabia cap a on havíem d'anar. Sabia que érem exactament a cent tretze milles nàutiques direcció oest nord-oest del nostre destí. Però no per això em sentia menys perdut.

Ens giréssim cap on ens giréssim, el sol em feia la impressió de brillar sempre directament als meus ulls. Fèiem torns per fer xarrups de l'ampolla de refresc Dr. Pepper, i ens fèiem ombra amb la vela tan bé com podíem. Mentrestant, vam parlar del meu últim somni sobre en Grover.

Segons els càlculs de l'Annabeth, ens quedaven menys de vint-i-quatre hores per trobar el sàtir, suposant que el somni fos acurat i que el ciclop Polifem no hagués canviat d'idea i hagués decidit casar-se amb en Grover abans.

—Sí —vaig apuntar en to dolgut—. No et pots fiar mai d'un ciclop.

L'Annabeth va mirar cap a l'aigua.

—Em sap greu, Percy. Em vaig equivocar amb en Tyson, d'acord? No saps com m'agradaria poder dir-l'hi...

Jo m'esforçava per continuar enrabiat amb ella, però no em resultava fàcil. Havíem passat moltes penes junts. M'havia salvat la vida moltes vegades. Era estúpid per part meva donar-n'hi la culpa.

Vaig examinar les nostres magres possessions: el termos dels vents buit i l'ampolleta de multivitamines d'Hermes. Vaig recordar l'expressió de ràbia d'en Luke quan havia intentat parlar-li del seu pare...

—Annabeth, quina era la profecia d'en Quiró?

Ella va frunzir els llavis.

—Percy, no hauria de...

—Ja sé que en Quiró va prometre als déus que no m'ho diria. Però tu no vas prometre res, eh que no?

—El coneixement no sempre és positiu.

—La teva mare és la deessa de la saviesa!

—Ja ho sé, ja! Però sempre que els herois descobreixen el futur, el volen canviar, i això no funciona mai.

—Els déus estan preocupats per alguna cosa que faré quan sigui més gran —vaig endevinar—. Quan faci setze anys.

L'Annabeth retorçava la seva gorra dels Yankees.

—Percy, jo no sé tota la profecia, però és una advertència respecte d'un descendent d'un dels Tres Grans, el proper que aconsegueixi arribar als setze anys.

Aquest és el veritable motiu pel qual Zeus, Posidó i Hades van jurar no tenir més fills després de la Segona Guerra Mundial. El proper fill d'un dels Tres Grans que faci setze anys serà una arma molt perillosa.

—Per què?

—Perquè aquest heroi decidirà el destí de l'Olimp. Ell o ella prendrà una decisió que salvarà l'Edat dels déus... o bé la destruirà.

Vaig esperar que em fes efecte. Jo no em marejo mai al mar, però tot d'una em va rodar el cap.

—Per això Cronos no em va matar l'estiu passat.

L'Annabeth va assentir.

—Li podries ser molt útil. Si t'unissis al seu bàndol, els déus es trobarien en greus dificultats.

—Però si el personatge de la profecia sóc jo...

—Només sabem que sobreviuràs tres anys més. Per a un mestís això pot ser un període de temps molt llarg. Quan en Quiró es va assabentar de l'existència de la Thalia, va assumir que la profecia es referia a ella. Per això estava tan desesperat per aconseguir que arribés al campament sense prendre mal. Llavors ella va morir en combat i va acabar transformada en un pi, i ningú d'entre nosaltres va saber què pensar-ne... fins que et vas presentar tu.

Al costat de babord, una aleta verda punxeguda de cinc metres va traçar un gir a l'aigua i va desaparèixer. Gairebé no m'hi vaig fixar. Tenia problemes més greus.

—Aquest noi de la profecia, mascle o femella, no podria ser un ciclop? —li vaig preguntar—. Els Tres Grans tenen molts fills monstres.

L'Annabeth va negar amb el cap.

—L'Oracle va dir un mestís. Això sempre significa meitat humà i meitat déu. No hi ha ningú viu que hi encaixi... a part de tu.

—Doncs per què em permeten continuar amb vida, els déus? Seria més segur matar-me.

—Tens raó.

—Moltes gràcies.

—Percy, no ho sé, jo. Suposo que hi ha déus que voldrien liquidar-te, però probablement tenen por d'ofendre Posidó. D'altres déus... potser encara et vigilen i es pregunten quina mena d'heroi seràs. Et podries convertir en una arma per a la seva supervivència, fet i fet. L'autèntica pregunta és: Què faràs d'aquí a tres anys? Quina decisió prendràs?

—No donava cap pista, la profecia?

L'Annabeth va dubtar. Potser m'hauria explicat més coses, però just llavors una gavina va baixar des del no-res i es va posar sobre el nostre pal improvisat. L'Annabeth semblava esbalaïda quan l'ocell va deixar caure un manat petit de fulles a la seva falda.

—Terra! —va exclamar—. Hi ha terra a prop!

Em vaig asseure. Efectivament, una línia blava i marronosa s'endevinava en la distància. Al cap d'un minut ja podia distingir una illa amb una petita muntanya al centre, un seguit de construccions blanques resplendents, una platja amb palmeres i un port amb una pila d'embarcacions estranyes.

El corrent empenyia el nostre bot salvavides cap al que semblava un paradís tropical.

—Benvinguts! —va exclamar la noia de la carpeta de clip.

Semblava una hostessa de vol: uniforme blau, un maquillatge perfecte i els cabells recollits en una cua de cavall. Ens va donar la mà quan vam posar els peus al moll. Si jutjàvem pel somriure rutilant que ens va oferir, s'hauria dit que acabàvem de baixar del *Princesa Andròmeda* i no d'un bot salvavides atrotinat.

El nostre bot amb rems, a pesar de tot, no era pas l'embarcació més estrambòtica del port. Juntament amb una colla de iots, hi havia un submarí de la marina nord-americana, unes quantes canoes buides i un veler antic de tres pals. També hi havia un heliport amb un helicòpter del Channel Five Fort Lauderdale, una pista curta amb un jet voluptuós i un aeroplà d'hèlice que semblava un avió de combat de la Segona Guerra Mundial. Potser eren rèpliques perquè els turistes fessin el badoc o alguna cosa per l'estil.

—És la primera vegada que veniu? —ens va preguntar la noia de la carpeta.

L'Annabeth i jo vam intercanviar una mirada. Ella va mormolar:

—Hem...

—Primera... vegada... —va escriure la noia al full—. A veure...

Ens va mirar de dalt a baix amb expressió crítica.

—Mmm. Un mascareta d'herbes per a la senyoreta, per començar. I evidentment un tractament complet per al jove cavaller.

—Un què? —li vaig preguntar.

Estava massa enfeinada prenent notes per contestar.

—D'acord! —va exclamar amb un somriure jovial—. Bé, estic segura que C. C. voldrà parlar amb vosaltres personalment abans de la festa hawaiana. Veniu, sisplau.

Doncs ara ve el millor. L'Annabeth i jo estàvem acostumats a les trampes, i normalment la majoria feien molt bona pinta, d'entrada. O sigui que m'esperava que en qualsevol moment la carpeta es convertís en una serp o un diable, o en alguna criatura semblant. D'altra banda, ens havíem passat la major part del dia flotant dins el bot. Jo tenia calor i gana, i estava cansat, i quan aquella noia va mencionar la festa hawaiana, el meu estómac es va asseure sobre les potes del darrere i es va posar a pidolar com un gosset.

—No crec que ens pugui fer cap mal —va murmurar l'Annabeth.

Per descomptat que podia, però vam seguir aquella noia igualment. Jo anava amb les mans a les butxaques, on guardava les meves úniques defenses màgiques, les multivitamines d'Hermes i la Contracorrent, però a mesura que ens endinsàvem en el balneari me n'anava oblidant.

Aquell lloc era increïble: marbre blanc i aigua blava miressis on miressis. La falda de la muntanya era plena de terrasses i piscines a tots els nivells, connectades amb tobogans d'aigua i cascades i canonades subaquàtiques per les quals es podia passar nedant. Les fonts tiraven aigua enlaire, formaven formes impossibles com àligues voladores o cavalls galopant.

En Tyson adorava els cavalls. Estava segur que aquelles fonts l'haurien entusiasmat. De poc em giro per veure la seva expressió, però llavors me'n vaig recordar: en Tyson se n'havia anat.

—Estàs bé? —em va preguntar l'Annabeth—. Se't veu pàl·lid.

—Estic bé —vaig mentir—. Però... seguim caminant.

Vam passar per davant de tota mena d'animals domèstics. Una tortuga marina feia una becaina sobre una pila de tovalloles de platja. Un lleopard dormia estirat sobre el trampolí. Les clientes del balneari (només dones joves, pel que es veia) descansaven sobre gandules, bevent batuts de fruita o llegint revistes, mentre una pasta herbàcia se'ls assecava sobre la cara i unes noies amb bata blanca els feien la manicura.

Mentre ens enfilàvem per una escala en direcció al que semblava l'edifici principal, vaig sentir una dona cantant. La seva veu solcava l'aire com una cançó de bressol. Les seves paraules eren en un idioma diferent del grec antic, però igualment ancestral, minoic o alguna cosa semblant. Podia entendre la lletra de la cançó: un clar de lluna entre les oliveres; els colors de la posta de sol. I màgia. No sé què deia sobre la màgia. Aquella veu em feia sentir com si m'elevés dels graons i m'atragués cap a ella.

Vam entrar en una sala gran on tota la paret del davant eren finestrals. La del fons estava feta de miralls, de manera que la sala semblava no tenir fi. Hi havia uns quants mobles blancs que semblaven cars, i en un racó, sobre una taula, una gàbia metàl·lica gran. La gàbia semblava fora de lloc, però no hi vaig pensar gaire perquè llavors vaig veure la noia que cantava i... uau.

Seia davant d'un teler de la mida d'una pantalla panoràmica, i amb les mans teixia un fil de color, endavant i enrere, amb una habilitat increïble. El tapís mirallejava com si fos tridimensional: era la imatge d'una cascada tan real que es podia veure com queia l'aigua i com es movien els núvols a través d'un cel de tela.

L'Annabeth va contenir la respiració.

—És preciós.

La noia es va girar. Encara era més bella que el tapís. Duia els cabells llargs i foscos trenats amb fils d'or. Els seus ulls eren verds i penetrants, i portava un vestit de seda negra amb tot de formes que feien la impressió de moure's sobre la roba: ombres d'animals, negre sobre negre, com cérvols corrent pel bosc de nit.

—T'agrada l'art de teixir, estimada? —va preguntar.

—Ui, sí, senyora! —va replicar l'Annabeth—. La meva mare...

Es va aturar en sec. No es pot anar pel món proclamant que la teva mare és Atena, la deessa que va inventar els telers. El més probable és que et tanquin dins una habitació encoixinada.

La nostra amfitriona va somriure.

—Tens bon gust, estimada. Estic molt contenta que hagueu vingut. Em dic C. C.

Els animals de la gàbia del racó van començar a grinyolar. Pel soroll que feien, devien ser conillets d'Índies.

Ens vam presentar a C. C. Ella em va mirar amb un deix de desaprovació, com si hagués fallat un test. Em vaig sentir incòmode immediatament. Pel motiu que fos, em moria per complaure aquella senyoreta.

—Ai, estimat —va sospirar—. Necessites la meva ajuda.

—Com diu? —vaig articular.

C. C. va cridar la noia que anava amb uniforme.

—Hylla, emporta't l'Annabeth de visita, vols? Ensenya-li què tenim. S'ha de canviar de roba. I els cabells, per favor. Farem un servei d'imatge completa després de parlar amb aquest xicot.

—Però... —l'Annabeth va replicar en to ofès—. Què tenen de dolent els meus cabells?

C. C. va somriure amablement.

—Estimada, ets una preciositat. De debò! Però no reveles les teves gràcies de cap manera. Un potencial tan gran completament esguerrat!

—Esguerrat?

—Bé, tu no ets pas feliç tal com ets! Per tots els déus, no hi ha ni una persona que ho sigui. Però no pateixis. En aquest centre podem millorar tothom. La

Hylla et farà veure a què em refereixo. Tu, estimada, has d'alliberar el teu jo veritable!

Els ulls de l'Annabeth resplendien d'entusiasme. No l'havia vist mai tan desconcertada a l'hora de parlar.

—Però... i en Percy?

—Ah, en Percy definitivament necessita la meva atenció personal —va contestar C. C. amb una mirada trista—. Hi haurem de treballar molt més que amb tu.

Qualsevol que m'hagués dit això en una situació normal m'hauria fet enfadar, però quan ho vaig sentir a dir a C. C., em vaig posar trist. L'havia decebut. Hauria de trobar la manera de fer-ho més bé.

Els conillets d'Índies xisclaven com si tinguessin gana.

—Bé... —va murmurar l'Annabeth—. Suposo que...

—Per aquí, estimada —li va dir la Hylla.

L'Annabeth li va permetre emportar-se-la cap als jardins del balneari, connectats a través de cascades.

C. C. em va agafar pel braç i se'm va endur cap a la paret de mirall.

—Fixa-t'hi, Percy... Per revelar el teu potencial, necessites molta ajuda. El primer pas és acceptar que no ets feliç tal com ets.

No sabia como moure'm davant del mirall. Detestava haver-me d'amoïnar per la meva aparença... com ara el primer gra que m'havia sortit al nas al principi de curs, o que les meves dents del davant no fossin del tot rectes, o que els cabells no em quedessin mai ben posats.

La veu de C. C. em va fer pensar en tot allò, com si m'observés al microscopi. I la meva roba no era elegant. Això ja ho sabia.

«A qui li importa?», em deia una part de mi mateix. Però dret davant del mirall de C. C., em resultava difícil veure res de bo en la meva persona.

—Va, va —em va consolar C. C.—. A veure què tal... això.

Va fer petar els dits i una cortina blau cel va caure sobre el mirall. Mirallejava com la roba del seu teler.

—Què veus ara? —em va preguntar C. C.

Jo mirava la tela blava, sense saber del cert a què es referia.

—Doncs no...

Llavors la tela va canviar de color. Em vaig veure allà, com un reflex, que de fet no era un reflex. Mirallejant sobre la roba vaig veure una versió més elegant d'en Percy Jackson, amb la roba adequada i un somriure confiat a la cara. Tenia les dents rectes. Cap gra enlloc. Un to de pell bru perfecte. Era més atlètic. I uns cinc centímetres més alt. Era jo, però sense imperfeccions.

—Uau —vaig articular.

—Vols això? —em va preguntar C. C.—. O provem una altra cosa...

—No —vaig contestar—. Això... està molt bé. De debò ets capaç...?

—Et puc oferir un canvi d'imatge total —va insistir C. C.

Va estudiar-me la roba i va somriure com si alguna cosa la divertís... o més aviat com si veiés una imatge que no era el meu reflex.

—On és la trampa? —li vaig preguntar—. Hauré de seguir... una dieta especial, per exemple?

—Oh, és molt senzill —em va prometre—. Molta fruita fresca, un programa d'exercici suau i, naturalment, això.

Es va acostar a la barra de begudes i va omplir un got d'aigua. Després va obrir un sobre i en va treure un granulat vermell, que va abocar al got. La mescla va començar a resplendir. Quan la lluïssor es va esmorteir, la beguda semblava un batut de llet amb maduixes.

—Un sobre d'aquests substitueix un àpat normal —va remarcar C. C.—. Et garanteixo que en comprovaràs els resultats immediatament.

—Com pot ser?

C. C. va esclafir a riure.

—Per què t'ho has de qüestionar? Vull dir que... no vols ser el teu jo perfecte ara mateix?

Se'm va remoure alguna cosa al fons del pensament.

—Per què... per què no hi ha homes, en aquest balneari?

—Ah, és clar que n'hi ha —va afirmar ella—. Els coneixeràs ben aviat. Prova aquesta mescla. Ja ho veuràs.

Vaig mirar el tapís blau, aquell reflex meu que no era jo.

—Molt bé, Percy —em va renyar—. La part més dura del procés de canvi d'imatge és cedir el control. T'has de decidir: vols confiar en el teu criteri sobre com hauries de ser o prefereixes confiar en el meu?

Em notava la gola seca. Vaig sentir-me dient:

—El teu.

C. C. va somriure i em va donar el got. Me'l vaig acostar als llavis.

Tenia gust del que semblava: un batut de llet amb maduixes. Gairebé al mateix moment, se'm va escampar una sensació càlida a la panxa, d'entrada agradable, però dolorosament calenta, roent, com si la mescla s'hagués posat a bullir dins meu.

Em va doblegar pel mig i vaig deixar caure la copa.

—Què has... què està passant?

—No et preocupis, Percy —va replicar C. C.—. El dolor passarà. Mira! Tal com t'he promès. Resultats immediats.

Alguna cosa fallava estrepitosament.

La cortina es va enretirar i vaig veure al mirall que les mans se m'arrugaven, se'm retorçaven i se'm convertien en unes urpes llargues i delicades. El pèl em brotava a la cara, sota la camisa, en tots els llocs imaginables, per incòmodes que puguin ser. Em sentia les dents massa pesants dins la boca. La roba se'm feia massa gran, i C. C. cada vegada era més alta... No, no: era jo que m'encongia.

En un sol instant horrorós, em vaig enfonsar dins una caverna de tela fosca. Havia quedat enterrat sota la meva pròpia camisa. Vaig intentar fugir corrent, però unes mans em van agafar: unes mans tan grans com jo. Vaig intentar xisclar per demanar auxili, però l'únic que em sortia de la boca era:

—Riiit, riiit, riiit!

Les mans gegants m'estrenyien i m'aixecaven enlaire. Jo em retorçava i espeternegava, agitava els braços, excessivament peluts, i llavors, horroritzat, em vaig trobar mirant la cara enorme de C. C.

—Perfecte! —va retrunyir la seva veu. Em vaig estremir, espantat, però ella es va limitar a estrènyer una mica més la presa, envoltant la meva panxa peluda—. Ho veus, Percy? Ara has alliberat el teu jo autèntic!

Em va posar davant del mirall i el que vaig veure em va fer esgaripar de terror:

—Riiit, riiit, riiit!

Podia veure la cara atractiva de C. C. somrient, sostenint als dits una criatura esponjosa, amb dents de conill, unes urpes petites i el pèl blanc i taronja. Quan em vaig retorçar, aquella cosa peluda i repel·lent també ho va fer al mirall.

M'havia convertit... m'havia convertit en una...

—Un conillet d'Índies —va dir C. C.—. Preciós, no et sembla? Els homes són bestioles, Percy Jackson. Abans solia convertir-los en porcs, però feien molta pudor i eren molt grossos i difícils de mantenir. O sigui, no gaire diferents de com eren abans. Els conillets d'Índies són molt més fàcils de tractar! Ara vine a conèixer els altres homes.

—Riiit! —vaig protestar, intentant esgarrapar-la, però ella em va estrènyer tan fort que de poc no em desmaio.

—D'això ni parlar-ne, petitó, si no vols acabar atipant les òlibes —em va renyar—. Fica't dins la gàbia com un bon animaló. Demà, si et portés bé, seguiràs el teu camí. Sempre hi ha una classe que necessita un conillet d'Índies nou.

El cervell m'anava tan de pressa com el meu cor diminut. Havia d'aconseguir arribar a la meva roba. Podria provar d'agafar la Contracorrent de la butxaca i... I què? No podria ni treure el tap del bolígraf. I suposant que ho aconseguís, no podria sostenir l'espasa de cap manera.

Em vaig retorçar inútilment mentre C. C. se m'enduia fins a la gàbia de conillets d'Índies i n'obria la portella.

—Et presento els meus problemes de disciplina, Percy —em va avisar—. No seran mai animalons adequats per a les classes, però potser t'ensenyaran bones maneres. La majoria fa tres-cents anys que són dins aquesta gàbia. Si no vols quedar-te amb ells per sempre, et suggereixo...

Llavors la veu de l'Annabeth va dir:

—Senyoreta C. C.?

C. C. va renegar en grec antic. Em va deixar caure dins la gàbia i va tancar la portella. Jo esgüellava i picava les barres amb les urpes, però no servia de res. Vaig veure com C. C., d'un cop de peu, s'afanyava a amagar la meva roba sota el teler quan l'Annabeth entrava.

Gairebé no la reconeixia. Duia un vestit de seda sense mànigues, com el de C. C. però blanc. Els cabells, acabats de rentar i de pentinar, trenats amb fils d'or. Però el pitjor de tot era que l'havien maquillat, una temptació a la qual no hauria imaginat mai que sucumbís. Ho admeto, estava molt guapa. Guapíssima, de fet. Probablement se m'hauria travat la llengua si hagués pogut dir alguna cosa més que riiit, riiit, riiit. Però hi havia un no-sé-què que no quadrava en absolut. Aquella no era pròpiament l'Annabeth.

Ella va mirar al voltant de la sala i va arrufar les celles.

—On és en Percy?

Jo m'esgargamellava com una tempesta, però ella aparentment ni em sentia.

C. C. va somriure:

—Està en ple tractament, estimada. No et preocupis. Estàs esplèndida! Què t'ha semblat la visita?

A l'Annabeth se li van il·luminar els ulls.

—La biblioteca és impressionant!

—Sí, és veritat —va corroborar C. C.—. Els coneixements més importants dels darrers tres mil·lennis. Qualsevol matèria que vulguis estudiar i qualsevol cosa que vulguis ser, estimada.

—Arquitecta?

—Bah! —va exclamar C. C.—. Tu, estimada, tens fibra de fetillera. Com jo.

L'Annabeth va fer un pas enrere.

—Fe... fetillera?

—Sí, estimada. —C. C. va aixecar una mà. Al seu palmell va aparèixer una flama petita que ballava a la punta dels dits—. La meva mare és Hècate, la deessa de la màgia. Reconec una filla d'Atena així que la veig. No som pas tan diferents, tu i jo. Totes dues busquem el coneixement. Totes dues admirem la grandesa. I ni tu ni jo no ens hem de quedar a l'ombra dels homes.

—No... no ho entenc.

Jo esgüellava tan fort com podia per cridar l'atenció de l'Annabeth, però, si em sentia, no devia donar importància a aquell xivarri. Mentrestant, els altres conillets d'Índies sortien del cau per inspeccionar-me. No havia pensat mai que els conillets d'Índies poguessin fer cara de dolents, però aquells semblava que ho fossin. N'hi havia mitja dotzena, amb el pèl brut, les dents corcades i els ulls vermells i vidriosos. Anaven plens d'encenalls i pudien com si fes més de tres-cents anys que eren allà, sense que ningú els netegés la gàbia.

—Queda't amb mi —deia C. C. a l'Annabeth—. Estudia amb mi. Pots unir-te al nostre personal, convertir-te en fetillera, aprendre a imposar la teva voluntat a la gent. Esdevindràs immortal!

—Però...

—Ets massa intel·ligent, estimada —va reprendre C. C.—. Massa intel·ligent per creure en aquell estúpid campament d'herois. Quants noms recordes de grans heroïnes mestisses?

—Hem, Atalanta, Amelia Earhart...

—Bah! Els homes sempre s'emporten la glòria. —C. C. va tancar el puny i va apagar la flama màgica—. Per a les dones, l'únic sistema per accedir al poder és la màgia. Medea, Calipso... elles sí que eren dones poderoses! I jo, per descomptat. La més gran de totes.

—Tu... C. C., Circe!

—Sí, estimada.

Llavors l'Annabeth es va fer enrere i Circe va esclafir a riure.

—No has de tenir por. No et vull cap mal.

—Què li has fet, a en Percy?

—Només l'he ajudat a acceptar la seva forma veritable.

L'Annabeth va escodrinyar la sala amb la mirada. Finalment va veure la gàbia, i em va veure a mi esgarrapant els barrots, i tots els altres conills d'Índies al meu voltant. Va fer uns ulls com unes taronges.

—Oblida't d'ell —va insistir Circe—. Uneix-te a mi i aprèn les arts de la bruixeria.

—Però...

—Ens cuidarem del teu amic. L'enviarem per mar a una casa nova molt maca a terra ferma. Els nens de l'escola bressol l'adoraran. Tu, mentrestant, creixeràs en saviesa i en poder. I tindràs tot el que sempre has desitjat.

L'Annabeth em mirava fixament, però per l'expressió que feia semblava que estigués somiant. Feia la mateixa cara que jo quan Circe m'havia embruixat perquè em begués el batut dels conillets d'Índies. Jo grinyolava i esgarrapava amb la intenció d'avisar-la perquè es despertés, però la impotència m'aclaparava.

—Deixa-m'ho pensar —va murmurar l'Annabeth—. Deixa'm... sola un minut. Per dir-li adéu.

—Esclar, i tant amor meu —va parrupejar Circe—. Un minut. Ah... i perquè gaudeixis d'una privadesa absoluta...

Va fer un gest amb una mà i tot de barrots de ferro van bloquejar sorollosament les finestres. Ella va sortir ràpidament de l'habitació i vaig sentir els panys de la porta tancant-se.

L'expressió somiadora de l'Annabeth es va fondre immediatament. Va venir corrent cap a la gàbia.

—Molt bé, i tu quin ets?

Vaig esgüellar, però els altres animalons feien el mateix. L'Annabeth semblava desesperada. Va escodrinyar la sala i va clissar la vora dels meus pantalons sota el teler.

Sí!

Hi va anar corrent i va remenar les butxaques. Però en comptes d'agafar la Contracorrent, va trobar l'ampolla de multivitamines d'Hermes i la va destapar.

Jo volia dir-li cridant que ara no era hora de prendre vitamines! Havia d'empunyar l'espasa!

L'Annabeth es va ficar a la boca una pastilla masticable de llimona en el moment precís en què la porta s'obria bruscament i Circe tornava a entrar, amb dues ajudants uniformades.

—Vaja, que de pressa que passa un minut —va dir sospirant—. Quina és la teva resposta, estimada?

—Aquesta —va replicar, traient el seu punyal de bronze.

La fetillera va retrocedir una passa, però la sorpresa es va esvair de seguida i va somriure amb menyspreu.

—La veritat, noieta, un punyal contra la meva màgia? Vols dir que és assenyat, això?

Circe va mirar les seves ajudants, que somreien. Elles van alçar les mans com si es preparessin per fer un embruix.

«Corre!», volia dir a l'Annabeth, però només podia fer sorollets de rosegador. Els altres conillets d'Índies esgüellaven aterrits, corrent com bojos dins la gàbia. Jo també sentia l'impuls de la por i d'amagar-me, però havia de trobar una solució! No podia perdre l'Annabeth tal com havia perdut en Tyson.

—Quina serà la nova imatge de l'Annabeth? —va murmurar Circe—. Alguna cosa petita i malcarada. Ja ho tinc: una musaranya!

Dels seus dits i dels de les seves ajudants, en sortien unes flames blaves que es cargolaven al voltant de l'Annabeth com serpentines.

Jo observava l'escena horroritzat, però no passava res. L'Annabeth encara era l'Annabeth, però més enrabiada.

Va saltar endavant i va encastar la punta del punyal al coll de Circe.

—Què et sembla si canviem d'idea i em transformes en una pantera? Una que et clavi les urpes al coll!

—Com pot ser? —va lladrar Circe.

L'Annabeth va aixecar l'ampolleta de vitamines perquè la fetillera la pogués veure bé.

Circe va udolar de frustració.

—Maleït sigui Hermes i les seves vitamines! Només són una moda! No fan cap efecte en realitat.

—Fes que en Percy torni a ser humà o ja veuràs! —va amenaçar-la l'Annabeth.

—No puc!

—Doncs tu ho has volgut.

Les ajudants van fer un pas endavant, però la seva senyora els va ordenar:

—Enrere! És immune a la màgia fins que l'efecte d'aquesta maleïda vitamina no s'esvaeixi.

L'Annabeth va arrossegar Circe cap a la gàbia dels conillets, en va treure la tapa d'un cop i va tirar la resta de vitamines a dins.

—No! —va xisclar la fetillera.

Jo vaig ser el primer d'agafar una vitamina, alhora que tots els altres animalons venien corrent per inspeccionar aquest menjar nou.

A la primera mossegada vaig sentir un foc a dins. Vaig continuar mastegant la pastilla fins que ja no era tan grossa, fins que la gàbia es va empetitir, i llavors, tot d'una, bang!, la gàbia va explotar. Em vaig trobar assegut a terra, amb forma humana altra vegada, amb la roba de sempre posada no sé com (gràcies als déus), juntament amb sis tios més completament desorientats, que parpellejaven i s'espolsaven trossos d'encenalls dels cabells.

—No! —va esgaripar Circe—. No ho entens! Aquests són els pitjors!

Un dels homes es va aixecar, un paio grandiós amb una barba llarga enredada i negra com la nit, i amb les dents del mateix color. Duia roba de llana i de cuir desaparellada, botes fins al genoll i un barret tou de feltre. Els altres homes anaven vestits d'una manera més senzilla: pantalons de pirata i camises blanques tacades. Tots anaven descalços.

—Arrrg! —va tronar l'home corpulent—. Què m'ha fet aquesta bruixa!

—No! —va gemegar Circe.

L'Annabeth va boquejar.

—Jo a tu et conec! No ets l'Edward Teach, fill d'Ares?

—Sí, noia —va grunyir l'homenot—. Tot i que gairebé tothom em diu Barbanegra! I aquí tenim la bruixa que ens va empresonar, nois. Esbudellem-la, que després tinc intenció de menjar-me un bol enorme d'api! Arrrg!

Circe va xisclar. Ella i les ajudants van sortir de la sala corrent, perseguides pels pirates.

L'Annabeth va enfundar el punyal i em va mirar fixament.

—Gràcies —vaig dir esbufegant—. Ho sento molt...

Abans de trobar paraules per disculpar-me, em va placar amb una abraçada forta i tot seguit es va apartar de mi ràpidament.

—M'alegro molt que no siguis un conillet d'Índies.

—Jo també me n'alegro —vaig apuntar, esperant que la cara no se m'hagués posat tan vermella com me la notava.

Ella es va desfer les trenes daurades dels cabells.

—Anem, cervellet d'algues —em va dir—. Hem de fugir mentre Circe està distreta.

Vam baixar a tota marxa per la falda del turó de terrassa en terrassa, deixant enrere els treballadors del balneari i els pirates que ho escorcollaven tot. Els homes d'en Barbanegra trencaven les torxes *tiki* de la festa hawaiana, tiraven els pegats d'herbes a la piscina i tombaven a cops de peu les taules amb tovalloles de sauna.

Gairebé em sentia culpable per haver deixat en llibertat aquells pirates descontrolats, però suposava que es mereixien alguna cosa més divertida que una roda d'hàmster, després de passar-se tres segles dins una gàbia.

—Quin vaixell agafem? —em va preguntar l'Annabeth quan vam arribar al moll.

Vaig mirar al voltant desesperat. Era evident que no podíem marxar amb el nostre bot de rems. Ens havíem d'escapar de l'illa ràpidament, però què més podíem fer servir? Un submarí? Un avió de combat? Jo no sabia pilotar ni l'un ni l'altre. Llavors ho vaig veure clar.

—Allà —li vaig indicar.

L'Annabeth va parpellejar.

—Però...

—El puc governar.

—Com?

No l'hi podia explicar. Tenia el pressentiment, sense saber per què, que aquell vell veler era la millor aposta. Vaig agafar l'Annabeth de la mà i la vaig tibar cap a la nau de tres pals. A la proa hi havia pintat el nom, que no vaig desxifrar fins més tard: *La venjança de la Reina Anna*.

—Arrrg! —cridava en Barbanegra darrere nostre—. Aquells bergants pugen a bord del meu vaixell! Atrapeu-los, nois!

—No aconseguirem salpar a temps! —xisclava l'Annabeth mentre pujàvem a bord.

Vaig donar una ullada al laberint espantós de veles i cordes. La nau estava en perfectes condicions, tenint en compte que era una antigalla de tres-cents anys, però tot i així caldria una tripulació de cinquanta homes i unes quantes hores abans de fer via. I nosaltres no disposàvem d'unes quantes hores. Veia els pirates baixant les escales ràpidament, brandant torxes *tiki* i bastons d'api.

Vaig tancar els ulls i em vaig concentrar en les onades que llepaven el buc, en els corrents de l'oceà, en els vents que m'envoltaven. De sobte, se'm va ocórrer la paraula exacta.

—Pal de messana! —vaig cridar.

L'Annabeth em mirava com si fos boig, però al cap d'un segon l'aire es va omplir del fregadís de cordes que es tensaven, veles que es desplegaven i politges de fusta que espetegaven.

L'Annabeth es va ajupir just quan un cable li xiulava per damunt del cap i es cargolava al bauprès tot sol.

—Percy, com...?

Jo ignorava la resposta, però sentia que el vaixell responia a la meva voluntat com si fos part del meu cos. Vaig ordenar a les veles que s'hissessin amb la mateixa facilitat amb què doblego el braç. Vaig ordenar al timó que girés.

La venjança de la Reina Anna es va impulsar endavant i es va allunyar del moll, i quan els pirates finalment van arribar arran d'aigua, nosaltres ja navegàvem cap al mar dels Monstres.

13

L'Annabeth intenta tornar a casa nedant

Per fi havia trobat una cosa en la qual excel·lia.

La venjança de la Reina Anna responia a totes les meves ordres. Sabia quines cordes calia tibar, quines veles calia hissar i en quina direcció havíem de navegar. Solcàvem les onades a una velocitat que jo imaginava de deu nusos. Fins i tot entenia què significava allò. I per a un veler era molt ràpid.

Tot semblava perfecte: el vent a la cara, les onades xocant contra la proa.

Però ara que havíem deixat el perill enrere, només podia pensar que enyorava molt en Tyson i patia molt per en Grover.

No em perdonava haver fallat d'aquella manera a l'illa de Circe. Si l'Annabeth no m'hagués salvat, encara seria un rosegador, amagat dins una conillera amb una niuada de pirates peluts molt macos. Vaig reflexionar sobre el que m'havia dit la bruixa: «Ho veus, Percy? Ara has alliberat el teu jo veritable!»

Encara em notava diferent. No sols per aquell desig extemporani de menjar enciam. Em sentia atemorit... com si em dominés l'instint de ser un animal petit i espantat. Això era el que em preocupava de debò.

Vam navegar tota la nit.

L'Annabeth va provar d'ajudar-me a fer guàrdia, però navegant no es trobava gens bé. Després d'unes quantes hores de gronxar-se, se li va posar la cara del color del guacamole i se'n va anar a baix a estirar-se en una hamaca.

Jo escrutava l'horitzó. Vaig clissar monstres més d'una vegada. Una columna d'aigua tan alta com un gratacel que es projectava contra la claror de la lluna. Una fila d'aletes dorsals verdes que llescaven les onades: una criatura reptiliana que devia fer més de trenta metres de llarg. La veritat era que no volia ni saber-ho.

Un cop vaig veure unes nereides, els esperits femenins i resplendents del mar. Vaig intentar saludar-les, però van desaparèixer cap a la profunditat i em van deixar amb el dubte de si m'havien vist o no.

Després de mitjanit, l'Annabeth va pujar a coberta. Just llavors passàvem per davant d'una illa volcànica fumejant. El mar bombollejava i expulsava vapor al voltant de la costa.

—Una forja d'Hefest —va apuntar l'Annabeth—. On construeix els monstres de metall.

—Com els toros de bronze?

Ella va assentir.

—Fes la volta. Ben lluny.

No m'ho va haver de dir dues vegades. Ens vam apartar de l'illa i al cap de poca estona només era un grumoll de boira vermella darrere nostre.

Vaig mirar l'Annabeth.

—El motiu pel qual detestes tant els ciclops... aquella història sobre com va morir la Thalia en realitat... Què va passar?

Em resultava difícil veure-li l'expressió a les fosques.

—Suposo que tens dret de saber-ho... —va dir al final—. La nit que en Grover ens escortava cap al campament, es va confondre i es va equivocar de camí més d'una vegada. No recordes que un dia t'ho va comentar?

Vaig assentir.

—Bé, la pitjor d'aquestes marrades va ser dins un bar de ciclops a Brooklyn.

—Hi ha ciclops a Brooklyn? —li vaig preguntar.

—No et creuries quants, però aquesta no és la qüestió. Un ciclop d'allà... ens va enganyar. Va aconseguir separar-nos dins el laberint de corredors d'una casa vella de Flatbush. I podia fer la veu de qualsevol, Percy, tal com va fer en Tyson a bord del *Princesa Andròmeda*. Ens va atraure amb enganys, un rere l'altre. La Thalia es pensava que anava a salvar en Luke. En Luke creia que m'havia sentit demanant auxili. I jo... em vaig quedar sola dins la foscor. Tenia set anys. No era capaç ni de trobar la sortida.

Es va apartar els cabells de la cara.

—Recordo que vaig trobar la sala principal. Hi havia ossos escampats per terra. I la Thalia i en Luke i en Grover... lligats i emmordassats, penjats pels peus del sostre com pernils fumats. El ciclop encenia un foc al mig de la sala. Vaig treure el punyal, però em va sentir. Es va girar i va somriure. Va començar a parlar... no sé com podia conèixer la veu del meu pare. Suposo que me la va extreure del pensament. Va dir: «Au, va, Annabeth, no tinguis por. T'estimo. Et pots quedar aquí amb mi. Et pots quedar per sempre.»

Em vaig esgarrifar. Tal com ho explicava... fins i tot ara, sis anys després... m'horroritzava més que totes les històries de terror que havia sentit.

—I què vas fer?

—Li vaig clavar el punyal al peu.

La vaig mirar de fit a fit.

—Em prens el pèl. A set anys vas ser capaç de clavar un punyal al peu d'un ciclop adult?

—Escolta, ell m'hauria matat, eh? Però el vaig agafar per sorpresa. I vaig tenir prou temps per anar corrent cap a la Thalia i tallar-li la corda de les mans. A partir d'allà, se'n va encarregar ella.

—Sí, però a pesar de tot... vas ser molt valenta, Annabeth.

Ella va fer que no amb el cap.

—En vam sortir vius pels pèls. Encara ara tinc malsons. Percy... la manera com aquell ciclop parlava amb la veu del meu pare... Per culpa seva vam trigar tant a arribar al campament. Tots els monstres que ens perseguien van tenir temps d'atrapar-nos. La Thalia va morir per això, de fet. Si no hagués estat per aquell ciclop, encara seria viva.

Ens vam asseure a coberta a contemplar la constel·lació d'Hèrcules mentre s'enfilava en el cel nocturn.

—Vés-te'n a baix —em va dir l'Annabeth al final—. Necessites descansar.

Vaig assentir. Em sentia els ulls pesants. Però quan vaig ser a baix i vaig haver trobat una hamaca, vaig trigar molta estona a adormir-me. Continuava pensant en el que m'havia explicat l'Annabeth. M'hauria agradat saber si, en el seu lloc, després del que havia suportat, hauria estat prou valent per acceptar aquella missió... i navegar de dret cap al cau d'un altre ciclop.

No vaig somiar amb en Grover.

Vaig tornar a trobar-me a la cabina d'en Luke a bord del *Princesa Andròmeda*. Les cortines eren obertes. A fora era de nit. L'aire giravoltava entre ombres. Tot de veus xiuxiuejaven al meu voltant... esperits dels difunts.

«Vigila —murmuraven—. Trampes. Trucs.»

El sarcòfag d'or de Cronos brillava tènuement: era l'única font de llum en tota la sala.

Una rialla freda em va sobresaltar. Semblava provenir de sota el vaixell, a quilòmetres de distància.

«No tens el coratge suficient, jovencell. No em podràs aturar.»

Sabia què havia de fer. Havia d'obrir aquell fèretre com fos.

Vaig destapar la Contracorrent. Els fantasmes giravoltaven entorn meu com un tornado. «Vigila!»

El cor em bategava com un tambor. No podia moure els peus, però havia d'aturar Cronos. Fos el que fos, havia de destruir el que hi havia dins el fèretre.

Llavors, al meu costat, una noia va parlar:

—I bé, cervellet d'algues?

Vaig tombar-me per mirar-la, esperant que fos l'Annabeth, però no l'era pas. Era una noia una mica més gran que jo, devia tenir catorze o quinze anys. Anava amb roba estil *punk* i cadenes al canell. Duia els cabells negres en punxa, llapis negre al voltant d'uns ulls verds tempestuosos i una esquitxada de pigues al nas. Em resultava familiar però no sabia per què.

—I bé? —em va tornar a preguntar—. L'aturarem o no?

Jo no podia respondre. Ni moure'm tampoc.

La noia va girar els ulls en blanc.

—Molt bé. Deixa'ns-ho a mi i a l'Ègida.

Es va donar un copet al canell i les cadenes de plata se li van transformar: s'aplanaven i expandien per transformar-se en un escut enorme. Era de plata i de bronze i, sobresortint al centre, hi havia la cara monstruosa de Medusa. Semblava una màscara de mort, com si haguessin encastat el cap real de la Gorgona contra el metall. No sabia si això era cert ni si l'escut em podia petrificar de veritat, però vaig apartar la mirada. La seva simple proximitat ja em glaçava la sang. Em va sobrevenir el pressentiment que, en un combat autèntic, el qui portés aquell escut seria gairebé invencible. Qualsevol enemic amb dos dits de front es giraria d'esquena i fugiria corrent.

La noia va desenfundar l'espasa i va avançar en direcció al sarcòfag. Els fantasmes d'ombra li van obrir el pas, escapant-se en totes direccions davant l'aura terrible del seu escut.

—No —vaig intentar avisar-la.

Però no m'escoltava. Va anar de dret fins al sarcòfag i va apartar-ne la tapa d'or a un costat.

Es va quedar allà un moment, contemplant el que hi havia dins la caixa.

El fèretre va començar a brillar.

—No! —va exclamar la noia amb veu tremolosa—. No pot ser.

Des de les profunditats de l'oceà, Cronos va esclafir a riure tan fort que el vaixell va tremolar.

—No! —va xisclar la noia just quan el sarcòfag se l'empassava enmig d'un esclat de llum daurada.

—Ah!

Em vaig asseure a l'hamaca d'un bot. L'Annabeth em sacsejava.

—Percy, tenies un malson. T'has d'aixecar.

—Què... què passa? —Em vaig fregar els ulls—. Quin problema hi ha?

—Terra —va respondre ella en to greu—. Ens acostem a l'illa de les Sirenes.

Gairebé no podia veure l'illa allà al davant: només un punt fosc en la boira.

—Vull que em facis un favor —em va dir l'Annabeth—. Les sirenes... aviat serem a l'abast dels seus cants.

Vaig recordar històries sobre les sirenes. Cantaven amb tanta dolçor que la seva veu encantava els mariners i els atreia cap a la mort.

—Cap problema —li vaig assegurar—. Podem taparnos les orelles ben tapades. Hi ha un pot gran de cera d'espelma a la coberta inferior...

—Jo vull sentir-les.

Vaig parpellejar.

—Per què?

—Diuen... diuen que les sirenes, quan canten, expliquen la veritat sobre els desitjos de tothom. Et revelen coses sobre tu mateix de les quals ni tan sols ets conscient. Per això és tan fort, l'embruix. Si sobrevius...

en surts més savi. Vull sentir-les. Quan en tornaré a tenir ocasió?

Segons qui m'ho hagués dit, hauria pensat que era una ximpleria. Però l'Annabeth era l'Annabeth... Si es podia barallar amb llibres d'arquitectura en grec antic i li agradaven els documentals del Canal Història, no em semblava tan estrany que les sirenes també l'atraguessin.

Em va explicar el seu pla. A contracor, la vaig ajudar a preparar-se.

Així que el litoral rocós de l'illa es va fer visible, vaig ordenar a una corda que es cargolés al voltant de la cintura de l'Annabeth i la lligués al pal major.

—No em deslliguis —em va dir—. Passi el que passi i per més que t'ho demani. Vull anar fins al límit i ofegar-me.

—Em vols temptar?

—Ha, ha.

Li vaig prometre que la mantindria lligada. Llavors vaig agafar dues espelmes de cera llargues, en vaig pastar dues boles i me les vaig ficar a les orelles.

L'Annabeth va assentir sarcàstica, tot remarcant que aquells taps per a les orelles eren tota una declaració d'estil. Li vaig dedicar una ganyota de rondinaire i em vaig girar cap al timó.

El silenci era sinistre. Jo no podia sentir res més que el batec de la sang dins el cap. A mesura que ens acostàvem a l'illa, de la boira van emergir unes roques escarpades amenaçadores. Vaig ordenar a *La venjança de la Reina Anna* que les rodegés. Si ens hi acostàvem més, aquelles roques ens esqueixarien el buc com les pales d'una batedora.

Vaig donar una ullada enrere. D'entrada, l'Annabeth semblava completament normal. Llavors va mostrar una expressió esbalaïda. I uns ulls com unes taronges.

Forcejava contra les cordes. Em va cridar pel nom, o això vaig endevinar llegint-li els llavis. La seva expressió era evident: se n'havia d'anar. Qüestió de vida o mort. I jo l'havia d'alliberar de les cordes immediatament. Feia tanta llàstima que em resultava molt difícil no tallar-li les subjeccions.

Em vaig obligar a apartar la mirada. I vaig exigir a *La venjança de la Reina Anna* que anés més de pressa.

No podia veure gran cosa de l'illa, boira i roques i prou, però flotant a l'aigua hi havia trossos de fusta i fibra de vidre d'antics naufragis d'altres vaixells, i fins i tot alguns flotadors d'avió.

Com podia arrencar tantes vides del seu curs natural, la música? Vull dir que sí, d'acord, hi havia cançons dels Quaranta Principals que em feien venir ganes de llançar-m'hi de cap, però a pesar de tot... Sobre què podien cantar les sirenes?

Durant un moment molt perillós, vaig comprendre la curiositat de l'Annabeth. Em sentia temptat a treure'm els taps de les orelles, per fer un tast d'aquella cançó. Podia percebre la vibració que les veus de les sirenes provocaven en la fusta del vaixell, bategant a l'unísón amb el rugit de la sang dins les meves orelles.

L'Annabeth implorava. Plorava a cor què vols. Es debatia contra la corda com si la privés de tot el que li importava.

«Com pots ser tan cruel? —semblava que em preguntava—. Em pensava que eres amic meu.»

Jo mirava enrabiat l'illa emboirada. Volia destapar l'espasa, però enlloc no hi havia res contra què lluitar. Com es pot lluitar contra una cançó?

Em vaig forçar tenaçment a no mirar més l'Annabeth. Ho vaig aconseguir durant cinc minuts, si fa no fa.

Aquest va ser el meu gran error.

Quan no vaig poder resistir-ho més i la vaig tornar a mirar, només hi vaig veure... una pila de cordes tallades. Un pal buit. El punyal de l'Annabeth era sobre la coberta. D'una manera o d'una altra, havia aconseguit empunyar-lo. M'havia descuidat de desarmar-la.

Vaig anar corrent al costat de la nau i la vaig clissar, xipollejant cap a l'illa com si fos boja, entre onades que se l'emportaven directament contra les roques escarpades.

La vaig cridar xisclant, però si em va sentir no en va fer cabal. Estava en trànsit i nedava de dret cap a la mort.

Vaig girar el cap en direcció al timó i vaig bramar:

—Quiet!

Llavors vaig saltar per la borda.

Em vaig capbussar tallant l'aigua i vaig ordenar als corrents que es tombessin a favor meu i m'impulsessin endavant com un propulsor.

Vaig sortir a la superfície i vaig clissar l'Annabeth, però una onada la va atrapar i la va arrossegar pel mig de dos ullals de roca esmolats com una fulla d'afaitar.

No tenia alternativa. Em vaig submergir darrere seu.

Em vaig enfonsar sota el buc destrossat d'un iot i vaig esquivar un seguit de boles de metall suspeses de cadenes, que després vaig comprendre que eren mines explosives. Vaig necessitar tota la meva força de voluntat damunt l'aigua per evitar acabar esclafat contra les roques, o entortolligat a les xarxes de filferro espinós tensades just sota la superfície.

Vaig esprintar entre les dues roques amb aspecte d'ullal i vaig descobrir que havia anat a parar a una badia amb forma de mitja lluna. L'aigua estava plena de més roques, més restes de naufragis i més mines flotants. La platja era de sorra volcànica negra.

Desesperat, buscava l'Annabeth amb la mirada.

Era allà.

Per sort o per desgràcia, era una nedadora resistent. Havia aconseguit passar per entre les mines i les roques. Gairebé havia arribat a la platja negra.

Llavors la boira es va esvair i les vaig veure: les sirenes.

Imagineu-vos un estol de voltors de mida humana: amb plomes negres brutes, urpes grises i el coll rosa arrugat. Ara imagineu-vos que al capdamunt d'aquests colls hi ha el cap d'un ésser humà, però un cap que canvia contínuament.

No les podia sentir, però veia que cantaven. Mentre movien la boca, la cara se'ls transformava en la de persones que jo coneixia: la mare, Posidó, en Grover, en Tyson, en Quiró. Tots els éssers humans que em delia més de veure. Les sirenes somreien amistosament, em convidaven a acostar-m'hi, però, adoptessin la forma que adoptessin, tenien la boca greixosa i bruta de les restes resseques dels últims àpats. Com els voltors, menjaven amb la cara, i no semblava pas que haguessin fet cap banquet al Dònuts Monstre.

L'Annabeth hi anava nedant.

Jo sabia que no podia deixar-la sortir de l'aigua. El mar era el meu únic avantatge. Sempre m'havia protegit d'una manera o d'una altra. Em vaig autopropulsar endavant i vaig agafar-la per un turmell.

En el moment d'establir contacte, un xoc em va resseguir el cos... i vaig veure les sirenes tal com devia veure-les l'Annabeth.

Tres persones seien sobre una manta de pícnic a Central Park. Tenien un autèntic banquet escampat al davant. Vaig reconèixer el pare de l'Annabeth per les fotos que m'havia ensenyat; un individu de quaranta anys d'aspecte atlètic i cabells rossos. Feia manetes amb una dona guapa que s'assemblava molt a l'Annabeth. Anava vestida de manera informal, amb texans blaus, una brusa igualment texana i botes de caminar, i a l'entorn d'aquella dona hi havia alguna cosa que irradiava poder. Era conscient que estava contemplant la deessa Atena. Al costat d'ells dos hi havia un xicot assegut... en Luke.

L'escena brillava tènuement en una llum càlida i tendra. Tots tres parlaven i reien, i quan van veure l'Annabeth, se'ls va il·luminar la cara d'alegria. La mare i el pare de l'Annabeth van obrir els braços per rebre-la. En Luke somreia, i amb un gest li va indicar que s'assegués al seu costat (com si no l'hagués traït mai, com si encara fos amic seu).

Darrere els arbres de Central Park s'erigia la silueta d'una ciutat. Vaig contenir l'alè, perquè es tractava de Manhattan, però un altre Manhattan. L'havien reconstruït de dalt a baix amb un marbre blanc refulgent, més gran i més majestuós que mai: amb finestres daurades i jardins a les teulades. Era més bonic que Nova York. Més bonic que el mont Olimp.

Vaig comprendre immediatament que tot allò ho havia dissenyat l'Annabeth. Era l'arquitecta de tot un món nou. Havia aconseguit tornar a reunir els seus pares. Havia salvat en Luke. Havia materialitzat tot el que sempre havia desitjat.

Vaig parpellejar amb força. Quan vaig obrir els ulls, només vaig veure les sirenes: voltors espellifats amb cares humanes, a punt per devorar una altra víctima.

Vaig tibar l'Annabeth cap a l'aigua. No la podia sentir, però era evident que xisclava. Em va clavar un cop de peu a la cara, però jo no vaig afluixar la presa.

Vaig ordenar als corrents que ens traguessin d'aquella badia. L'Annabeth em copejava amb cames i braços, em dificultava la concentració. Espeternegava tan fort que de poc no xoquem contra una mina flotant.

No sabia què fer. De cap manera no aconseguiria tornar viu al veler, si ella no parava de lluitar.

Ens vam enfonsar i l'Annabeth va deixar de forcejar. La seva expressió va canviar per una de confusió. Llavors vam treure el cap a la superfície i va començar a atacar-me novament.

L'aigua! El so no viatja gaire bé sota l'aigua. Si podia mantenir-la submergida durant prou temps, podria trencar l'embruix de la música. És clar que l'Annabeth no seria capaç de respirar, però en aquell moment allò em semblava una minúcia.

Vaig agafar-la per la cintura i vaig demanar a les onades que ens empenyessin avall. Vam sortir disparats cap a la profunditat: tres metres, set metres. Sabia que havia d'anar amb compte, perquè jo podia suportar molta més pressió que l'Annabeth. Ella es debatia i feia esforços per respirar, mentre tot de bombolles s'enfilaven al seu voltant.

Bombolles.

Estava desesperat. Havia de mantenir l'Annabeth amb vida. Em vaig imaginar totes les bombolles del mar, movent-se sempre cap a la superfície. Vaig imaginar que venien totes, que les atreia cap a mi.

El mar em va obeir. Es va produir un corrent de blancor, una sensació de pessigolleig va envoltar-me, i quan se'm va aclarir la visió, l'Annabeth i jo érem a l'interior d'una bombolla d'aire molt gran. Només teníem les cames dins l'aigua.

Ella boquejava i estossegava. Li tremolava tot el cos, però quan em va mirar, vaig saber que l'embruix ja s'havia trencat.

L'Annabeth va arrencar a plorar amb uns sanglots horribles, dels que et trenquen el cor. Va reposar el cap sobre la meva espatlla, i jo la vaig acollir.

Els peixos s'aplegaven al nostre voltant: un banc de barracudes i uns quants peixos agulla xafarders.

«Foteu el camp!», els vaig ordenar.

Van marxar, però em vaig adonar que ho feien a contracor. Juro que vaig copsar les seves intencions. Segur que començarien a escampar rumors per tot el mar explicant que el fill de Posidó tenia una noia abraçada al fons de la badia de les Sirenes.

Finalment va semblar que l'Annabeth entenia que jo em sentís francament engavanyat. Es va posar rígida i es va apartar de mi. Va assentir per fer-me saber que ja es trobava més bé.

—Et portaré al vaixell —li vaig dir—. No passa res. Tu agafa't.

Va murmurar alguna cosa que no vaig poder sentir per la cera que duia a les orelles.

Vaig dirigir el corrent de manera que el nostre estrambòtic minisubmarí d'aire naveguës a través de les roques i el filferro espinós cap al buc de *La venjança de la Reina Anna*, que mantenia un rumb lent però regular allunyant-se de l'illa.

Nosaltres dos ens vam quedar sota l'aigua, seguint el veler, fins que em va semblar que ja érem fora de l'abast de les veus de les sirenes. Després vaig pujar a la superfície i la bombolla va petar.

Vaig ordenar a una escala de corda que es despengés pel lateral de l'embarcació i vam pujar a bord. No em vaig destapar les orelles, per si de cas. Vam continuar navegant fins que l'illa es va perdre de vista del tot. L'Annabeth seia arraulida sobre una manta a la coberta de proa. Finalment, va aixecar la mirada, desconcertada i trista, i, movent els llavis, va dir:

—S'ha acabat el perill.

Em vaig treure els taps de les orelles. Res de cançons. La tarda era silenciosa, a excepció de la remor de les onades que picaven contra el buc. La boira s'havia fos i ara el cel era blau, com si l'illa de les Sirenes no hagués existit mai.

—Estàs bé? —li vaig preguntar.

En el mateix moment de dir-ho, em vaig adonar que l'havia espifiat. Era evident que no ho estava.

—No me'n feia càrrec —va murmurar.

—De què?

Tenia els ulls del mateix color que la boira que cobria l'illa de les Sirenes.

—Que la temptació pogués ser tan forta...

Jo no li volia revelar que havia vist el que les sirenes li havien promès. Em sentia com un intrús. Però creia que l'hi devia.

—He vist com havies reconstruït Manhattan —li vaig dir—. I... en Luke i els teus pares.

Es va posar vermella.

—Això has vist?

—El que et va dir en Luke a bord del *Princesa Andròmeda* de començar el món de nou en nou, et va impactar molt fort, eh?

Es va embolicar amb la manta.

—La meva debilitat fatal. Això és el que m'han ensenyat les sirenes. La meva debilitat fatal és l'urc.

Vaig parpellejar.

—Aquella substància marronosa que posen als sandvitxos vegetals?

Va girar els ulls en blanc.

—No, cervellet d'algues. Allò és l'hummus. L'urc és molt pitjor.

—Què pot ser pitjor que l'hummus?

—L'urc significa un orgull letal, Percy. Imaginar-te que pots fer les coses més bé que ningú... incloent-hi els déus.

—Tu et sents així?

Va acotar la mirada.

—No tens mai la sensació que... el món és un daltabaix espantós? No seria esplèndid que poguéssim reconstruir-lo des de zero? No més guerres. No més gent sense sostre. No més deures de lectura a l'estiu.

—T'escolto.

—Vull dir que Occident representa moltes de les millors fites de la humanitat... per això el foc encara crema. Per això encara existeix l'Olimp. Però a vegades només es veuen les coses dolentes, m'entens? I comences a pensar com en Luke: «Si pogués enderrocar tot això, ho faria millor.» No t'has sentit mai així? Com si... poguessis fer-ho tot més bé, si tu dirigissis el món?

—Hem... no. Per a mi, governar el món seria un malson.

—Doncs tens sort. L'urc no és la teva debilitat fatal.

—Quina és, doncs?

—No ho sé, Percy, però tots els herois en tenen una. Si no la descobreixes i no aprens a controlar-la... bé, no és perquè sí que l'anomenin «fatal».

M'ho vaig rumiar. No es pot pas dir que m'animés gaire.

Vaig notar que l'Annabeth no m'havia dit gaire res sobre les coses que canviaria en l'àmbit personal, com ara tornar a reunir els seus pares o salvar en Luke. Ho vaig entendre. No li volia revelar quantes vegades havia somiat jo d'aconseguir que els meus pares tornessin a estar junts.

Em vaig imaginar la mare, sola al nostre petit apartament de l'Upper East Side. Vaig intentar evocar l'aroma de les gofres blaves a la cuina. Em resultava tot tan remot.

—En fi, ha valgut la pena? —vaig preguntar a l'Annabeth—. Ets sents més... sàvia?

Ella va mirar cap a l'horitzó.

—No n'estic segura. Però hem de salvar el campament. Si no aconseguim aturar en Luke...

No calia que acabés la frase. Si la manera de pensar d'en Luke podia temptar fins i tot l'Annabeth, qui sabia quants mestissos més el podien seguir.

Vaig recordar el somni de la noia i el sarcòfag d'or. No estava segur de què significava, però tenia el pressentiment que se m'escapava alguna cosa... alguna cosa terrible que Cronos estava planificant. Què havia vist aquella noia en apartar la tapa del fèretre?

Tot d'una, l'Annabeth va obrir uns ulls com unes taronges.

—Percy.

Em vaig girar.

Un tros més endavant, hi havia una altra massa de terra com la que havia vist en somnis: una illa en forma de sella de muntar, amb turons i boscos i platges blanques amb verdes praderies.

Els meus sentits nàutics m'ho van confirmar: trenta graus, trenta-un minuts nord; setanta-cinc graus, dotze minuts oest.

Havíem arribat a casa del ciclop.

14

Ens trobem amb les ovelles de la condemnació

Quan penses en l'illa d'un monstre, sempre t'imagines roques escarpades i ossos escampats a la platja, com a l'illa de les Sirenes.

La del ciclop no s'hi assemblava gens. Vull dir que, és cert, hi havia un pont de corda sobre un abisme i això era efectivament un mal senyal. S'hi hauria pogut posar un cartell que digués: «Aquí hi viu un ésser maligne.» Però, deixant això de banda, aquell lloc semblava una postal del Carib. Hi havia prats verds i arbres fruiters tropicals i platges de sorra blanca. Mentre navegàvem cap a la costa, l'Annabeth va omplir els pulmons d'aire fresc.

—El Velló —va dir.

Vaig assentir. Encara no veia el Velló enlloc, però en percebia el poder. Em creia de debò que ho podia curar tot, fins i tot l'arbre enverinat de la Thalia.

—Si ens l'emportem, es morirà aquesta illa?

L'Annabeth va respondre que no amb el cap.

—Perdrà força. Tornarà a ser com hauria estat normalment... sigui això el que sigui.

Em sentia una mica culpable pel fet d'espatllar aquell paradís, però em vaig tornar a dir que no teníem alternativa. El Campament Mestís corria perill. I en Tyson... en Tyson encara seria amb nosaltres si no hagués estat per aquella missió. Fos on fos, a ell li devia assegurar-me que tindríem èxit.

Al prat, al peu del barranc, hi havia dotzenes d'ovelles juntes. Semblaven dòcils, però eren enormes, grans com hipopòtams. A l'altra banda de les ovelles hi havia un camí que s'enfilava cap als turons. Al capdamunt del camí, vora el caire del canyó, hi havia el roure descomunal que havia vist al somni. Penjat a les branques, resplendia un objecte daurat.

—Massa fàcil —vaig apuntar—. Només hem d'anar fins allà i agafar-lo?

L'Annabeth va empetitir els ulls.

—Se suposa que hi ha un sentinella. Un drac o...

Just en aquell moment un cérvol va sortir dels matolls. Va trotar cap al prat, probablement buscant herba per menjar, però totes les ovelles van belar a l'uníson i el van atacar. Va passar tan de pressa que el cérvol va perdre l'equilibri i va quedar colgat en un mar de llana i peülles que el trepitjaven.

Pegots d'herba i manyocs de pèl volaven enlaire.

Al cap d'un segon, les ovelles van tornar on eren, a les seves ocupacions pacífiques ordinàries. On abans hi havia el cérvol, només s'hi veia una pila d'ossos blancs pelats.

L'Annabeth i jo vam intercanviar una mirada.

—Són com piranyes —va dir ella.

—Piranyes amb llana. Com ens ho...?

—Percy! —va exclamar l'Annabeth boquejant i agafant-me del braç—. Mira.

Va assenyalar en direcció a la platja, ben bé a sota del prat de les ovelles, on ara hi havia varada una embarcació petita: l'altre bot salvavides del *C. S. S. Birmingham*.

Vam arribar a la conclusió que no hi havia cap sistema per anar a l'altra banda d'on hi havia les ovelles caníbals. L'Annabeth es volia esmunyir fent-se invisible pel camí i agafar el Velló, però al final la vaig convèncer que allò no sortiria bé. Les ovelles l'ensumarien. Apareixeria un altre sentinella. El que fos. I si passava res semblant, jo seria massa lluny per ajudar-la.

D'altra banda, la nostra primera acció havia de ser trobar en Grover, i qui fos que havia arribat a la costa amb aquell bot salvavides... suposant que hagués pogut passar pel prat de les ovelles. Estava massa nerviós per expressar en veu alta el que desitjava en secret... que en Tyson encara fos viu.

Havíem amarrat *La venjança de la Reina Anna* a la part del darrere de l'illa, on els penya-segats s'enlairaven setanta metres o més. Em semblava que allà era menys probable que la descobrís ningú.

Els esculls semblaven escalables, ni que fos amb dificultat (si fa no fa, com el mur de lava del campament). Però almenys allà no hi havia ovelles. Calia confiar que Polifem no pasturés també cabres munteses carnívores.

Vam remar amb un bot salvavides fins al límit de les roques i vam emprendre l'ascensió, molt lentament. L'Annabeth anava al davant perquè escalava més bé que jo.

Només vam estar a punt de matar-nos sis o set vegades, i em vaig dir que podia haver estat pitjor. Un cop se'm va esmunyir una mà i em vaig quedar gronxantme de l'altra, agafat a un sortint, a quinze metres de les onades. La idea de caure al mar no era tan terrible. Ja havia sobreviscut abans, després de caure a l'aigua. El que em preocupava eren les roques punxegudes, contra les quals xocaria gairebé segur.

Vaig trobar un altre agafall amb la mà i vaig continuar escalant, però al cap d'un minut l'Annabeth va encertar una clapa de molsa amb un peu i va relliscar. Afortunadament, va trobar un altre suport. Per desgràcia, era la meva cara.

—Perdona —va murmurar.

—Gnopassa re —vaig grunyir; de fet, mai no havia volgut saber quin gust tenien les vambes de l'Annabeth.

Finalment, quan ja em sentia els dits com plom fos i els músculs del braç em tremolaven d'esgotament, ens vam enfilar al cim del turó i ens vam estirar extenuats.

—Uf —vaig mormolar.

—Ai —va gemegar ella.

—Grrrr! —va grunyir una altra veu.

Si no hagués estat tan cansat, hauria fet un salt de setanta metres. Em vaig regirar, però no vaig veure enlloc qui havia parlat.

L'Annabeth em va encastar una mà sobre la boca. Amb l'altra, va assenyalar.

El sortint on sèiem era més estret del que m'havia imaginat. Queia verticalment per l'altra banda, i d'allà provenia aquella veu: just de sota nostre.

—Tu tens ganes de guerra! —va bramular la veu fonda.

—Posa'm a prova! —va replicar la que sens dubte era la veu de la Clarisse—. Torna'm la meva espasa i lluitaré contra tu!

El monstre va rugir a riallades.

L'Annabeth i jo ens vam arrossegar fins al cingle. Érem ben bé a sobre de l'entrada de la caverna del ciclop. Allà hi havia Polifem i en Grover, que encara portava el vestit de núvia. La Clarisse estava lligada de cap per avall sobre una olla d'aigua bullent. Jo tenia la vaga esperança que també hi hagués en Tyson, allà baix. A pesar del perill, almenys hauria sabut que era viu. Però no n'hi havia cap rastre enlloc.

—Hmm —va reflexionar Polifem—. Ens mengem ara aquesta noia descarada o esperem al banquet de noces... Què li sembla, a la meva núvia?

Es va girar de cara a en Grover, que va retrocedir i gairebé es va entrebancar amb la cua, per fi acabada, del vestit nupcial.

—Ah, hem, jo ara no tinc gens de gana, estimat. Potser...

—Has dit «núvia»? —li va preguntar la Clarisse—. Qui... en Grover?

Al meu costat, l'Annabeth va xiuxiuejar:

—Calla. La Clarisse ha de callar.

La mirada de Polifem es va encendre.

—Quin Grover?

—El sàtir! —va xisclar ella.

—Oh! —va lladrar en Grover—. A la pobra criatura li bull el cervell per culpa de l'aigua calenta. Baixa-la, estimat!

Polifem va ajustar les parpelles del seu ull sinistre i lletós, com si s'esforcés per veure més bé la Clarisse.

El ciclop encara era més horrorós que en els meus somnis. En part perquè ara la seva pudor rància era molt pròxima i personal. I en part pel seu abillament de matrimoni: una faldilla escocesa de llana i una faixa blau cel feta amb roba d'esmòquing, com si hagués escorxat tot un convit de noces.

—Quin sàtir? —li va preguntar Polifem—. Els sàtirs són bons per menjar. M'has portat un sàtir, tu, potser?

—No, no, idiota descomunal! —va bramular la Clarisse—. Aquell sàtir! En Grover! El que porta el vestit de núvia!

Li hauria volgut trencar el coll, però ja era massa tard. No vaig poder fer res més que mirar com Polifem es girava i arrencava el vel a en Grover, tot deixant a la vista els seus cabells arrissats, la barba esclarissada d'adolescent i les banyetes.

Polifem respirava profundament, procurant reprimir la ràbia.

—No m'hi veig gaire bé —va grunyir—. Des que fa molts anys aquell altre heroi em va punxar l'ull. Però... tu no ets una noieta de raça ciclòpia!!

El ciclop va engrapar el vestit d'en Grover i l'hi va arrencar. A sota, en Grover va reaparèixer amb els texans i la samarreta de sempre. Va belar i es va ajupir quan el monstre va brandar una mà en direcció al seu cap.

—Prou! —va implorar en Grover—. No te'm mengis cru! Sé... sé una recepta molt bona!

Vaig fer el gest d'agafar l'espasa, però l'Annabeth va xiuxiuejar:

—Espera!

Polifem dubtava, amb un pedrot a la mà, a punt per esclafar la que havia de ser la seva núvia.

—Recepta? —va preguntar a en Grover.

—Ah, s... sí! Tu no vols menjar-te'm cru. Agafaràs colí i botulisme i tota mena de malalties horribles. I jo tindré molt més bon gust rostit a la brasa a foc lent. Amb salsa de mango picant! Podries anar a buscar-ne ara mateix aquí al bosc, de mangos. Jo t'esperaré aquí.

El monstre s'ho va rumiar. El cor em bategava tan fort que picava contra les costelles. Si atacava ara, hi deixaria la pell. Però no podia permetre que el monstre matés en Grover.

—Sàtir a la brasa amb salsa de mango picant —va reflexionar Polifem. Va tornar a mirar la Clarisse, que encara penjava sobre l'olla d'aigua bullent—. Tu també ets un sàtir?

—No, muntanya de fems gegantina! —va xisclar ella—. Sóc una noia! La filla d'Ares! I ara deslliga'm perquè et pugui arrencar els braços!

—Arrencar-me els braços —va repetir Polifem.

—I ficar-te'ls coll avall!

—Tens molts pebrots.

—Deixa'm baixar!

Polifem va engrapar en Grover com si fos un cadell mal educat.

—Ara he d'anar a pasturar les ovelles. El casament queda ajornat fins aquesta nit. Llavors menjarem sàtir com a plat principal!

—Però... encara penses casar-te? —En Grover semblava ofès—. Qui serà la núvia?

Polifem va mirar cap a l'olla del foc.

La Clarisse va articular un soroll estrangulat.

—Ah, no! No ho pots dir seriosament. Jo no sóc...

Abans que nosaltres dos poguéssim fer res, Polifem la va agafar d'una revolada i la va llançar al fons de la cova juntament amb en Grover.

—Poseu-vos còmodes! Vindré a la posta de sol per a la gran celebració!

Llavors el ciclop va xiular i una barreja de cabres i ovelles (més petites que les caníbals) van sortir com un torrent de la cova i van passar al davant de l'amo. Mentre anaven cap a les pastures, Polifem n'acariciava algunes a l'esquena cridant-les pel nom: Beltbuster, Tammany, Lockhart, etcètera.

Quan l'última ovella va haver sortit gronxant les anques, Polifem va fer rodolar una roca cap a l'entrada de la cova amb la mateixa facilitat amb què jo hauria tancat una nevera, i va apagar els xiscles de la Clarisse i en Grover.

—Mangos —va grunyir Polifem parlant sol—. Què són mangos?

Va baixar gambant de la muntanya amb el seu vestit de nuvi blau cel, i ens va deixar sols amb una olla bullint i una roca de sis tones.

Ho vam intentar durant el que ens van semblar hores, però no va servir de res. La roca no es volia moure.

Cridàvem per les esquerdes, picàvem contra la roca, vam fer tot el que se'ns va ocórrer per enviar un senyal a en Grover, però, si ens va sentir, no ho vam arribar a saber.

Suposant que gràcies a un miracle aconseguíssim matar Polifem, no en trauríem res. En Grover i la Clarisse moririen dins aquella cova segellada. L'única manera de moure la roca era que ho fes el ciclop.

Absolutament frustrat, vaig colpejar la roca amb la Contracorrent. En van sortir espurnes, però no va passar res més. Una roca grossa no és la mena d'enemic contra el qual es pot lluitar amb una espasa màgica.

L'Annabeth i jo ens vam asseure al penyal, desesperats, contemplant de lluny la figura blau cel del ciclop, que es movia entre els ramats. Prou assenyadament, tenia els animals normals separats dels que menjaven carn humana, a banda i banda de la clivella gegantesca que dividia l'illa. L'únic camí per travessar-la era el pont de corda, i les planxes estaven massa separades per a les peülles de les ovelles.

Vam observar Polifem fent una visita al ramat carnívor del costat més llunyà. Per desgràcia, a ell no el van devorar. De fet, no semblava que el molestessin per res. Els donava trossos d'una carn misteriosa que duia dins una gran cistella de vímet, un detall que només va servir per reforçar una sensació que m'assetjava des que Circe m'havia convertit en un conillet d'Índies: potser era hora d'unir-me a en Grover i fer-me vegetarià.

—Astúcia —va dictaminar l'Annabeth—. Com que no el podem vèncer per la força, haurem de fer servir l'astúcia.

—D'acord —vaig dir—. Quina astúcia?

—Encara no he planificat aquesta part.

—Fantàstic.

—Polifem haurà de moure la roca per deixar entrar les ovelles.

—Quan es pongui el sol —vaig precisar—. És quan pensa casar-se amb la Clarisse i menjar-se en Grover per sopar. No sé què resulta més repugnant.

—Em podria esmunyir a dins —va reprendre l'Annabeth—. Invisible.

—I jo què?

—Les ovelles —va reflexionar ella. Em va dedicar una d'aquelles mirades entremaliades que sempre em feien patir—. T'agraden les ovelles?

• • •

—No et deixis anar! —Va exclamar l'Annabeth, invisible en algun lloc a la meva dreta. Ho tenia fàcil ella, que no estava penjada de cap per avall a la panxa d'una ovella.

Ara he d'admetre que no va ser tan difícil com m'havia pensat. M'havia arrossegat més d'un cop sota el cotxe de la mare per canviar l'oli, i això no era gaire diferent. L'ovella no en va fer cas. La més petita de les ovelles del ciclop era prou gran per suportar el meu pes, i totes tenien una llana molt gruixuda. Només vaig haver de cargolar la llana per poder-m'hi agafar, falcar els peus a l'os de les cuixes de l'ovella i llestos. Em sentia com una cria de cangur, muntat sota del pit de l'ovella i esforçant-me perquè la llana no se'm fiqués a la boca i al nas.

Per si algú s'ho pregunta, la part inferior d'una ovella no fa una olor especialment agradable. Imagineuvos un suèter d'hivern arrossegat pel fang que s'ha passat una setmana al cove de la roba bruta. Doncs això era una cosa semblant.

El sol baixava.

No feia un minut que m'hi havia instal·lat quan el ciclop va rugir:

—Arri! Cabretes! Ovelletes!

El ramat va emprendre obedient el camí de tornada cap a la cova.

—Ara ve el millor! —va xiuxiuejar l'Annabeth—. Jo seré a prop. No pateixis. Quan ell obri la cova...

No va acabar la frase.

El pla ja em feia prou por sense necessitat que me l'expliqués dues vegades. En silenci havia promès als déus que, si sobrevivia a aquella aventura, reconeixeria a l'Annabeth que era un geni. El que m'espantava era saber que els déus me la farien complir.

El meu taxi en forma d'ovella va començar a trescar turó amunt. Abans de recórrer cent metres, les mans ja em feien mal a causa de l'esforç. Em vaig agafar més fort a la llana i l'animal va grunyir. No l'hi podia retreure. A mi tampoc m'agradaria que ningú fes escalada agafat als meus cabells, però si no m'hi aguantava, segur que cauria allà mateix, davant del monstre.

—Hasenpfeffer! —va exclamar el ciclop, acariciant un dels animals que anava davant meu—. Einstein! Widget... ei, aquí, Widget!

Polifem va acariciar també la meva ovella i de poc no em va fer caure.

—T'has engreixat aquí a la panxa, eh?

«Déu meu! Ara em descobrirà», vaig pensar.

Però Polifem va esclafir a riure i va clavar una manotada al cul de l'ovella, que ens va impulsar a tots dos endavant.

—Tira enllà, grassona! Polifem aviat se't menjarà per esmorzar!

I així va ser com vaig entrar a la cova.

Vaig clissar l'últim animal que hi entrava. Si l'Annabeth no executava ara l'exercici de distracció...

El ciclop estava a punt de tornar a posar la roca a l'entrada quan l'Annabeth, des de fora, va cridar:

—Hola, lletjot!

Polifem es va tensar.

—Qui ha dit això?

—Ningú! —va replicar ella.

L'Annabeth va aconseguir de totes passades la reacció que esperava. Al monstre se li va posar la cara vermella de ràbia.

—Ningú! —va repetir Polifem cridant—. Em recordo de tu!

—Ets massa estúpid per recordar algú —el va punxar l'Annabeth—. I molt més Ningú.

Jo confiava que ella s'hagués mogut mentre ho deia, perquè Polifem va bramar furiós, va engrapar la roca més propera (que casualment era la que feia de porta del davant) i la va llançar cap al lloc d'on provenia la veu de l'Annabeth. Vaig sentir la roca esmicolant-se en un miler de trossos.

Durant un moment terrible, només silenci. Llavors l'Annabeth va cridar:

—Tampoc has après a tirar bé!

Polifem va udolar:

—Vine aquí! Deixa que et mati, Ningú!

—No es pot matar Ningú, talòs estúpid —va continuar burxant-lo ella—. Vine a buscar-me!

Polifem va envestir turó avall en direcció a la veu.

S'ha de dir que això de Ningú no hauria tingut sentit per a ningú; l'Annabeth, però, m'havia explicat que aquest era el nom que Odisseu havia utilitzat feia segles per enganyar Polifem, just abans de rebentar-li l'ull amb un pal llarg i roent. L'Annabeth s'imaginava que el ciclop encara estaria ressentit amb aquell nom, i l'havia encertada. Per culpa del frenesí per atrapar el seu vell enemic, es va descuidar de tapar l'entrada de la cova. De fet, ni tan sols es va aturar a pensar que aquella veu era d'una dona, mentre que el primer Ningú era un mascle. A més, es volia casar amb en Grover, o sigui que això dels mascles i les femelles no ho tenia gaire clar.

Jo només esperava que l'Annabeth fos capaç de continuar viva i distreure'l prou estona per trobar en Grover i la Clarisse.

Em vaig deixar caure a terra, vaig donar un copet al cap de la Widget i li vaig demanar disculpes. Vaig escorcollar la sala principal, però no hi havia rastre d'en Grover ni de la Clarisse. Vaig obrir-me pas a empentes entre el ramat d'ovelles i cabres fins al fons de la cova.

Tot i que havia vist el lloc en somnis, era un autèntic laberint. Vaig recórrer corredors amb un escampall d'ossos pelats, vaig travessar sales plenes d'estores de pell de xai i ovelles de pedra de mida natural que vaig reconèixer com obres de Medusa. Hi havia tota una col·lecció de samarretes d'ovella de màniga curta, recipients enormes de crema de lanolina, abrics i mitjons de llana, i barrets amb banyes de moltó. Finalment vaig trobar la sala del teler, on en Grover s'havia arraulit al racó per intentar tallar les subjeccions de la Clarisse amb unes tisores de seguretat.

—Així no farem res —va gemegar la Clarisse—. Aquesta corda sembla de ferro!

—Només trigaré un minut!

—Grover! —va cridar ella, exasperada—, fa hores que t'hi baralles!

I llavors em van veure.

—Percy? —va exclamar la Clarisse—. Em pensava que havies explotat!

—Jo també m'alegro de veure-us. Ara estigues quieta mentre...

—Perrrrcy! —va belar en Grover mentre em placava amb una abraçada de cabra—. Em vas sentir! Has vingut!

—Sí, company —vaig respondre—. És clar que he vingut.

—On és l'Annabeth?

—A fora —vaig dir—. Però no hi ha temps per parlar. Clarisse, estigues quieta.

Vaig destapar la Contracorrent i vaig tallar les cordes. Ella es va aixecar, entumida, fregant-se els canells. Em va mirar durament un instant, però després va abaixar els ulls i va mormolar:

—Gràcies.

—De res —vaig contestar—. I ara, hi havia algú més amb tu al bot salvavides?

La Clarisse semblava sorpresa.

—No. He vingut sola. Tots els altres a bord del *Birmingham*... En fi, encara no sé com en vau sortir vius, vosaltres.

Vaig abaixar la mirada, fent un esforç per no acceptar que m'acabaven d'esclafar l'última esperança de retrobar en Tyson viu.

—D'acord. Som-hi, doncs. Hem d'ajudar...

Una explosió va ressonar dins la cova, seguida d'un crit que em va comunicar que potser ja era massa tard. Era l'Annabeth esgaripant de por.

15

Ningú aconsegueix el Velló d'Or

—He atrapat Ningú! —va tronar Polifem, fent el fatxenda.

Ens vam arrossegar cap a l'entrada de la cova i vam veure el ciclop agafant un cos fet d'aire amb un somriure malvat. El monstre va sacsejar el puny i una gorra de beisbol va caure a terra. Llavors va aparèixer l'Annabeth, a qui sostenia per les cames de cap per avall.

—Ha! —va exclamar el ciclop—. Noia entremaliada invisible! Ja en tinc una amb ganes de guerra per casar-m'hi. Això vol dir que tu aniràs a la brasa amb salsa de mango picant!

L'Annabeth forcejava, però semblava estabornida. Tenia un tall lleig al front i els ulls vidriosos.

—Jo m'hi enfrontaré —vaig dir a la Clarisse xiuxiuejant—. El nostre vaixell és darrere l'illa. Tu i en Grover...

—Ni parlar-ne —van replicar a l'uníson.

A la cova, la Clarisse s'havia armat amb una llança de banya de moltó que, sens dubte, hauria estat molt apreciada pels col·leccionistes. En Grover havia trobat un fèmur d'ovella, amb el qual no semblava gaire content, tot i que el brandava com una porra, a punt per atacar.

—L'atacarem tots alhora —va grunyir la Clarisse.

—Sí —va esbufegar en Grover. Després va parpellejar, com si no s'acabés de creure que per una vegada estava d'acord amb la Clarisse.

—D'acord —vaig dir jo—. Atac segons el pla Macedònia.

En Grover i la Clarisse van assentir. Tots tres havíem assistit als mateixos cursos d'entrenament al Campament Mestís. Ja sabien de què parlava. S'esmunyirien pels dos costats i atacarien el ciclop pels flancs mentre jo captava la seva atenció des del davant. Això probablement només significava que moriríem tots tres en comptes de jo sol, però els agraïa el suport.

Vaig aixecar l'espasa i vaig cridar:

—Ei, lletjot!

El gegant es va girar cap a mi.

—Un altre? Qui ets tu?

—Deixa la meva amiga. Sóc jo qui t'ha insultat.

—Tu ets Ningú?

—Exacte, barril de mocs pudent! —No sonava tan bé com els insults de l'Annabeth, però no se'm va ocórrer res més—. Jo sóc Ningú, i n'estic molt orgullós! Ara deixa anar la noia i vine aquí. Et vull tornar a foradar l'ull.

—Grrrrr! —va rugir ell.

Les bones notícies: va deixar caure l'Annabeth. Les males notícies: la va deixar caure de cap contra les roques, on es va quedar immòbil com una nina de drap.

Més males notícies: Polifem va carregar contra mi, cinc-cents quilos fètids de ciclop contra els quals hauria de lluitar amb una espasa molt petita.

—Per Pan!

En Grover va envestir per la dreta. Li va llançar l'os d'ovella, que va rebotar com si res contra el front del monstre. La Clarisse el va atacar per l'esquerra i va plantar la llança just a temps perquè el ciclop hi posés un peu a sobre. Va udolar de dolor. La Clarisse es va apartar del mig per evitar que l'enxampés, però Polifem es va arrencar el pal com si fos un esquerdill més gros del compte i va seguir endavant.

Jo m'hi vaig abalançar amb la Contracorrent.

El monstre va intentar atrapar-me. Vaig rodolar a un costat i el vaig punxar a la cuixa.

Jo tenia l'esperança de veure com es desintegrava. La Contracorrent a vegades ho pot aconseguir amb el primer cop. Però aquest monstre era de bon tros massa gros i massa poderós.

—Agafa l'Annabeth! —vaig dir a en Grover cridant.

Ell hi va anar corrent, va recollir la gorra invisibilitzadora i es va carregar l'Annabeth a coll, mentre la Clarisse i jo intentàvem distreure Polifem.

He d'admetre que la Clarisse era valenta: atacava el monstre un cop i un altre. Ell picava a terra i li etzibava cops de peu, però ella era molt més ràpida, i cada vegada que l'envestia, jo la imitava punxant-lo al dit gros d'un peu, al turmell o a la mà.

Però no podíem continuar així per sempre. Al final, ens cansaríem o el monstre acabaria per encertar-nos amb un cop de sort. Amb una sola patacada en tindria prou per matar-nos.

De cua d'ull, vaig veure en Grover transportant l'Annabeth a través del pont de corda. D'entrada jo no hauria optat per aquella estratègia, tenint en compte que les ovelles caníbals eren a l'altra banda de l'abisme, però en aquell moment semblava el millor, i allò em va donar una idea.

—Enrere! —vaig ordenar a la Clarisse.

Ella es va apartar rodolant, just quan el puny del ciclop esclafava una olivera pròxima.

Vam córrer cap al pont amb Polifem darrere nostre. Tentinejava a causa dels talls i les ferides, però l'únic que havíem aconseguit era que anés més lent i estigués més enfurismat.

—Us trinxaré en un estofat de xai! —ens va prometre—. Maleït sigui Ningú mil vegades!

—Més de pressa! —vaig urgir a la Clarisse.

Ens vam precipitar turó avall. El pont era la nostra única esperança. L'havíem de travessar abans que el gegant.

—Grover! —vaig xisclar—. Agafa el punyal de l'Annabeth!

Ell va obrir els ulls de bat a bat quan va veure el ciclop darrere nostre, però va assentir com si m'hagués entès. Mentre la Clarisse i jo travessàvem el pont corrent a quatre grapes, en Grover va començar a tallar les cordes.

La primera va fer snap!

Polifem va fer un bot darrere nostre i va fer gronxar el pont perillosament.

Les cordes del costat d'en Grover ja estaven mig tallades.

La Clarisse i jo vam saltar cap a terra ferma i vam aterrar vora en Grover. Vaig brandar l'espasa i vaig tallar la resta de cordes. El pont va caure avall cap a l'abisme, i el ciclop va udolar... de joia, perquè el teníem a tocar.

—Fracassat! —esgaripava alegrement—. Ningú ha fracassat!

La Clarisse i en Grover el van intentar escometre, però el monstre els va apartar del mig d'una manotada com si fossin mosques.

La ràbia em va inundar. No em podia creure que haguéssim arribat fins allà, que haguéssim perdut en Tyson i que haguéssim patit el que havíem patit... per acabar fracassant per culpa d'un monstre gros i estúpid amb una faldilla escocesa i un esmòquing blau cel. Ningú tractava els meus amics d'aquella manera! Vull dir... «ningú», no Ningú. Ai, ja sabeu què vull dir.

Una força nova em va recórrer el cos: aquella mena de vigor que només havia sentit unes quantes vegades dins l'aigua. Vaig alçar l'espasa i el vaig envestir, oblidant la desproporció desesperada dels combatents. Vaig clavar l'espasa a la panxa del ciclop. Quan es va doblegar pel mig, li vaig etzibar un cop al nas amb l'empunyadura. Em vaig llançar a repartir cops d'espasa, de peu i de tot plegat, fins que em vaig adonar que Polifem estava esterrecat d'esquena a terra, estabornit, gemegant, i que jo era sobre el seu cap, amb la punta de la Contracorrent a frec del seu ull.

—Uiiiiiiii —grinyolava Polifem.

—Percy! —va boquejar en Grover—. Com t'ho has...?

—Noooooooo, sisplau! —va implorar el ciclop, mirant-me llastimosament. Li sagnava el nas. Se li embassava una llàgrima a la comissura de l'ull mig cec—. Les... les... les meves ovelles em necessiten. Només miro de protegir les meves ovelles! —Va començar a somicar.

L'havia vençut. Només em faltava un cop d'espasa: una embranzida ràpida.

—Mata'l! —va esgaripar la Clarisse—. Què esperes?

El ciclop semblava desesperat, igual que... igual que en Tyson.

—És un ciclop! —em va avisar en Grover—. No te'n fiïs!!

Tenia raó. Estic segur que l'Annabeth m'hauria dit el mateix. Però Polifem somicava... i per primera vegada se'm va ocórrer que ell també era fill de Posidó. Com en Tyson. Com jo. Com el podia matar, a sang freda?

—Només volem el Velló —vaig explicar al monstre—. Ens el deixaràs agafar?

—No! —va insistir la Clarisse—. Mata'l!

El monstre va inspirar amb força.

—El meu preciós Velló. La millor peça de la meva col·lecció. Emporta-te'l, humà cruel. Emporta-te'l i vés-te'n en pau.

—Em faré enrere a poc a poc —vaig dir al monstre—. Un sol moviment en fals i...

Polifem va assentir com si ho entengués.

Em vaig apartar... i, a la velocitat d'una cobra, Polifem em va enviar al caire del cingle d'una manotada.

—Mortal imbècil! —va bramar, posant-se dret—. Emportar-te el meu Velló? Ha! Abans te'm menjaré.

Va obrir la seva boca grandiosa i vaig comprendre que els seus molars corcats serien l'última cosa que veuria.

Llavors vaig sentir un fiuuuu xiulant sobre el meu cap i paf!

Una roca de la mida d'una pilota de bàsquet va volar de dret cap a dins la boca de Polifem: un triple preciós, directe a la cistella. El ciclop es va ennuegar, fent esforços per empassar-se aquella pastilla inesperada. Va tentinejar enrere, però ja no hi havia espai per tentinejar. Li va relliscar un taló, el caire del cingle es va ensorrar i el grandiós Polifem es va posar a gesticular com un pollastre, tot i que allò no li va servir pas per arrencar el vol, quan ja queia d'esquena a l'abisme.

Em vaig girar.

A la meitat del camí que baixava a la platja, dret sense cap ferida enmig d'un ramat d'ovelles assassines, hi havia un vell amic meu.

—Polifem dolent —va dir en Tyson—. No tots els ciclops són tan macos com semblem.

En Tyson ens va explicar la versió resumida: l'hipocamp Arc Iris, que aparentment ens havia seguit des del golf de Long Island i esperava en Tyson per jugar amb ell, l'havia trobat sota les restes del naufragi del *C. S. S. Birmingham* i l'havia salvat del perill. L'hipocamp i en Tyson havien estat buscant el mar dels Monstres des d'aleshores per retrobar-nos, fins que en Tyson havia captat l'olor de les ovelles i havia descobert aquella illa.

Em moria de ganes d'abraçar aquell totxo grandiós, però era al mig de les ovelles assassines.

—Tyson, gràcies als déus. L'Annabeth està ferida!

—I dónes gràcies als déus perquè l'Annabeth està ferida? —em va demanar, desconcertat.

—No!

Em vaig ajupir al costat de l'Annabeth i vaig quedar esgarrifat. Tenia els ulls en blanc, i la pell pàl·lida i humida.

En Grover i jo ens vam mirar angoixats. Llavors se'm va ocórrer una idea.

—Tyson, el Velló... Me'l pots anar a buscar?

—Quin? —em va preguntar, mirant els centenars de xais i ovelles.

—El de l'arbre! —vaig aclarir— El que és d'or!

—Ah, sí. Maco. Sí.

En Tyson va trescar cap allà, procurant no esclafar els xais. Si un de nosaltres hagués intentat acostar-se al Velló, se l'haurien menjat viu, però suposo que en Tyson devia fer la mateixa olor que Polifem, perquè el ramat no el va molestar ni poc ni gens. Només es van aplegar al seu voltant, belant afectuosament com si esperessin talls de moltó del gran cistell de vímet. En Tyson va abastar el Velló i el va despenjar de la branca. Les fulles del roure es van tornar grogues immediatament. En Tyson va començar a obrir-se pas de tornada, però jo li vaig dir cridant:

—No hi ha temps! Tira-me'l!

La pell de moltó daurada va volar pels aires com un disc volador Frisbee pelut i lluent. El vaig atrapar amb un gruny. Pesava més del que m'havia imaginat: trenta o trenta-cinc quilos d'una llana d'or preciosa. El vaig estirar damunt de l'Annabeth, cobrint-la tota menys la cara, i vaig resar en silenci a tots els déus que recordava (fins i tot als que no em queien bé).

Sisplau. Sisplau.

Li va tornar el color a la cara. Va parpellejar repetidament. Va veure en Grover i amb veu feble va dir:

—No t'has... casat?

En Grover va somriure.

—No. Els meus amics em van convèncer que no ho fes.

—Estigues quieta, Annabeth —li vaig dir.

Ella es va incorporar malgrat les protestes, i vaig constatar que el tall de la cara ja se li curava. Tenia molt més bon aspecte. De fet, resplendia de salut, com si algú li hagués injectat una dosi de llum pura.

Mentrestant, en Tyson començava a tenir problemes amb les ovelles.

—A terra! —els ordenava quan intentaven enfilar-se damunt seu, buscant menjar. Unes quantes ja ensumaven en direcció on érem nosaltres—. No, no, ovelletes. Veniu cap aquí! Veniu aquí!

El van seguir, però era evident que tenien gana i començaven a fer-se càrrec que en Tyson no els donaria pas res de bo. No es contindrien gaire estona més, amb tanta carn fresca a prop.

—Hem de marxar —vaig apuntar—. El nostre vaixell...

Llavors vaig recordar que *La venjança de la Reina Anna* era molt lluny. La ruta més curta era pels penyasegats, però eren a l'altra banda de l'abisme i acabàvem de tallar l'únic pont que el travessava. L'altra possibilitat era passar pel mig de les ovelles...

—Tyson —li vaig demanar, cridant—. Allunya les ovelles d'aquí tant com puguis.

—Volen menjar.

—Ja ho sé! Volen menjar persones! Allunya-les del camí. Dóna'ns temps per arribar a la platja. I després vine a trobar-nos allà.

En Tyson semblava dubtar, però va xiular.

—Veniu, ovelletes! Hem, persones per menjar... veniu cap aquí!

Va anar cap al límit del prat corrent, les ovelles el perseguien.

—Deixa't el Velló a les espatlles —vaig dir a l'Annabeth—. Per si no t'has recuperat del tot. T'aguantes dreta?

Ho va provar, però es va tornar a posar pàl·lida.

—Ui! No m'he recuperat del tot.

La Clarisse es va ajupir al costat d'ella i li va examinar el pit, cosa que li va provocar un espasme de dolor.

—Costelles trencades —va anunciar la Clarisse—. Comencen a millorar, però les té trencades segur.

—I tu com ho saps? —li vaig preguntar.

La Clarisse em va dedicar una mirada dura.

—Perquè n'he trencat més d'una, caganiu! M'he de carregar l'Annabeth a coll.

Abans que jo pogués protestar, la va recollir com un sac de farina i se la va endur cap a la platja. En Grover i jo anàvem al darrere.

Quan vam arribar arran d'aigua, em vaig concentrar en *La venjança de la Reina Anna.* Amb un esforç de voluntat, li vaig demanar que llevés l'àncora i vingués cap a mi. Després d'uns minuts d'angoixa, vaig veure el vaixell rodejant la punta de l'illa.

—Tyson venir! —va xisclar el ciclop, que baixava saltant pel camí per venir a trobar-nos. Les ovelles el seguien a menys de cinquanta metres, belant frustrades perquè el seu amic s'escapava sense atipar-les.

—Espero que no ens persegueixin per l'aigua —vaig dir als altres—. Només hem d'anar nedant fins al vaixell.

—Amb l'Annabeth així? —va protestar la Clarisse.

—Ho podem fer —vaig insistir. Recuperava la seguretat. Tornava a ser a casa meva: el mar—. Quan siguem al vaixell, serem lliures i a casa.

I gairebé ho havíem aconseguit.

Acabàvem de passar per davant de la boca del barranc quan vam sentir un rugit horrorós i vam veure Polifem, esgarrapat i ple de blaus però absolutament viu. Amb el vestit de nuvi blau cel a trossos, xipollejava cap a nosaltres amb una roca a cada mà.

16

M'enfonso amb el vaixell

—Hauria dit que ja no li quedaven més roques —vaig murmurar.

—Hem de fugir nedant! —va exclamar en Grover.

Ell i la Clarisse es van capbussar dins l'aigua. L'Annabeth s'agafava al coll de la Clarisse i mirava de bracejar amb l'altra mà, però el pes del Velló xop l'enfonsava.

El que captava l'atenció del monstre, en tot cas, no era pas el Velló.

—Tu, jove ciclop! —va rugir Polifem—. Ets un traïdor a la teva espècie!

En Tyson va quedar glaçat.

—No l'escoltis! —li vaig implorar—. Anem.

Vaig tibar en Tyson per un braç, però va ser com tibar una muntanya. Es va girar i es va encarar amb el ciclop adult.

—No sóc un traïdor.

—Serveixes uns mortals! —va cridar Polifem—. Uns lladregots humans! —Va llançar la primera pedra.

En Tyson la va desviar d'un cop de puny.

—No sóc traïdor —va insistir en Tyson—. I tu no ets de la meva espècie.

—Mort o victòria! —Polifem va envestir cap a les onades, però encara tenia el peu ferit. Va tentinejar immediatament i va caure de cara. Això hauria estat divertit si no s'hagués tornat a aixecar de seguida, escopint aigua salada i grunyint.

—Percy! —va esgaripar la Clarisse—. Afanya't!

Gairebé ja arribaven al vaixell amb el Velló. Si podia distreure el monstre una mica més...

—Vés —em va dir en Tyson—. Jo retindré el Gran Lletjot.

—No! Et matarà. —Ja havia estat a punt de perdre en Tyson una vegada i no em tornaria a passar—. Lluitarem tots dos contra ell.

—Junts —va corroborar en Tyson.

Vaig desenfundar l'espasa.

Polifem avançava amb cautela, coixejant cada cop més, però al braç amb què llançava les roques no li passava res. Va disparar la segona. Em vaig ajupir cap a una banda, i m'hauria esclafat igualment si en Tyson no l'hagués esmicolat amb un puny.

Vaig ordenar al mar que s'elevés. Es va enlairar una onada de set metres que se'm va emportar damunt la cresta. Vaig anar cap al ciclop i, saltant-li per damunt del cap, li vaig clavar un cop de peu a l'ull, mentre l'aigua el tombava sobre la platja.

—Et destruiré! —va balbucejar Polifem—. Robavellons!

—Vas ser tu qui va robar el Velló! —li vaig etzibar—. I l'has utilitzat per atreure sàtirs i matar-los!

—I què? Són bons per menjar!

—El Velló ha de servir per curar! Pertany als descendents dels déus!

—Jo sóc descendent dels déus! —Polifem em va atacar amb una manotada, però jo em vaig apartar cap a un costat—. Maleeix aquest lladre, pare Posidó!

Ara parpellejava molt fort, com si gairebé no s'hi veiés. Em vaig adonar que dirigia els cops cap al lloc d'on provenia la meva veu.

—Posidó no em maleirà —vaig replicar, fent-me enrere mentre ell es barallava amb l'aire—. Jo també sóc fill seu. No farà favoritismes.

Polifem va rugir. Va arrencar una olivera del cingle i la va esclafar contra el lloc on era jo un moment abans.

—Els humans no són igual! Són repulsius, tramposos i mentiders!

En Grover ajudava l'Annabeth a enfilar-se al vaixell. La Clarisse m'indicava que m'afanyés amb gestos frenètics.

En Tyson va rodejar Polifem, amb la intenció de posar-s'hi al darrere.

—Jove ciclop! —el va cridar l'adult—. On ets? Ajuda'm!

En Tyson es va quedar quiet.

—No et van educar bé! —va esgaripar Polifem, sacsejant l'olivera que feia servir de porra—. Pobre germà orfe! Ajuda'm!

Ningú es movia. Només sentia l'oceà i el batec del meu cor. Llavors en Tyson es va fer endavant i va alçar les mans amb actitud defensiva.

—No lluitis, germà ciclop. Abaixa la...

En Polifem es va girar cap a la veu.

—Tyson! —vaig exclamar.

El tronc de l'arbre el va colpejar amb tanta força que a mi m'hauria convertit en una pizza de Percy amb doble ració d'olives. En Tyson va sortir disparat enrere i va excavar una trinxera a la sorra. Polifem el va perseguir, però jo vaig cridar: «No!», i em vaig abalançar contra ell tan de pressa com vaig poder amb la Contracorrent. Tenia l'esperança de punxar Polifem darrere la cuixa, però vaig aconseguir saltar una mica més enlaire.

—Beeeee! —va xisclar Polifem exactament igual que les seves ovelles, just abans d'atacar-me amb l'arbre.

Em vaig ajupir, però tot i així una dotzena de branques punxegudes em van esgarrinxar l'esquena.

Ara, a més d'estar esgarrinxant i exhaust, sagnava. El conillet d'Índies que tenia a dins volia fugir. Però em vaig empassar la por.

Polifem va tornar a brandar l'arbre, però aquesta vegada ja me l'esperava. Vaig agafar-me a una branca al vol, ignorant el dolor a les mans de l'estrebada enlaire, i vaig permetre que el ciclop m'aixequés. Al punt més elevat de l'arc, em vaig deixar anar i vaig caure de dret a la cara del gegant... i vaig aterrar amb els dos peus damunt del seu ull ferit.

Polifem va udolar de dolor. En Tyson el va placar i el va fer caure a terra. Jo vaig aterrar amb l'espasa a la mà, prou a prop del cor del monstre per clavar-l'hi. Però en Tyson i jo vam intercanviar una mirada i vaig comprendre que no ho podia fer. No era correcte i punt.

—Deixa'l anar —vaig dir a en Tyson—. Fuig.

Amb un últim esforç descomunal, en Tyson va apartar el vell ciclop, que el continuava maleint, i ens vam escapar corrent cap a l'aigua.

—Us esclafaré! —va cridar Polifem, doblegant-se de dolor. Es tapava l'ull amb les seves dues manasses.

En Tyson i en jo ens vam capbussar.

—On sou? —va xisclar Polifem.

Va aferrar l'arbre que feia de porra i el va llançar al mar. Va caure amb un gran xap a la nostra dreta.

Vaig cridar un corrent d'aigua que ens portés i vam començar a guanyar velocitat. Començava a creure que arribaríem bé al vaixell quan la Clarisse, des de coberta, va tronar:

—Molt bé, Jackson! Te l'ha fotut al mig de la cara, ciclop!

Calla, hauria volgut dir-li bramant.

—Grarrr!

Polifem va agafar una altra roca. La va llançar en direcció a la veu, però el tir li va quedar curt i gairebé ens encerta a en Tyson i a mi.

—Sí, sí! —el desafiava la Clarisse—. Tires com una bleda! Ja t'ensenyaré jo a voler-te casar amb mi, idiota!

—Clarisse! —vaig cridar, incapaç de suportar-ho més—. Calla!

Massa tard. El ciclop va llançar una altra roca, i aquesta vegada vaig veure com em passava per damunt del cap i xocava contra el buc de *La venjança de la Reina Anna* i l'esqueixava.

No us creuríeu amb quina rapidesa es pot enfonsar un vaixell. *La venjança de la Reina Anna* va espetegar i gemegar i es va inclinar endavant, com si baixés per un tobogan.

Vaig renegar, però vaig ordenar al mar que ens impulsés més fort, tot i que els pals de l'embarcació ja s'enfonsaven. En Grover no sabia nedar. I l'Annabeth no estava en condicions de provar-ho.

—Submergeix-te! —vaig urgir a en Tyson.

Una altra roca va xiular per damunt nostre, quan ens enfonsàvem sota l'aigua.

Els meus amics s'enfonsaven de pressa, mentre es debatien per nedar, sense aconseguir-ho, enmig del deixant de bombolles del naufragi del veler.

Poca gent sap que un vaixell, quan s'enfonsa, actua com un embornal i xucla tot el que hi ha al voltant. La Clarisse era una nedadora forta, però ni tan sols ella no era capaç d'avançar. En Grover picava amb les peülles desesperat. L'Annabeth s'agafava al Velló, que refulgia a l'aigua com una onada de monedes de coure noves de trinca.

Em vaig submergir cap al naufragi, conscient que potser no tindria prou forces per treure'ls d'allà. Pitjor encara: hi havia fustes trencades girant en el remolí. Tot el meu poder respecte de l'aigua no em serviria de res si una biga em picava al cap.

«Necessitem ajuda», em vaig dir.

«Sí», va corroborar la veu d'en Tyson, forta i clara dins el meu cap.

El vaig mirar, atònit. Havia sentit anteriorment nereides i altres esperits aquàtics parlant amb mi sota l'aigua, però allò no se m'havia ocorregut mai... En Tyson era fill de Posidó. Ens podíem comunicar sense cap dificultat.

«Arc Iris», va dir en Tyson.

Vaig assentir, vaig tancar els ulls i em vaig concentrar per sumar la meva veu a la seva:

«Arc iris! Et necessitem!»

Immediatament, tres formes van mirallejar en la foscor de la profunditat, galopant cap amunt més de pressa que un dofí. L'Arc Iris i els seus amics van donar una ullada en la nostra direcció com si ens llegissin el pensament. Es van endinsar a la zona del naufragi i, al cap d'un moment, es van impulsar amunt amb força enmig d'un núvol de bombolles, de manera que en Grover, l'Annabeth i la Clarisse van acabar aferrats al coll dels hipocamps.

L'Arc Iris, que era el més gran, portava la Clarisse. Va venir ràpidament cap a nosaltres i va permetre que en Tyson se li agafés a la crinera. El seu amic, el que muntava l'Annabeth, va fer el mateix per mi.

Vam irrompre a la superfície de l'aigua i ens vam allunyar a tota marxa de l'illa de Polifem. Darrere nostre, podia sentir el ciclop rugint en to triomfal:

—Ho he aconseguit! Finalment he enfonsat Ningú!

Confiava que no arribés a descobrir que s'equivocava.

Lliscàvem sobre el mar mentre l'illa s'encongia fins a ser només un punt i finalment desaparèixer.

—Fet —va murmurar l'Annabeth, exhausta—. Hem...

Es va deixar anar sobre el coll de l'hipocamp i es va adormir a l'instant.

No sabia fins on ens podrien dur els hipocamps. Tampoc no sabia on anàvem. Em vaig limitar a col·locar bé l'Annabeth perquè no caigués, la vaig cobrir amb el Velló d'Or que tant ens havia costat aconseguir i vaig murmurar en silenci una oració de gràcies.

Això em va recordar que... encara tenia un deute amb els déus.

—Ets un geni —vaig dir a l'Annabeth suaument.

Després vaig posar el cap sobre el Velló i, abans d'adonar-me'n, també dormia.

17

Ens espera una sorpresa a Miami Beach

—Desperta't, Percy.

Em va caure una esquitxotada d'aigua marina a la cara. L'Annabeth em sacsejava l'espatlla.

A la llunyania, el sol es ponia darrere la silueta d'una ciutat: una autovia a peu de platja amb palmeres, aparadors comercials amb neons vermells i blaus encesos i un port ple de velers i creuers.

—Miami, em sembla —va dir l'Annabeth—. Però els hipocamps es comporten d'una manera estranya.

Efectivament: els nostres amics peixos havien alentit la marxa i renillaven, nedant en cercles i ensumant l'aigua. No semblaven gens contents. Un va esternudar. Vaig endevinar què pensaven.

—No ens poden portar més enllà —vaig apuntar—. Massa humans. Massa contaminació. Haurem de nedar fins a la costa.

Allò no ens feia el pes a cap de nosaltres, però vam donar les gràcies a l'Arc Iris i els seus amics pel trajecte. En Tyson va plorar una mica. Va deslligar l'alforja improvisada que s'havia fet, on havia guardat les eines i un parell de coses rescatades del naufragi del *Birmingham*. Es va abraçar al coll de l'Arc Iris, li va donar un mango xop que havia agafat a l'illa i li va dir adéu.

Quan les crineres dels hipocamps van desaparèixer dins el mar, vam nedar cap a la costa. Les onades ens empenyien endavant, i al cap d'un moment vam tornar a ser al món dels mortals. Vam vagarejar pels molls dels creuers, obrint-nos pas enmig de la gentada que arribava de vacances. Els mossos anaven i venien amb carretons d'equipatge. Els taxistes s'escridassaven entre ells en espanyol, intentant saltar-se la cua per aconseguir clients. Si algú es va fixar en nosaltres, cinc marrecs xops regalimant que feien pinta d'acabar de lluitar contra un monstre, no ho va demostrar.

Ara que tornàvem a ser entre mortals, l'ull desaparellat d'en Tyson quedava dissimulat gràcies a la Boira. En Grover s'havia posat la gorra i les vambes. Fins i tot el Velló s'havia transformat i, en comptes d'una pell de xai, ara era una jaqueta escolar vermella i daurada amb una gran omega brillant sobre la butxaca.

L'Annabeth va anar corrent cap a la màquina expenedora de diaris més propera i va comprovar la data al *Miami Herald*. Va deixar anar un renec.

—Divuit de juny! Ja fa deu dies que vam marxar del campament!

—No pot ser! —va exclamar la Clarisse.

Però jo sabia que sí. El temps funciona d'una altra manera a l'espai dels monstres.

—L'arbre de la Thalia ja deu ser gairebé mort —va grinyolar en Grover—. Hem de portar-hi el Velló aquesta mateixa nit!

La Clarisse es va deixar caure sobre el paviment.

—I com se suposa que ho farem? —li tremolava la veu—. Som a centenars de quilòmetres de distància. Sense diners. Sense cap mitjà de transport. És exactament com va dir l'Oracle. És culpa teva, Jackson! Si no hi haguessis interferit...

—Culpa d'en Percy? —va explotar l'Annabeth—. Com pots dir això, Clarisse? Ets la...

—Prou! —la vaig tallar.

La Clarisse es va posar el cap entre les mans. L'Annabeth, frustrada, va picar de peus a terra.

El cas era que gairebé havíem oblidat que, en teoria, aquella missió era de la Clarisse. Durant un moment esgarrifós, em vaig mirar la situació des del seu punt de vista. Com em sentiria jo si una colla d'herois haguessin irromput en la meva aventura i m'haguessin fet quedar com un inepte?

Vaig recordar el que havia sentit d'estranquis a la sala de calderes del *C. S. S. Birmingham*: Ares escridassava Clarisse i l'advertia que no fracassés. A Ares li importava un rave el campament, però si la Clarisse el feia quedar malament...

—Clarisse —li vaig dir—, què et va dir exactament l'Oracle?

Ella va mirar enlaire. Em pensava que m'engegaria a pastar fang, però va inspirar profundament i va recitar la profecia:

> Guiaràs la nau de ferro amb esquelets per guerrers,
> trobaràs allò que busques i ho faràs teu amb l'espasa,
> però perdràs l'esperança, enterrada als roquissers,
> i, fracassant sense amigues, volaràs ben sola a casa.

—Uix —va balbucejar en Grover.

—No —vaig replicar—. No... espera un moment. Ja ho tinc.

Em vaig escorcollar les butxaques buscant-hi diners, però només hi vaig trobar una dracma d'or.

—Algú té pasta?

L'Annabeth i en Grover van dir que no amb un gest de cap vague. La Clarisse va treure un dòlar confederat xop de la butxaca i va sospirar.

—Pasta? —va preguntar en Tyson dubitativament—. Com... papers verds?

El vaig mirar fixament.

—Sí.

—Com els de les bosses de viatge?

—Sí, però aquelles bosses les vam perdre ja fa di... i... i...

Vaig quedar encallat mentre en Tyson remenava dins la seva alforja i en treia una bossa de plàstic plena de bitllets: Hermes l'havia inclòs en les provisions que ens havia donat la nit que vam emprendre el viatge.

—Tyson! —vaig exclamar—. Com vas...?

—Vaig pensar que era una bossa de menjar per a l'Arc Iris —va aclarir—. La vaig trobar flotant al mar, però només hi havia papers. Ho sento.

Em va donar els diners. Bitllets de cinc i de deu... almenys quatre-cents dòlars.

Em vaig afanyar cap a la vorera i vaig pescar un taxi del qual acabava de baixar una família de creueristes.

—Clarisse —vaig exclamar—, de pressa. Has d'anar a l'aeroport. Annabeth, dóna-li el Velló.

No sé quina de les dues semblava més esbalaïda quan vaig agafar la jaqueta del Velló de l'Annabeth, vaig ficar els diners a la butxaca i vaig posar-la als braços de la Clarisse.

Ella va dir:

—Em deixareu...

—És la teva missió —vaig remarcar—. Només tenim diners per a un bitllet d'avió. D'altra banda, jo no puc viatjar per l'aire. Zeus em faria explotar en un milió de trossos. És això el que significava la profecia: sense amigues fracassaràs, en el sentit que necessitaries la nostra ajuda, però hauràs d'anar a casa volant tota sola. Has de tornar el Velló sense perill.

Vaig poder veure com li canviava el pensament: d'entrada, les sospites, mentre es preguntava quina trampa li volia parar jo, però al final el convenciment que havia estat sincer.

Va saltar dins el taxi.

—Pots comptar amb mi. No us fallaré.

—Esperem que no.

El taxi va sortir disparat enmig d'un núvol de fum del tub d'escapament. El Velló ja estava de camí.

—Percy —va intervenir l'Annabeth—, això ha estat tan...

—Generós? —va proposar en Grover.

—Demencial —el va corregir l'Annabeth—. ¿T'has jugat la vida de tot el campament que la Clarisse serà capaç de portar-hi el Velló aquesta nit, sencer i en bones condicions?

—És la seva missió. Es mereix una oportunitat.

—Percy és bo —va dir en Tyson.

—En Percy és massa bo —va grunyir l'Annabeth, però jo no podia deixar de pensar que potser, només potser, l'havia impressionat una mica. O almenys sorprès, que no era pas fàcil.

—Va —vaig dir als amics—, hem de buscar una altra manera de tornar a casa.

Va ser aleshores quan em vaig girar i em vaig trobar la punta d'una espasa a tocar del coll.

—Hola, cosinet —em va dir en Luke—. Benvingut de nou als Estats Units.

Els seus esbirros meitat ós meitat humà van aparèixer a banda i banda d'on érem nosaltres. Un va agafar l'Annabeth i en Grover pel clatell. L'altre va intentar aferrar en Tyson, però d'una trompada ell el va enviar sobre una pila de maletes i es va girar rugint de cara a en Luke.

—Percy —va dir en Luke amb calma—, digues al teu gegant que es tranquil·litzi si no vols que l'Oreios esclafi el cap dels teus amics l'un contra l'altre.

L'Oreios va somriure i va aixecar l'Annabeth i en Grover de terra, que espernegaven i xisclaven.

—Què vols, Luke? —vaig grunyir.

Ell va somriure i la cicatriu que tenia a la cara va fer la impressió que vibrava. Va fer un gest assenyalant l'extrem del moll, i em vaig adonar del que resultava obvi: el vaixell més gran del port era el *Princesa Andròmeda*.

—Ara, Percy —va respondre—, et vull tornar a oferir la meva hospitalitat, per descomptat.

Els óssos bessons ens van fer pujar a bord del *Princesa Andròmeda*. Ens van tirar sobre la coberta de popa, davant d'una piscina amb fonts lluents que escopien aigua enlaire. S'havien reunit una dotzena de soldats rasos variats (persones serp, lestrígons i semidéus amb armadura de batalla) per contemplar com ens oferien una mica «d'hospitalitat».

—I ara... parlem del Velló —va xiuxiuejar en Luke—. On és?

Ens va mirar amb intenció, mentre m'escorcollava la camisa amb la punta de l'espasa i feia el mateix amb els texans d'en Grover.

—Ei! —va exclamar el sàtir—. Hi ha pell de cabra autèntica aquí sota!

—Perdona, vell amic —va replicar en Luke, somrient—. Només m'has de donar el Velló i et deixaré tornar a... hem, la teva petita missió per la natura.

—Beeeee! —va protestar en Grover—. Quina porqueria de vell amic!

—Potser no m'heu sentit. —En Luke parlava amb un to de veu tan serè que feia por—. On-és-el-Ve-lló?

—Aquí no —vaig respondre. Probablement no li hauria d'haver dit res, però em venia de gust escopir-li la veritat a la cara—. L'hem enviat amb l'avantguarda. L'has espifiat.

En Luke va empetitir els ulls.

—Menteixes. No pot ser que... —Es va posar vermell com un tomàquet, mentre se li acudia una possibilitat horrorosa—. La Clarisse?

Vaig assentir.

—Li has confiat... li has donat...?

—Sí.

—Agrius!

L'ós gegant es va estremir.

—Ss... sí?

—Vés a baix i prepara'm la muntura. Porta-me-la a coberta. He d'anar volant a l'aeroport de Miami!

—Però amo...

—Fes-ho! —va xisclar en Luke—. O seràs el sopar del drakon!

L'home ós va empassar saliva i va baixar les escales pesadament. En Luke es passejava per davant de la piscina, renegant en grec antic, i agafava el pom de l'espasa tan fort que tenia els artells blancs.

La resta de la tripulació d'en Luke semblava incòmoda. Potser perquè no havien vist mai el seu amo tan alterat.

Vaig posar-me a pensar... Si pogués aprofitar la ràbia d'en Luke, aconseguir que expliqués davant de tothom els seus plans demencials...

Vaig mirar la piscina: les fonts expulsaven una boirina en l'aire, feien un arc iris amb la posta de sol. De sobte se'm va ocórrer una idea.

—Ens has manipulat des del principi —li vaig dir—. Volies que nosaltres et portéssim el Velló per estalviar-te la feina d'aconseguir-lo.

En Luke va arrufar les celles.

—És clar que sí, idiota! I tu ho has espatllat tot!

—Traïdor!

Vaig agafar l'última dracma d'or de la butxaca i l'hi vaig tirar. En Luke, com calia esperar, la va esquivar fàcilment. La moneda va travessar l'esprai d'aigua irisada.

Confiava que la meva oració meresqués una acceptació en silenci. De tot cor, vaig dir: «Oh, deessa, accepta la meva ofrena.»

—Ens vas enganyar a tots! —vaig dir a en Luke, cridant—. Fins i tot a Dionís al Campament Mestís!

Darrere en Luke, la font va començar a mirallejar, però jo havia d'acaparar l'atenció de tothom, i per això vaig destapar la Contracorrent.

En Luke es va limitar a expressar el seu menyspreu amb un somriure.

—No és hora de fer-se l'heroi, Percy. Deixa caure aquesta espasa patètica teva o t'hauré de matar abans del que em pensava.

—Qui va enverinar l'arbre de la Thalia, Luke?

—Jo, evidentment —se'n va burlar—. Ja t'ho vaig explicar, això, en el seu dia. Vaig fer servir el verí d'una pitó anciana, importat directament de les profunditats del Tàrtar.

—I en Quiró no hi va tenir res a veure?

—Ha! Ja saps que ell no faria mai una cosa així. No tindria pebrots, aquell vell xaruc.

—Pebrots, dius? Trair els teus amics? Posar en perill tot el campament?

En Luke va alçar l'espasa.

—No entens absolutament res. Hauria deixat que t'emportessis el Velló... quan jo ja no el necessités.

Això em va fer dubtar. Per què m'havia de deixar emportar el Velló? Devia mentir. Però no em podia arriscar a perdre la seva atenció.

—Volies curar Cronos —vaig apuntar.

—Sí! La màgia del Velló hauria accelerat el procés de reconstrucció per deu. Però no ens heu aturat pas, Percy. Només ens heu alentit una mica.

—I per això vas enverinar l'arbre, vas trair la Thalia i ens vas parar una trampa... tot plegat per ajudar Cronos a destruir els déus.

En Luke va xerricar les dents.

—Ja ho saps, això! Per què m'ho preguntes tantes vegades?

—Perquè vull que ho senti tota l'audiència.

—Quina audiència?

Llavors va empetitir els ulls. Va mirar darrere seu i els soldats el van imitar. Van badar la boca i van tentinejar enrere.

Sobre la piscina, mirallejant en l'arc iris que permetia enviar el missatge, hi havia una visió de Dionís, d'en Tàntal i de la resta del campament al pavelló menjador. Tothom seia enmig d'un silenci estupefacte, observant-nos atentament.

—Molt bé —va dir Dionís en to sec—, una mica d'entreteniment no previst per a l'hora de sopar.

—Ja l'ha sentit, senyor D —vaig remarcar—. Tots heu sentit en Luke. L'enverinament de l'arbre no va ser culpa d'en Quiró.

El senyor D va sospirar.

—Suposo que no.

—Aquest missatge Iris podria ser un truc —va suggerir en Tàntal, però estava més pendent d'una hamburguesa, que intentava acorralar amb totes dues mans.

—Temo que no —va replicar el senyor D, que va dedicar una mirada de disgust a en Tàntal—. Pel que sembla, hauré de readmetre en Quiró com a director d'activitats. Potser sí que enyoro les partides de pinacle amb aquell vell cavall.

En Tàntal va engrapar l'hamburguesa. No se li va escapar. La va aixecar del plat i la va mirar amb aire incrèdul, com si fos el diamant més gran del món.

—Ja és meva! —va cloquejar.

—Ja no necessitarem els teus serveis, Tàntal —va anunciar el senyor D.

En Tàntal semblava esbalaït.

—Què? Però...

—Te'n pots tornar a l'Inframón. Estàs acomiadat.

—No! Però... Noooooooooo!

En Tàntal es va dissoldre en boira mentre aferrava l'hamburguesa amb els dits intentant endur-se-la a la boca, i va desaparèixer. L'hamburguesa va tornar a caure al plat i els residents del campament van esclatar en visques i aplaudiments.

En Luke va bramar de ràbia. Va partir la font amb l'espasa i el missatge Iris es va fondre, però la feina ja estava feta.

Em sentia francament satisfet de mi mateix fins que en Luke es va girar i em va dedicar una mirada assassina.

—Cronos tenia raó, Percy. No es pot confiar en un guerrer com tu. T'hem de reemplaçar.

No sabia a què es referia, però no vaig tenir temps de rumiar-ho. Un dels seus homes va fer sonar un xiulet de llautó i les portelles de coberta es van obrir ràpidament. D'allà van emergir una dotzena de guerrers més, formant un cercle al voltant nostre; les puntes de llautó de les seves llances resplendien.

En Luke em va mirar somrient.

—No sortiràs viu d'aquest vaixell.

18

La invasió dels ponis de fira

—Un contra un —vaig desafiar en Luke—. De què tens por?

En Luke va arronsar un llavi. Els soldats que estaven a punt de matar-nos dubtaven, mentre esperaven l'ordre.

Abans que em pogués contestar, l'home ós Agrius va irrompre a coberta tibant una muntura voladora: era el primer pegàs absolutament negre que havia vist mai, amb unes ales com les d'un corb gegant. Aquella euga pegàs s'encabritava i renillava. Vaig entendre què pensava. Insultava l'Agrius i en Luke amb adjectius tan lletjos que en Quiró li hauria rentat el morro amb sabó d'adobador.

—Senyor! —va exclamar l'Agrius, esquivant un casc de l'euga pegàs—. La seva muntura està a punt!

En Luke tenia els ulls fixos damunt meu.

—Ja t'ho vaig dir l'estiu passat, Percy —va respondre—. No em pots enganyar amb l'esquer d'un combat.

—Que tu continues evitant —vaig remarcar—. Tens por que els teus guerrers vegin com t'apallisso?

En Luke va mirar els seus homes i va comprendre que l'havia atrapat. Si ara es feia enrere, semblaria una debilitat. Si lluitava contra mi, perdria un temps molt valuós a l'hora de perseguir la Clarisse. Per part meva, la millor opció era distreure'l i donar temps als meus amics per fugir. L'Annabeth era intel·ligent. Si algú podia forjar un pla, segur que ella ho aconseguiria. Però pel costat negatiu, em constava que en Luke era un campió lluitant amb l'espasa.

—Et mataré de pressa —va decidir, alçant l'arma.

La Backbiter era un pam i mig més llarga que la meva espasa. La seva fulla resplendia amb una llum grisa i daurada maligna, en la qual l'acer dels homes s'havia soldat al bronze celestial. Gairebé podia percebre la lluita de la fulla contra si mateixa, com dos imants oposats lligats junts. No sabia com havien fabricat aquella fulla, però hi intuïa una tragèdia. Algú havia mort en el procés, segur. En Luke va xiular i acte seguit un dels seus homes li va tirar un escut rodó de cuir i bronze.

En Luke em va dedicar una ganyota malvada.

—Luke —li va dir l'Annabeth—. Dóna-li un escut, almenys.

—Ho sento, Annabeth —va replicar—. A aquesta festa, cadascú es porta la indumentària.

L'escut era un problema. Lluitar amb totes dues mans amb una sola espasa et dóna més força, però lluitar amb un mà i un escut et garanteix més defensa i més versatilitat. Hi ha més maniobres, més opcions... més maneres de matar. I en Luke s'havia entrenat molts més anys que jo.

Vaig recordar en Quiró, que m'havia dit i repetit que passés el que passés em quedés al campament i aprengués a combatre. Ara pagaria el preu de no haver-li fet cas.

En Luke em va escometre i de poc no em mata al primer intent. La seva espasa em va passar per sota el braç, i em va esquinçar la camisa i esgarrinxar les costelles.

Vaig saltar enrere i vaig contraatacar amb la Contracorrent, però en Luke va desviar la fulla amb un cop d'escut.

—Estàs rovellat, Percy —em va renyar—. Fa molt que no practiques.

Va carregar altra vegada amb una estocada al cap. La vaig parar i vaig respondre-hi amb una envestida. Es va apartar fàcilment.

El tall a les costelles em feia coïssor. El cor se'm desbocava. Quan en Luke em va tornar a atacar, vaig saltar enrere dins la piscina i vaig notar que em creixia la força. Em vaig girar sota l'aigua, creant un núvol en forma de xemeneia, i el vaig expulsar enfora des de l'extrem més fondo, de dret a la cara d'en Luke.

La potència de l'aigua el va tombar, escopint, encegat, però abans que jo pogués etzibar-li un cop va rodolar lateralment i es va tornar a aixecar.

Vaig atacar i li vaig tallar un tros d'escut, però ell no es va ni immutar. Es va ajupir de cop i em va envestir contra les cames. Tot d'una, la cuixa em cremava... un dolor tan viu que vaig caure. Tenia els texans estripats per sobre el genoll. Estava ferit. No sabia si era greu o no. En Luke va llançar una vergassada de dalt a baix i jo vaig rodolar cap a darrere d'una gandula. Vaig intentar posar-me dret, però la cama ferida no m'aguantava el pes.

—Perrrrrcy! —va belar en Grover.

Vaig tornar a rodolar quan l'espasa d'en Luke esberlava la gandula per la meitat, les peces metàl·liques i tot.

Em vaig arrossegar cap a la piscina clavant les ungles a terra, debatent-me per no desmaiar-me. No ho aconseguiria. I en Luke també ho sabia. Va avançar lentament, somrient. El tall de la seva espasa estava tenyit de vermell.

—Abans de morir, vull que vegis una cosa, Percy —va ullar l'home ós Oreius, que encara tenia l'Annabeth i en Grover agafats pel coll—. Ara et pots menjar el sopar, Oreius. Que vagi de gust.

—He, he! He, he!

L'home ós va aixecar els meus amics i va ensenyar les dents nues.

Va ser aleshores quan es va desfermar l'Hades en pes.

Txac!

Una fletxa amb plomes vermelles sortia de la boca de l'Oreius, que es va ensorrar damunt la coberta amb una expressió de sorpresa a la cara peluda.

—Germà! —va udolar l'Agrius afluixant les regnes del pegàs negre prou temps perquè l'animal li donés una guitza al cap i fugís volant cap a la badia de Miami.

Durant una fracció de segon, els guàrdies d'en Luke van quedar massa atònits per fer altra cosa que contemplar els cossos dels óssos bessons dissolent-se en fum.

Llavors va esclatar un cor de crits de guerra i de cascos retrunyint contra metall. Una dotzena de centaures van sortir envestint per l'escala principal.

—Ponis! —va exclamar en Tyson, encisat.

Jo tenia problemes per processar mentalment tot el que veia. En Quiró era entre la multitud, però els seus parents no s'hi assemblaven gaire. Hi havia centaures amb el cos de sementals àrabs negres, d'altres amb el pelatge daurat dels palominos, i encara d'altres amb taques taronges i blanques com les de la raça de cavalls americans tacats. Alguns duien samarretes de colors llampants amb lletres fluorescents que deien PONIS DE FIRA, Atraccions de Florida del Sud. Alguns anaven armats amb arcs, d'altres amb bats de beisbol i d'altres amb pistoles de *paintball*. Un tenia la cara pintada com un guerrer comanxe i gronxava una mà grandiosa de porexpan en forma de número 1 enorme. Un altre anava amb el pit nu i pintat completament de verd. El tercer duia unes ulleres de les quals es gronxaven, amb molles, dos globus oculars de joguina, i també una d'aquelles gorres de beisbol amb aplics per posar-hi una llauna de refresc.

Els centaures van irrompre a coberta amb tanta ferocitat i acoloriment que, durant un moment, fins i tot en Luke va quedar esbalaït. Jo no sabia si havien vingut de celebració o en peu de guerra.

Aparentment, venien per totes dues coses. Quan en Luke va alçar l'espasa per reagrupar les seves tropes, un centaure va disparar una fletxa de roba amb un guant de boxa de cuir a l'extrem, que va picar a la cara d'en Luke i el va fa caure a la piscina a rodolons.

Els seus guerrers es van apartar a la desbandada. Ningú els ho podia retreure. Enfrontar-se als cascos d'un semental encabritat ja és prou esfereïdor, però quan es tracta d'un centaure, armat amb un arc i celebrant-ho a crits amb un barret en forma de llauna de refresc, fins i tot el guerrer més brau es batria en retirada.

—Veniu a buscar-ne! —va cridar un dels ponis de fira.

Alguns dels centaures van disparar les pistoles carregades de pintura. Una onada de blau i groc va explotar contra els guerrers d'en Luke i els va deixar cecs i tacats de cap a peus. Van intentar escapar-se corrent, però només van aconseguir relliscar i caure.

En Quiró va galopar en direcció a l'Annabeth i en Grover, els va recollir suaument de la coberta i se'ls va carregar a l'esquena.

Vaig provar d'aixecar-me, però la cama ferida encara em cremava.

En Luke sortia de la piscina arrossegant-se.

—Ataqueu, idiotes! —va ordenar a les seves tropes.

Sota coberta, en un lloc imprecís, va ressonar una gran campana d'alarma.

Sabia que els reforços d'en Luke ens escombrarien al cap de poc. Els seus guerrers ja començaven a sobreposar-se de l'ensurt, i es dirigien cap als centaures amb les espases i les llances a punt.

En Tyson en va apartar mitja dotzena d'una manotada i els va fer caure a la badia per sobre de la barana.

Un centaure en va colpejar un altre al cap amb el bat de beisbol i el va enviar enrere a rodolons, estabornit. Però per les escales pujaven més guerrers.

—Retirada, germans! —va cridar en Quiró.

—No te'n sortiràs, home cavall! —va bramar en Luke amb totes les seves forces. Va alçar l'espasa, però va rebre l'impacte d'una altra fletxa amb guant de boxa incorporat i va quedar assegut sobre una gandula.

Un centaure palomino em va pujar a la seva esquena.

—Agafa el teu amic gegant, noi!

—Tyson! —vaig xisclar—. Anem!

En Tyson va deixar caure els dos guerrers amb els quals estava a punt de fer un nus i va venir fent un esprint. Va saltar a l'esquena del centaure.

—Tio! —va grunyir el centaure, a punt d'enfonsar-se sota el seu pes—. Les paraules «dieta baixa en hidrats de carboni» no et diuen res, a tu?

Els soldats d'en Luke s'organitzaven en una falange, però, quan van estar llestos per avançar, els centaures ja havien galopat fins al límit de la coberta i havien saltat sense por per sobre de la barana, com si fos una tanca i no estigués a trenta metres d'altura. Hauria jurat que moriríem tots. Vam caure a plom cap al moll, però els centaures van picar sobre l'asfalt amb un retruc tènue i van sortir galopant cap als carrers del centre de Miami, entre visques i burles dedicades al *Princesa Andròmeda*.

No tinc ni idea de què pensaven els habitants de Miami quan ens veien passar al galop. Els vianants s'apartaven del mig. Els motoristes ens miraven enfadats quan travessàvem les cruïlles rabents, però ningú semblava especialment sorprès. Potser s'imaginaven una colla d'adolescents que havien llogat cavalls per muntar a la platja i havien fet una petita marrada. Vam creuar un parc on uns avis jugaven al dòmino. Un ens va dir cridant:

—No correu tant, gambirots!

Nosaltres vam seguir endavant al galop.

Els carrers i les cases es van començar a difuminar a mesura que els centaures augmentaven la velocitat. Tenia la sensació que l'espai s'havia condensat, com si els centaures recorreguessin quilòmetres amb cada camallada. Al cap de res, vam deixar la ciutat enrere. Vam galopar a través de camps pantanosos amb herbes altes, basses i arbres atrofiats.

Finalment vam anar a parar a un pàrquing de tràilers a la vora d'un llac. Tots els remolcs eren per a cavalls, i estaven equipats amb televisors, petites neveres i xarxes contra els mosquits. Érem en un campament de centaures.

—Tio! —va exclamar un poni mentre descarregava els trastos—. Heu vist aquell paio que era com un ós? Semblava que cridés: «Uau, tinc una fletxa dins la boca!»

El centaure de les ulleres amb ulls de joguina va esclafir a riure.

—Ha estat impressionant! Quin cop de cap!

Els dos centaures van envestir l'un contra l'altre amb una gran embranzida i van xocar de cap; després tots dos van tentinejar enrere rient com ximples.

En Quiró va esbufegar. Va deixar l'Annabeth i en Grover sobre una manta de pícnic, al meu costat.

—M'agradaria molt que els meus cosins no piquessin de cap així. No els sobra ni una sola neurona.

—Quiró —vaig dir, encara atònit de veure'l allà—, ens has salvat.

Em va dedicar un somriure sec.

—Home, no us podia pas deixar morir, després que hagueu netejat el meu nom.

—Però com ho has sabut, que érem aquí? —li va preguntar l'Annabeth.

—Planificació prèvia, estimada. Vaig suposar que, si aconseguíeu sortir vius del mar dels Monstres, aniríeu a petar a prop de Miami. Gairebé totes les coses estranyes van a parar a Miami.

—Ah, gràcies —va grunyir en Grover.

—No, no —va protestar en Quiró—. No volia pas dir... bah, és igual. M'alegro de veure't, jove sàtir. El cas és que he pogut interceptar el missatge Iris i he localitzat el senyal. Iris i jo fa segles que som amics. Li havia demanat que m'alertés de totes les comunicacions importants que es produïssin en aquesta zona. I no m'ha costat gens convèncer els meus cosins de venir-vos a ajudar. Com heu pogut comprovar, els centaures podem viatjar força de pressa quan volem. Per a nosaltres, les distàncies no són igual que per als humans.

Vaig donar una ullada al foc de camp, on tres ponis ensenyaven en Tyson a disparar una pistola de *paintball*. Confiava que sabessin el que feien.

—I ara què? —vaig preguntar a en Quiró—. Permetrem que en Luke salpi i marxi? Té Cronos a bord d'aquell vaixell... o almenys alguns trossos d'ell.

En Quiró es va agenollar, doblegant les potes del davant amb tota cura. Va obrir la bosseta de medecines que duia al cinturó i es va posar a curar-me les ferides.

—Temo, Percy, que avui, anant bé, hem fet taules. No érem suficients per apoderar-nos del vaixell. I en Luke no estava prou organitzat per perseguir-nos. No ha guanyat ningú.

—Però nosaltres tenim el Velló! —va exclamar l'Annabeth—. La Clarisse ja el porta al campament.

En Quiró va assentir, però se'l veia incòmode.

—Sou tots uns autèntics herois. I així que haguem reparat en Percy, heu de tornar al Turó Mestís. Els centaures us hi portaran.

—Tu també véns? —li vaig demanar.

—Sí, Percy. Quin alleujament tornar a casa. Els meus congèneres d'aquí no aprecien la música de Dean

Martin. D'altra banda, li he de dir quatre coses al senyor D. Hem de planificar la resta de l'estiu. Falta molt entrenament. I vull veure... el Velló em pica la curiositat.

No acabava d'entendre a què es referia, però em preocupava el que havia dit en Luke: «T'hauria deixat emportar el Velló... quan jo ja no el necessités.»

Només era una mentida? Havia après que, quan es tractava de Cronos, normalment hi havia un pla dins un altre pla. Al senyor dels titans no li deien el Trampós perquè sí. Aconseguia que la gent fes el que ell volia sense que s'adonés de les seves autèntiques intencions.

Vora el foc del campament, en Tyson es deixava anar amb la pistola de *paintball*. Un projectil es va estavellar contra un centaure i el va fer recular fins a dins del llac. El centaure en va sortir rient, empastifat de fang de la maresma i de pintura blava, i va saludar en Tyson alçant els dos polzes.

—Annabeth —va reprendre en Quiró—, potser tu i en Grover podríeu vigilar en Tyson i els meus cosins abans que... hem... abans que aprenguin massa costums perillosos?

L'Annabeth el va mirar als ulls i van intercanviar un missatge d'alguna mena.

—Esclar, Quiró —va contestar ella—. Anem, banyut.

—Però a mi no m'agrada jugar a *paintball*.

—Sí que t'agrada.

Va tibar en Grover perquè s'aixequés sobre les peülles i el va precedir cap a la foguera.

En Quiró va acabar d'embenar-me la cama.

—Percy, he tingut una conversa amb l'Annabeth tot venint. Hem parlat de la profecia.

«Ui, ui», vaig pensar.

—No va ser cosa seva —vaig afirmar—. La vaig obligar a dir-m'ho.

Em va disparar una mirada d'irritació. Jo estava segur que m'esbroncaria, però llavors la seva expressió va canviar per una de cansament.

—Suposo que no podia confiar a mantenir el secret per sempre.

—Així, doncs, sóc jo el de la profecia?

En Quiró va ficar les benes dins la bossa.

—Tant de bo ho sabés, Percy. Encara no tens setze anys. De moment només podem entrenar-te tan bé com sapiguem... i deixar el futur en mans de les Parques.

Les Parques. Feia molt que no pensava en aquelles ancianes, però en el mateix moment en què en Quiró les va esmentar, alguna cosa em va fer clic.

—Era aquest, el significat d'allò —vaig afirmar.

En Quiró va arrufar les celles.

—Què era allò que significava no sé què?

—L'estiu passat. El presagi de les Parques, quan les vaig veure tallant la corda vital d'algú. En aquell moment vaig pensar que significava que em moriria llavors mateix, però encara és pitjor. Té alguna relació amb la teva profecia. La defunció que van profetitzar... s'esdevindrà quan jo tingui setze anys.

En Quiró movia la cua sobre l'herba, nerviós.

—No en pots estar segur, noi. Ni tan sols sabem si la profecia es refereix a tu.

—Però no hi ha cap més descendent mestís dels Tres Grans!

—Això ja ho sabem.

—I Cronos s'aixeca. Destruirà el mont Olimp!

—Ho intentarà —va corroborar en Quiró—. Juntament amb la civilització occidental, si no l'aturem. Però l'aturarem segur. No et trobaràs sol en aquest combat.

Ja sabia que mirava d'animar-me, però vaig recordar el que m'havia explicat l'Annabeth. Al final, tot dependria d'un heroi. Una decisió que salvaria o destruiria el món occidental. I estava segur que les Parques m'havien enviat una mena d'avís a l'entorn d'aquesta qüestió. Estava a punt de passar una cosa terrible... si no a mi, a algú molt proper a mi.

—Només sóc un marrec, Quiró —vaig remarcar, deprimit—. Què pot fer un pobre heroi contra una criatura com Cronos?

En Quiró va aconseguir somriure.

—«Què pot fer un pobre heroi...?» En Joshua Lawrence Chamberlain em va dir una frase semblant una vegada, just abans de canviar el curs de la vostra guerra civil tot sol.

En Quiró va agafar una fletxa del buirac i en va girar la punta de manera que brillés amb les flames.

—Bronze celestial, Percy. Una arma immortal. Què passaria si disparés aquesta fletxa contra un humà?

—Res —vaig respondre—. El travessaria sense ferli res.

—Exacte —va remarcar—. Els humans no existeixen en el mateix pla que els immortals. Les nostres armes ni tan sols els poden ferir. Però tu, Percy, ets meitat déu i meitat humà. Vius als dos mons. Tots dos et poden fer mal i tu pots incidir en tots dos. Això és el que fa que els herois sigueu tan especials. Tu portes les esperances de la humanitat al reialme del que és etern. Els monstres no moren mai. Reneixen a partir del caos i la barbàrie que sempre bull sota la civilització: precisament el substrat que ajuda Cronos a ser més fort. Cal derrotar-los una vegada i una altra, mantenir-los a ratlla. Els herois personifiquen aquest conflicte. Tu lliures les batalles que la humanitat ha de guanyar, una generació rere l'altra, per no perdre el caràcter d'humanitat. Ho entens?

—No... no ho sé.

—T'hi has d'esforçar, Percy. Perquè, tant si ets el protagonista de la profecia com si no, Cronos ho creu possible. I després d'avui, perdrà definitivament l'esperança d'afegir-te al seu bàndol. Aquest és l'únic motiu pel qual encara no t'ha matat, ja ho saps. Quan es convenci que no et pot utilitzar, et destruirà.

—Ara parles com ell.

En Quiró va frunzir els llavis.

—El conec.

Vaig mirar en Quiró fixament. A vegades m'oblidava que era tan vell.

—Per això el senyor D et va culpar a tu quan van enverinar l'arbre? Per això vas dir que hi havia persones que no confiaven en tu?

—Efectivament.

—Però, Quiró... vull dir, com pot ser? Com podien creure que trairies el campament per afavorir Cronos?

En Quiró tenia els ulls d'un marró fosc, ple de mil·lennis de tristesa.

—Percy, recorda l'entrenament. Recorda els estudis de mitologia. Quina és la meva connexió amb el senyor dels titans?

Vaig esforçar-me a pensar, però sempre em feia un embolic amb la mitologia. Fins i tot ara, quan era tan real, tan important per a la meva pròpia vida, em resultava difícil recordar correctament tots els noms i tots els fets. Vaig negar amb el cap.

—Tu, hem, li deus un favor o alguna cosa semblant, a Cronos? Et va perdonar la vida, potser?

—Percy —va dir en Quiró en un to tan suau que semblava impossible—. El tità Cronos és el meu pare.

19

La cursa de carros acaba amb una explosió

Vam arribar a Long Island una hora més tard que la Clarisse, gràcies als poders dels centaures a l'hora de viatjar. Sabia que a en Quiró li havia costat explicar-m'ho. No el volia pressionar amb més preguntes. Vull dir que... jo he conegut una pila de parents molestos, però Cronos, el pervers senyor dels titans que volia destruir la civilització occidental? Segurament, no era la mena de pare que convides al col·legi el dia de final de curs.

Quan vam arribar al campament, els centaures es frisaven per conèixer Dionís. Havien sentit a dir que organitzava festes esbojarrades de debò, però van quedar decebuts. El déu del vi no estava d'humor per celebrar res quan tot el campament es va aplegar al capdamunt del Turó Mestís.

El campament havia travessat dues setmanes molt difícils. La cabana d'arts i oficis estava cremada fins als fonaments arran d'un atac d'un *Draco Aionius* (que jo vaig suposar que era una expressió llatina que significava «llangardaix molt gran de veritat que escup coses dolentes»). Les sales de la Casa Gran eren plenes de ferits, i la cabana d'Apol·lo, on hi havia els sanadors més capaços, feia hores extres oferint primers auxilis. Quan ens vam arremolinar al voltant de l'arbre de la Thalia, tothom semblava amoïnat i exhaust.

Quan la Clarisse va penjar el Velló d'Or a la branca més baixa, s'hauria dit que la resplendor de la lluna augmentava, passant del gris a una mena de plata líquida. Una brisa fresca va lliscar entre les branques i va arrissar l'herba fins al fons de la vall. Tot va adquirir una presència més intensa: la lluïssor de les cuques de llum al bosc, l'olor de les maduixeres i el so de les onades a la platja.

Gradualment, les agulles del pi van començar a passar del marró al verd.

Tothom va esclatar en visques. El procés s'esdevenia lentament, però no n'hi havia dubte: la màgia del Velló es filtrava en l'arbre i li infonia un poder nou que expulsava el verí.

En Quiró va ordenar una guàrdia constant al cim del turó, almenys fins que pogués trobar un monstre adequat per protegir el Velló. Va dir que publicaria un anunci a l'*Olympus Weekly* immediatament.

Mentrestant, els companys de cabana de la Clarisse se la van endur a l'amfiteatre sobre les espatlles, on la van honorar amb una corona de llorer i moltes celebracions al voltant del foc de camp.

A l'Annabeth i a mi ningú ens va mirar dues vegades. Semblava que no haguéssim ni marxat. Suposo que era la millor manera de donar-nos les gràcies, perquè si haguéssim admès que ens havíem escapat del campament, ens haurien hagut d'expulsar. I jo, la veritat, ja no volia cridar més l'atenció. Resultava agradable ser un resident més i prou, per variar.

Al cap d'una estona, aquella mateixa nit, mentre rostíem galetes amb xocolata i núvols i escoltàvem els germans Stoll explicant una història de fantasmes sobre un rei malvat, que va acabar devorat de viu en viu per unes pastes d'esmorzar demoníaques, la Clarisse se'm va acostar per darrere i, a cau d'orella, em va dir:

—Pel simple fet que per una vegada et portessis bé, Jackson, no et pensis que ja has fet les paus amb Ares. Encara espero l'oportunitat idònia per polvoritzar-te.

Li vaig oferir un somriure desganat.

—Què? —va exclamar.

—Res —vaig respondre—. És agradable tornar a ser a casa.

L'endemà al matí, després que els ponis marxessin cap a Florida, en Quiró va fer un anunci sorprenent: les curses de carros es mantindrien tal com estaven programades. Tots suposàvem que ja eren història, ara que en Tàntal havia desaparegut, però semblava la decisió correcta, especialment ara que en Quiró havia tornat i el campament estava fora de perill.

A en Tyson no li feia gaire gràcia tornar a pujar a un carro després de la primera experiència junts, i es va alegrar molt de deixar-me formar equip amb l'Annabeth. Jo seria el conductor. L'Annabeth, la defensora. En Tyson, l'equip de suport al box. Mentre jo treballava amb els cavalls, en Tyson va arreglar el carro de l'Annabeth i va afegir-hi tot un seguit de modificacions especials.

Ens vam passar dos dies entrenant com bojos.

Havíem acordat que, si guanyàvem, repartiríem entre les dues cabanes el premi de quedar lliures de les tasques domèstiques fins a final de mes. Com que a la cabana d'Atena hi havia més residents, hi sortirien guanyant molt, però a mi ja m'estava bé. El premi m'era igual. Només volia guanyar.

La nit abans de la cursa, em vaig quedar als estables fins tard. Mentre parlava amb els cavalls i els raspallava per última vegada, darrere meu algú va dir:

—Uns animals molt macos, els cavalls. Tant de bo hi hagués pensat.

Hi havia un paio de mitjana edat amb uniforme de repartidor de correus recolzat a la porta de l'estable. Era esvelt, tenia els cabells negres arrissats sota un casc de safari blanc, i duia una bossa de correus penjada a l'espatlla. Els carters mortals no venien mai al Campament Mestís, però aquest paio em resultava familiar. Tenia faccions èlfiques i una lluïssor burleta als ulls...

—Hermes? —vaig quequejar.

—Hola, Percy. No em reconeixes sense la roba de fer jòguing?

—Ah... —No sabia si m'havia d'agenollar, o si li havia de comprar segells, o què. Llavors se'm va ocórrer per què devia haver vingut—. Ah, escolti'm, senyor Hermes, pel que fa a en Luke...

El déu va arquejar les celles.

—Sí que el vam veure —vaig admetre—. Però...

—No el vas poder convèncer que recobrés el seny?

—Doncs... més aviat vam intentar matar-nos en un duel a mort.

—Ja ho entenc. Vas provar una aproximació diplomàtica.

—Em sap molt greu. Vull dir que... vostè ens va donar tots aquells regals esplèndids i tot plegat. I sé que volia que en Luke vingués. Però... s'ha tornat dolent. Molt dolent. Diu que té la impressió que l'ha abandonat.

Em pensava que Hermes s'enfadaria. Em pensava que em convertiria en un hàmster o alguna cosa semblant, i no volia més experiències com a rosegador.

Però només va esbufegar:

—A tu no t'ha fet mai la impressió que el teu pare t'ha abandonat, Percy?

Quina pregunta.

I jo li volia dir: només uns quants centenars de vegades cada dia. No havia parlat amb Posidó des de l'estiu anterior. No havia estat mai al seu palau subaquàtic. I a més, hi havia tot el rotllo d'en Tyson... sense cap avís ni explicació. Tot d'una, bum!, tens un germà. Vull dir que... un cas així es mereix una telefonada personal o el que sigui, no?

Com més hi pensava, més m'enrabiava. M'adonava que volia reconeixement per la missió que havia dut a terme, però no pas dels residents del campament. Volia que el meu pare em digués alguna cosa. Que reparés en la meva persona.

Hermes es va posar bé la bossa a l'espatlla.

—Percy, la part més dura de ser un déu és que sovint has d'actuar de manera indirecta, sobretot quan es tracta dels teus fills. Si haguéssim d'intervenir cada vegada que un dels nostres descendents té un problema... Vaja, només aconseguiríem crear més problemes i ressentiments. Però em sembla que, si ho rumiessis una mica, t'adonaries que Posidó sí que ha estat pendent de tu. Ha atès les teves pregàries. Només em queda confiar que un dia en Luke s'adonarà del mateix respecte de mi. Tant si penses que vas tenir èxit com si no, vas recordar a en Luke qui és. Hi vas parlar.

—Vaig intentar matar-lo.

Hermes va arronsar les espatlles.

—Les famílies són complicades. I les famílies immortals són eternament complicades. A vegades, el millor que podem fer és recordar-nos els uns als altres que som parents, per bé i per mal... i procurar que les mutilacions i les morts siguin mínimes.

No sonava pas com la recepta per a la família perfecta. Però una vegada més, mentre reflexionava sobre la missió, vaig comprendre que potser Hermes tenia raó. Posidó ens havia enviat els hipocamps per ajudar-nos. M'havia concedit poders sobre el mar que desconeixia del tot (com ara crear bombolles d'aire sota l'aigua o governar un vaixell mitjançant la màgia). I fins i tot en Tyson... Posidó ens havia reunit amb un propòsit explícit? Quantes vegades m'havia salvat la vida aquest estiu, en Tyson?

Un tros lluny, el corn de mar va sonar, indicant el toc de queda.

—Te n'hauries d'anar al llit —va dir Hermes—. Ja t'he ficat en prou problemes, aquest estiu. De fet, només he vingut per lliurar-te això.

—A mi?

—Sóc el missatger dels déus, Percy. —Va treure un aparell electrònic per signar i me'l va allargar—. Firma aquí, sisplau.

Vaig agafar el bolígraf abans d'adonar-me que hi havia dues serps verdes diminutes entortolligades.

—Ah!

Vaig deixar caure l'aparell.

—Ai! —va exclamar en George.

—Ja està bé, Percy —em va renyar la Martha—. Vols dir que a tu t'agradaria que et deixessin caure al terra d'un estable?

—Ui... ho sento.

Vaig recollir l'aparell.

No m'agradava gaire tocar serps, però vaig tornar a agafar el bolígraf. La Martha i en George es retorçaven sota els meus dits, formant una mena d'agafall per al bolígraf com el que em feia utilitzar a segon el meu professor d'educació especial.

—M'has portat una rata? —em va preguntar en George.

—No —li vaig contestar—. No en vam trobar cap.

—I un conillet d'Índies?

—George! —el va advertir la Martha—. No et riguis del noi!

Vaig signar i vaig tornar l'aparell a Hermes.

Ell, a canvi, em va donar un sobre blau marí. Em tremolaven els dits. Abans d'obrir-lo i tot, ja sabia que era del pare. Notava el seu poder al paper fred color blau marí, com si fins i tot el sobre l'haguessin fabricat plegant una onada de l'oceà.

—Bona sort demà —va dir Hermes—. Tens un tir de cavalls molt ferm, però ja em disculparàs que doni suport a la cabana d'Hermes.

—I no et deprimeixis gaire quan ho llegeixis, estimat —em va remarcar la Martha—. S'interessa per tu de tot cor.

—Què vol dir això? —li vaig preguntar.

—No li facis cas —va intervenir en George—. I la propera vegada, recorda que les serps treballem per les propines.

—Calleu, vosaltres dues —els va etzibar Hermes—. Adéu, Percy... per ara. —Del seu casc blanc, en van sortir dues ales petites. Va començar a brillar, però jo ja coneixia prou els déus per apartar la mirada abans que es revelés en la forma divina autèntica. Va desaparèixer amb un flaix blanc brillant i em vaig quedar sol amb els cavalls.

Vaig mirar fixament el sobre blau que tenia als dits. Havien escrit l'adreça amb una cal·ligrafia forta però elegant que ja havia vist una vegada, en un paquet que Posidó m'havia enviat l'estiu anterior.

PERCY JACKSON
CAMPAMENT MESTÍS
Carretera de la Casa Gran, 3.141
Long Island, Nova York 11954

Una carta del pare. Potser em diria que havia fet una bona tasca apoderant-me del Velló. O m'explicaria el cas d'en Tyson, o es disculparia per no haver-me dit res abans. Tantes coses, hauria volgut que em digués aquella carta.

Però només hi havia una paraula impresa molt grossa al mig de la pàgina.

PREPARA'T

L'endemà al matí, tots anàvem atabalats amb la carrera de carros, tot i que miràvem contínuament el cel amb aprensió com si esperéssim tornar a veure un estol d'aus estimfàlides. No en va venir cap. Era un dia d'estiu preciós amb el cel blau i el sol molt viu. El campament començava a assemblar-se al que havia de ser: els prats eren d'un verd llustrós, les columnes blanques dels edificis grecs resplendien i les dríades jugaven felices al bosc.

I jo em sentia destrossat. M'havia passat la nit despert, cavil·lant sobre l'avís de Posidó.

«Prepara't.»

A veure... es pren la molèstia d'enviar-me una carta i només hi escriu una paraula?

La serp Martha m'havia dit que no em deprimís.

Potser Posidó tenia un bon motiu per ser tan vague. Potser no sabia exactament sobre què m'alertava, però em feia l'efecte que passaria alguna cosa; alguna cosa que em podria desconcertar completament si no estava preparat.

Em resultava difícil, però vaig mirar de centrar-me en la cursa.

Mentre l'Annabeth i jo dúiem el carro d'Atena a la pista, no podia deixar d'admirar la feina que hi havia fet en Tyson. El carro resplendia gràcies als reforços de bronze. Les rodes estaven reequilibrades amb suspensió màgica i, per tant, lliscaríem sobre la pista gairebé sense ni un sotrac. Els arnesos dels cavalls estaven tan ben compensats que només calia tibar lleument les regnes perquè el tir girés.

En Tyson també ens havia fabricat dues javelines, amb tres botons al pal. El primer encebava la javelina de manera que explotés en impactar, tot alliberant un filferro tallant que s'entortolligaria i esqueixaria les rodes dels oponents. El segon botó feia emergir una punta de llança de bronze, esmussada però igualment molt dolorosa, dissenyada per fer caure el conductor d'un carro. El tercer feia aparèixer un ganxo amb forma d'àncora que es podia utilitzar per aferrar un carro rival o per apartar-lo empenyent.

Jo hauria dit que estàvem perfectament preparats per a la cursa, però en Tyson no parava d'advertir-me que estigués alerta. Els altres equips tenien molts trucs amagats sota la túnica.

—Té —em va dir, just abans de començar.

Em va donar un rellotge de polsera. No s'hi veia res especial (una esfera blanca i platejada i una corretja de cuir negre), però de seguida em vaig adonar que aquell era l'objecte en el qual en Tyson havia treballat des de principis d'estiu.

Normalment no m'agradava portar rellotge. A qui li importava quina hora era? Però no li podia pas dir que no.

—Gràcies, noi.

Me'l vaig posar i vaig descobrir que era sorprenentment lleuger i còmode. Gairebé no el notava.

—No el vaig acabar a temps per al viatge —va balbucejar en Tyson—. Ho sento molt, molt.

—Tranquil, tio. No passa res.

—Si necessites protecció durant la cursa, pitja el botó —em va indicar.

—Ah... d'acord. —No acabava d'entendre com em podia ajudar saber l'hora, però em va emocionar que en Tyson se'n preocupés. Li vaig prometre que no m'oblidaria del rellotge—. I... hum, hem, Tyson...

Em va mirar.

—Et volia dir... vaja...

Buscava la manera de disculpar-me per haver-me'n avergonyit abans de la missió, per haver dit a tothom que no era el meu germà de debò. No em resultava fàcil trobar les paraules.

—Ja sé què em diràs —va apuntar en Tyson, amb posat avergonyit—. Posidó va vetllar per mi al capdavall.

—Ah, bé...

—Et va enviar per ajudar-me. Com jo li havia demanat.

Vaig parpellejar.

—Tu vas demanar a Posidó...?

—Un amic —va replicar, retorçant-se la camisa entre els dits—. Els ciclops joves creixen sols al carrer. Aprenen a fer coses amb peces que troben. Aprenen a sobreviure.

—Però això és molt cruel!

Ell va fer que no amb un gest de cap convençut.

—Així apreciem més les benediccions... aprenem a no ser golafres ni dolents ni obesos com Polifem. Però em vaig espantar. Els monstres em perseguien sense parar i a vegades em clavaven les urpes...

—D'aquí les cicatrius que tens a l'esquena?

A l'ull se li embassava una llàgrima.

—Una esfinx al carrer 72... una abusananos gran. Vaig resar al papa perquè m'ajudés. La gent de Meriwether em va trobar aviat. Allà et vaig conèixer. La benedicció més gran de la vida. Sap greu haver dit que Posidó era dolent. Em va enviar un germà.

Em vaig quedar mirant el rellotge que m'havia fet en Tyson.

—Percy! —em va cridar l'Annabeth—. Som-hi!

En Quiró era a la línia de sortida, a punt per bufar el corn.

—Tyson... —vaig balbucejar.

—Vés —va dir ell—. Guanyareu segur!

—Jo... sí, entesos, grandàs. Guanyarem la cursa per tu.

Vaig pujar al carro. Ens vam posar en posició quan en Quiró ja donava el senyal de sortida.

Els cavalls sabien què havien de fer. Vam sortir disparats amb tanta embranzida que, si no hagués tingut els braços lligats a les regnes, hauria caigut del carro. L'Annabeth s'agafava fort a la barana. Les rodes lliscaven a la perfecció. Vam encarar el primer gir tot un carro per davant de la Clarisse, que estava enfeinada mirant de defensar-se d'un atac amb javelina dels germans Stoll, que pilotaven el carro d'Hermes.

—Ja els tenim! —vaig cridar, però ho vaig dir massa aviat.

—Ja arribem! —va esgaripar l'Annabeth.

Va llançar la primera javelina en el mode de ganxo en forma d'àncora per apartar una xarxa plomada que ens hauria entortolligat a tots dos. El carro d'Apol·lo s'acostava pel flanc. Abans que l'Annabeth pogués agafar l'altra arma, un guerrer d'Apol·lo va disparar una javelina contra la nostra roda dreta. La javelina es va trencar, però abans ens va partir uns quants radis. El nostre carro trontollava i es tombava. Hauria jurat que la roda s'ensorraria del tot, però vam seguir endavant mal que bé.

Vaig esperonar els cavalls per mantenir la velocitat. Ara estàvem igualats amb Apol·lo, i Hefest ens atrapava per darrere. Ares i Hermes s'endarrerien corrent en paral·lel, mentre la Clarisse, espasa contra javelina, lluitava contra en Connor Stoll.

Si tornaven a picar en aquella roda, bolcaríem segur.

—Ja et tinc! —va bramar el conductor del carro d'Apol·lo.

Era un resident de primer any. Jo no recordava com es deia, però de confiança no n'hi faltava.

—Sí, segur! —li va contestar l'Annabeth.

Va agafar l'altra javelina (tot un risc, tenint en compte que encara havíem de fer tota una volta) i la va llançar contra el conductor d'Apol·lo.

El va encertar de ple. Quan la javelina va impactar contra el pit del conductor, li va sortir una punta de llança pesada que el va fer caure damunt del seu acompanyant i els va enviar tots dos a terra en un salt mortal enrere. Els cavalls van notar que les regnes havien quedat soltes i es van esverar, envestint de dret el públic. Els residents s'esmunyien buscant protecció quan els cavalls van saltar per sobre de l'extrem de les grades, i el carro daurat va bolcar. Els cavalls van marxar galopant cap als estables, arrossegant el carro de cap per avall darrere seu.

Vaig aconseguir mantenir el carro d'una sola peça en agafar el segon gir, malgrat els gemecs de la roda dreta. Vam traspassar la línia d'arribada i vam sortir com un tro cap a l'última volta.

L'eix espetegava i grinyolava. La roda espatllada ens feia perdre velocitat, per més que els cavalls responien a les meves ordres a la perfecció, corrent com una màquina ben greixada.

L'equip d'Hefest continuava recuperant terreny.

En Beckendorf somreia quan va pitjar un botó del quadre de comandaments. Dels seus cavalls mecànics en van sortir disparats uns cables metàl·lics que es van cargolar a la nostra barana posterior. El carro va tremolar quan es va activar el cabestrant, que ens tibava enrere, mentre el carro d'en Beckendorf s'impulsava endavant.

L'Annabeth va renegar i va desenfundar el punyal. Va atacar els cables, però eren massa gruixuts.

—No els puc tallar! —va esgaripar.

El carro d'Hefest estava perillosament a prop, els seus cavalls estaven a punt de trepitjar-nos.

—Canviem! —vaig dir a l'Annabeth—. Agafa les regnes!

—Però...

—Confia en mi!

Es va tirar endavant i va agafar les regnes. Em vaig girar, procurant no perdre peu, i vaig destapar la Contracorrent.

Vaig etzibar un cop de dalt a baix contra els cables, que van espetegar com el cordill d'un estel volador. Vam rebotar endavant, però el conductor d'en Beckendorf es va desviar a l'esquerra i se'ns va posar al costat. En Beckendorf va treure l'espasa. Va escometre l'Annabeth, però li vaig desviar la fulla.

Ens acostàvem a l'últim gir. No ho aconseguiríem. Havia d'inhabilitar el carro d'Hefest i treure'l del mig del pas, però també havia de protegir l'Annabeth. Encara que fos un paio simpàtic, segur que en Beckendorf ens enviaria a la infermeria si abaixàvem la guàrdia.

Ara érem a tocar, la Clarisse venia des del darrere, recuperant el temps perdut.

—Ja ens veurem, Percy! —va cridar en Beckendorf—. Et deixo un regalet de comiat!

Va tirar una bosseta de cuir sobre el nostre carro. Va caure a terra i immediatament va començar a expulsar un fum verd.

—Foc grec! —va xisclar l'Annabeth.

Vaig deixar anar una maledicció. Havia sentit històries sobre què podia fer el foc grec. Vaig calcular que disposàvem de deu segons abans que explotés.

—Desfés-te d'això! —em va ordenar l'Annabeth, cridant.

Però no podia. El carro d'Hefest encara era al nostre costat, esperant fins a l'últim moment per assegurar-se que el seu regalet explotava. En Beckendorf em mantenia ocupat amb l'espasa. Si abaixava la guàrdia per ocupar-me del foc grec, l'Annabeth acabaria a rodanxes i ens estavellaríem igualment.

Vaig intentar apartar la bossa de cuir amb un cop de peu, però no vaig poder. Estava ben fixada.

Llavors vaig recordar el rellotge.

No sabia si ens podria ajudar, però vaig aconseguir pitjar el botó de parada. El rellotge es va modificar immediatament. Es va expandir, la vora metàl·lica es va disparar enfora en espiral com l'objectiu d'una càmera passada de moda, i una cinta de cuir se'm va cargolar a l'avantbraç, fins que em vaig trobar sostenint un escut de guerra rodó de sis pams de diàmetre, folrat per dins amb cuir, i amb l'exterior de bronze brunyit i gravat amb dibuixos que no tenia temps d'examinar.

Jo només sabia una cosa: en Tyson ho havia aconseguit. Vaig aixecar l'escut i l'espasa d'en Beckendorf hi va picar. La fulla es va esmicolar.

—Què? —va exclamar—. Com...?

No va tenir temps de dir res més, perquè li vaig ventar un cop amb el meu escut nou i el vaig fer sortir volant fora del carro, fins a la pols de terra.

Estava a punt de fer servir l'espasa per esberlar el conductor quan l'Annabeth va cridar:

—Percy!

El foc grec llançava guspires. Vaig falcar la punta de l'espasa sota la bossa de cuir i li vaig fer la volta com si fos una espàtula. La bomba incendiària es va desclavar i va sortir volant per caure al carro d'Hefest, als peus del conductor. Va esgaripar.

En la fracció de segon de què disposava va prendre la decisió correcta. Va saltar del carro, que va bolcar i va explotar entre flames verdes. Els cavalls mecànics aparentment van patir un curtcircuit. Es van girar i van arrossegar les restes enceses del xoc de tornada cap a la Clarisse i els germans Stoll, els quals es van haver de desviar per evitar-los.

L'Annabeth va tibar les regnes per agafar l'últim gir. Em vaig agafar fort, convençut que bolcaríem, però no sé com va aconseguir executar la maniobra i va esperonar els cavalls per travessar la línia d'arribada. La multitud va esclatar a aplaudir.

Quan el carro es va aturar, els amics se'ns van tirar a sobre. Van començar a corejar els nostres noms, però l'Annabeth, per sobre del soroll, va cridar:

—Espereu! Escolteu-me! No ho hem fet sols!

La gentada no volia guardar silenci, però l'Annabeth es va fer sentir:

—No ho hauríem aconseguit sense ajuda! No hauríem guanyat aquesta carrera ni obtingut el Velló ni salvat en Grover ni res de res! Devem la vida a en Tyson...

—El germà d'en Percy! —vaig cridar prou fort perquè em sentís tothom—. En Tyson, el meu germà petit.

En Tyson es va posar vermell. La gentada va esclatar en visques. L'Annabeth li va estampar un petó a la galta. El guirigall va augmentar molt després d'això, però no vaig tenir temps per reflexionar-hi, perquè tots els residents de la cabana d'Atena ens van aixecar, a mi, l'Annabeth i en Tyson, sobre les espatlles i ens van portar cap al pòdium dels vencedors, on en Quiró ens esperava per imposar-nos les corones de llorer.

20

La màgia del Velló és massa bona

Aquella tarda va ser una de les més felices que he viscut al campament, cosa que potser serveix per demostrar que no saps mai quan se't pot esmicolar el món.

En Grover va anunciar que podria passar la resta de l'estiu amb nosaltres abans de reprendre la recerca de Pan. Els seus superiors en el Consell d'Ancians Ungulats estaven tan impressionats que no hagués acabat mort i hagués obert el camí a buscadors futurs, que li havien garantit un permís de dos mesos i un joc nou de flautes de canya. Les úniques males notícies: en Grover no va parar de tocar las flautas en tota la tarda, i la seva habilitat musical no havia pas millorat gaire. Va tocar «YMCA» i les maduixeres es van tornar boges: se'ns cargolaven al voltant dels peus com si ens volguessin estrangular. Suposo que és comprensible.

En Grover em va dir que podia dissoldre el vincle d'empatia entre nosaltres dos, ara que estàvem cara a cara, però li vaig respondre que no em feia res mantenir-lo, si a ell li semblava bé.

Va deixar la flauta i em va mirar fixament.

—Però... si em torno a ficar en problemes, estaràs en perill, Percy! Podries morir!

—Si tornes a tenir problemes, ho vull saber. I tornaré a venir per ajudar-te, home G. I això és el que vull, a més.

Es va enrojolar, però va acceptar no trencar el vincle. Es va posar a tocar «YMCA» altra vegada per a les maduixeres, i no em va caldre cap vincle d'empatia amb les plantes per saber què en pensaven.

Més tard, durant la classe de tir amb arc, en Quiró em va cridar a part i em va explicar que havia solucionat els meus problemes amb el Col·legi Meriwether, que ja no em culpava de la destrucció del gimnàs. I la policia ja no em buscava.

—Com ho has aconseguit? —li vaig preguntar.

En Quiró va parpellejar.

—Només vaig suggerir als mortals que havien vist una cosa diferent aquell dia: havia explotat un forn i no era pas culpa teva.

—Només vas haver de dir això i s'ho van empassar?

—Vaig manipular la Boira. Un dia, quan estiguis preparat, t'ensenyaré com es fa.

—O sigui que... podré tornar a Meriwether l'any que ve?

En Quiró va alçar les celles.

—Ah, no, t'han expulsat igualment. El director, el senyor Bonsai, va dir que... com ho va expressar ell? Va dir que tenies un karma desafortunat que dislocava l'aura educacional del col·legi. Però no tindràs cap problema amb la llei, i això va alleujar la teva mare. Ah, parlant de la teva mare...

Va agafar el mòbil del buirac i me'l va allargar:

—Ja és hora que li truquis.

El pitjor de tot va ser el començament, tot allò de: «Percy-Jackson-què-tens-al-cap-no-tens-ni-idea-de-com-m'has-fet-patir-escapant-te-del-campament-sense-permís-en-una-missió-perillosa-que-de-poc-no-em-moro-de-por.»

Però finalment va fer una pausa per respirar.

—Oh, deixem-ho córrer, tot això! Com m'alegra que estiguis bé.

Això és el més guai de la meva mare. No li duren gens, les enrabiades. Ho intenta, però no lliga amb el seu caràcter.

—Ho sento, mama —li vaig contestar—. No et tornaré a espantar.

—No em facis aquestes promeses, Percy. Saps perfectament que això anirà a més.

Ho va dir com si res, però em vaig adonar que l'havia afectat de debò. Volia dir-li alguna cosa perquè se sentís més bé, però era conscient que ella tenia raó. Jo era un mestís i sempre faria coses que l'espantarien. I a mesura que em fes gran, els perills també serien més grans...

—Podria tornar a casa una temporada —li vaig oferir.

—No, no. Queda't al campament. Entrena't. Fes el que hagis de fer. Però sí que tornaràs pel curs vinent, eh?

—Sí, esclar. Hem... si trobem cap col·legi que em vulgui acceptar.

—Ah, alguna cosa trobarem, fill meu. —La mare va sospirar—. Algun lloc on encara no ens coneguin...

Pel que fa a en Tyson, els residents el tractaven com un heroi. Jo hauria estat ben content de compartir la cabana amb ell indefinidament, però aquell vespre, mentre sèiem sobre una duna contemplant el golf de Long Island, ens va comunicar una notícia que em va agafar completament per sorpresa.

—El papa m'ha enviat un somni aquesta nit —va dir—. Vol que el visiti.

Em vaig preguntar si era una broma, però en realitat en Tyson no en sabia fer.

—Posidó t'ha enviat un somni missatge?

En Tyson va assentir.

—Vol que em passi la resta de l'estiu sota l'aigua. Per aprendre a treballar a les forges dels ciclops. M'ha dit que era un curs d'apenen... d'apernen...

—D'aprenentatge?

—Sí.

Vaig pair la informació. Admeto que sentia una certa gelosia. A mi Posidó no m'havia convidat mai a viure sota l'aigua. Però llavors vaig pensar: en Tyson se n'aniria? Com si res?

—Quan marxaràs? —li vaig preguntar.

—Ara.

—Ara. Vols dir... ara mateix?

—Ara.

Vaig fixar la mirada sobre les onades del golf. L'aigua es tornava vermella amb la posta de sol.

—Me n'alegro per tu, grandàs —vaig articular—. De debò.

—És dur allunyar-me del meu nou germà —va dir amb veu tremolosa—. Però vull fabricar coses. Armes per al campament. Les necessitareu.

Sabia que per desgràcia tenia raó. El Velló no havia resolt tots els problemes del campament. En Luke encara corria pel món i pretenia reunir un exèrcit a bord del *Princesa Andròmeda*. Cronos continuava reconstruint-se dins el fèretre d'or. Un dia o altre ens hi hauríem d'enfrontar.

—Fabricaràs les millors armes de la història —vaig dir a en Tyson. Vaig alçar el rellotge amb gest orgullós—. Segur que a més donaran bé l'hora.

En Tyson va inspirar amb força.

—Els germans s'ajuden.

—I tu ets el meu germà —vaig afirmar—. Sense dubtes de cap mena.

Em va donar un copet a l'esquena tan fort que gairebé em va fer caure a la sorra. Després es va eixugar una llàgrima de la galta i es va aixecar per anar-se'n.

—Usa bé l'escut.

—Ho faré, grandàs.

—Et salvaré la vida un dia d'aquests.

Tal com ho va dir, en un to absolutament pràctic, em vaig preguntar si aquell ull ciclopi seu podia veure el futur.

Va baixar fins a la platja i va xiular. L'hipocamp Arc Iris va sorgir bruscament de les onades. Els vaig veure marxar junts cap al reialme de Posidó.

Quan van desaparèixer, vaig mirar el rellotge. Vaig pitjar el botó i l'escut es va expandir fins a la mida real. Gravades en bronze hi havia escenes d'estil grec antic... que il·lustraven les nostres aventures d'aquell estiu. S'hi veia l'Annabeth apunyalant un lestrígon que tirava pilotes enceses, jo lluitant contra els toros de bronze al Turó Mestís, en Tyson muntant l'Arc Iris en direcció al *Princesa Andròmeda* i el *C. S. S. Birmingham* disparant els canons contra Caribdis. Vaig passar els dits per sobre d'una imatge d'en Tyson, lluitant contra l'hidra mentre amb una mà aguantava enlaire una capsa de Dònuts Monstre.

No podia evitar sentir-me trist. Em constava que en Tyson passaria una temporada fabulosa sota l'oceà. Però jo ho enyoraria tot, d'ell: la fascinació pels cavalls, la manera com podia arreglar un carro o doblegar el metall amb les mans nues, o fer un nus amb dos esbirros malvats. Fins i tot el trobaria a faltar quan roncava com un terratrèmol tota la nit a la llitera del costat.

—Ei, Percy.

Em vaig girar.

L'Annabeth i en Grover estaven drets al capdamunt d'una duna. Jo potser tenia sorra als ulls, perquè parpellejava molt.

—En Tyso... —vaig balbucejar—. Ha hagut de...

—Ja ho sabem —va replicar l'Annabeth suaument—. En Quiró ens ho ha explicat.

—Les forges dels ciclops —va remarcar en Grover, tremolant—. He sentit a dir que el menjar de la cafeteria és terrible, allà! Com ara que... no hi ha *enchiladas* de cap mena.

L'Annabeth va allargar una mà.

—Vine, cervellet d'algues. És hora de sopar.

Vam anar caminant cap al pavelló menjador, nosaltres tres sols, com en els vells temps.

Aquella nit va esclatar una tempesta, però va rodejar el Campament Mestís com ho solien fer totes. Els llampecs il·luminaven l'horitzó i les onades xocaven contra la costa, però a la nostra vall no hi va caure ni una gota. Tornàvem a estar protegits gràcies al Velló, fortificats dins les fronteres màgiques del campament.

Tot i així, els meus somnis eren angoixants. Vaig sentir Cronos burlant-se de mi des de les profunditats del Tàrtar: «Polifem seu cec dins la seva cova, jove heroi, convençut d'haver aconseguit una gran victòria. No t'enganyes igual que ell, tu?» La rialla freda del tità va omplir l'obscuritat.

Llavors el somni va canviar. Seguia en Tyson cap al fons del mar, a la cort de Posidó. Era un saló radiant que vessava llum blava amb un terra de perles en comptes de llambordes. I allà, al tron de corall, hi havia assegut el meu pare, vestit com un simple pescador amb pantalons curts caqui i una samarreta destenyida pel sol. Jo alçava la mirada cap a la seva cara bruna i endurida per la intempèrie, i ell em deia una sola paraula: «PREPARA'T.»

Em vaig despertar amb un sobresalt.

Vaig sentir un truc a la porta. En Grover va entrar rabent sense esperar permís.

—Percy! —va quequejar—. L'Annabeth... al turó... ella...

L'expressió dels seus ulls em suggeria una desgràcia. Aquella nit l'Annabeth havia fet guàrdia per protegir el Velló. Si havia passat alguna cosa...

Em vaig arrencar les flassades, amb la sang glaçada a les venes. Em vaig vestir com vaig poder mentre en Grover s'esforçava per pronunciar una frase sencera, però estava en xoc i sense alè.

—És allà estirada... És allà estirada...

Vaig sortir i vaig travessar el pati corrent amb en Grover enganxat als talons. L'alba just trencava, però s'hauria dit que tot el campament es regirava. La notícia s'escampava. N'havia passat una de grossa. Uns quants residents ja pujaven al turó: sàtirs i nimfes i herois amb una barreja extravagant d'armadures i pijames.

Vaig sentir el clop-clop d'uns cascos de cavall i vaig veure en Quiró galopant darrere nostre, amb expressió seriosa.

—És veritat? —va preguntar a en Grover.

En Grover, esbalaït, només va poder assentir.

Vaig intentar preguntar què passava, però en Quiró em va agafar del braç i se'm va carregar a l'esquena sense esforç. Vam pujar al galop al Turó Mestís, on ja s'havia reunit una bona colla de gent.

M'esperava descobrir que el Velló havia desaparegut, però encara era al pi, resplendint amb la primera llum de l'alba. La tempesta s'havia esqueixat i el cel era vermell com la sang.

—Maleït sigui el senyor dels titans! —va exclamar en Quiró—. Ens ha tornat a enganyar aprofitant una altra ocasió per controlar la profecia.

—Què vols dir? —li vaig preguntar.

—El Velló —va apuntar—. La màgia del Velló és massa forta.

Vam seguir endavant, tothom s'apartava per obrirnos pas. Al peu de l'arbre hi havia una noia inconscient. Una altra noia amb armadura grega estava ajupida al seu costat.

La sang em rugia dins les orelles. No podia pensar correctament. Havien atacat l'Annabeth? Com podia ser que el Velló encara fos allà?

L'arbre, d'altra banda, semblava en perfecte estat. La ferida del verí, que s'havia anat tancant des que havíem tornat de la missió, ja estava completament curada. El pi es veia vigorós i ple de salut, com un arbre nou de trinca, impregnat de l'essència del Velló d'Or.

—Ha curat l'arbre —va remarcar en Quiró, amb veu estripada—. I no sols n'ha fet sortir el verí.

Llavors em vaig adonar que l'Annabeth no era pas la noia inconscient estirada a terra. Era la de l'armadura, la que estava agenollada. Quan ens va veure, va anar corrent cap a en Quiró.

—L'arbre... ella... tot d'una, aquí...

Plorava a raig, però jo encara no ho entenia. Estava massa espantat per comprendre què passava. Vaig desmuntar de l'esquena d'en Quiró d'un salt i em vaig acostar a la noia inconscient.

—Espera't, Percy!

Em vaig agenollar al seu costat. Era una mica més gran que jo, tenia els cabells negres curts i tot de pigues al voltant del nas. Gaudia de la complexió d'una corredora de llarga distància, àgil i forta, i duia una roba entre estil *punk* i gòtic: samarreta negra de màniga curta, texans negres estripats i una jaqueta de cuir amb botons d'una colla de grups musicals dels quals jo no havia sentit a parlar mai.

No era una resident. No l'associava a cap de les cabanes. Però, a pesar de tot, em feia l'efecte d'haver-la vist abans...

—És veritat —va esbufegar en Grover, que panteixava per la cursa turó amunt—. No m'ho puc creure...

Ningú més es va acostar a la noia.

Li vaig posar una mà al front. Tenia la pell freda, però les puntes dels dits em feien pessigolles com si em cremessin.

—Necessita nèctar i ambrosia —vaig anunciar.

Era evident que es tractava d'una mestissa, tant si era del campament com si no. Només de tocar-la ho vaig saber del cert. No entenia per què tothom es comportava amb tanta aprensió.

Vaig agafar-la per les espatlles i la vaig incorporar. Va quedar asseguda amb el cap sobre la meva espatlla.

—Vinga! —vaig cridar als altres—. Què coi us passa? Portem-la a la Casa Gran.

Ningú es va moure, ni tan sols en Quiró. Tots semblaven en estat de xoc.

Llavors la noia va fer una inspiració espasmòdica. Va estossegar i va obrir els ulls. Les seves pupil·les eren d'un blau desconcertant: un blau elèctric, com els caramels que em donava la mare en les ocasions especials.

La noia em mirava esgarrifada, tremolant, amb uns ulls com unes taronges.

—Qui...?

—Sóc en Percy —vaig dir—. Ara estàs fora de perill.

—Quin somni més estrany...

—No passa res.

—Em moria.

—No —li vaig assegurar—. Estàs bé. Com et dius tu?

Llavors ho vaig entendre. Abans que m'ho digués i tot.

Els ulls blaus de la noia van mirar els meus fixament, i vaig comprendre l'autèntic motiu de la missió del Velló d'Or. L'enverinament de l'arbre. Tot plegat. Cronos ho havia organitzat per introduir una altra peça en la partida d'escacs: «Una altra ocasió per controlar la profecia.»

Fins i tot en Quiró, l'Annabeth i en Grover, que haurien d'haver celebrat aquell instant, estaven massa en xoc pel que podia significar allò de cara al futur. Jo sostenia una mestissa que estava destinada a ser la meva millor amiga... o potser la meva pitjor enemiga.

—Em dic Thalia —va murmurar la noia—. Filla de Zeus.

Carta de l'autor

Estimat lector mortal,

He jurat pel riu Estix presentar aquest llibre com una obra de ficció.

No existeix cap noi que es digui i sigui en Perseus *Percy* Jackson. Els déus grecs no són res més que mites antics. Definitivament no han tingut descendència amb humans mortals al segle XXI, i tampoc no existeix cap lloc anomenat Turó Mestís, un campament d'estiu per a semidéus a l'est de Long Island. En Percy no va conèixer mai cap sàtir ni cap filla d'Atena. I, evidentment, cap d'ells va emprendre mai una missió a través dels Estats Units per arribar a les portalades de l'Inframón i evitar una guerra catastròfica entre els déus.

Dit això, us he d'advertir que, abans de començar a llegir aquest llibre, us ho rumieu dues vegades. Si noteu que se us regira alguna cosa mentre llegiu, si comenceu a sospitar que aquesta història podria descriure alguna cosa de la vostra pròpia vida, DEIXEU DE LLEGIR IMMEDIATAMENT. No vull que em facin responsable de les conseqüències.

Que els déus de l'Olimp (que evidentment no existeixen) us protegeixin.

Salutacions cordials,

Rick Riordan
Escriba principal
Turó Mestís
Membre Honorari
del Consell d'Ancians Ungulats
Coper de la Cort de Posidó
Etcètera, etcètera
www.rickriordan.com

Agraïments

Moltes gràcies als meus joves «experimentadors» Geoffrey Cole i Travis Stoll, per haver llegit el manuscrit i haver-me fet suggeriments interessants; a Egbert Bakker, de la Universitat de Yale, per la seva ajuda amb el grec antic; a Nancy Gallt, per la seva feina solvent com a representant; a la meva editora Jennifer Besser, pels seus consells i la seva perseverança; als estudiants de les moltes escoles que he visitat, pel seu suport entusiasta, i, per descomptat, a Becky, Haley i Patrick Riordan, que fan possible les meves excursions al Campament Mestís.